魔鬼╳特訓

出版事業有限公司
Publishing Ltd.

新托福
單字*120*

Amanda Chou ◎ 著

兩大迥異的學習法
分別同時滿足重視「學習成果」和
「學習過程」的兩類學習者

QRCODE
DOWNLOAD

「貴在精不在多」速成法：
收錄必考TPO字彙，完全命中考點（短期巧取高分）
迅捷內建循環TPO必考字彙語庫和深湛精妙的長難句，於四個單項均能隨機應變、
穩操勝算。

「按部就班」快速累積字彙破萬法：
利用字源挪移英單 迅速記憶（長期紮實備考）
各類別「字根、字首、字尾」字一應俱全，掌握字源真諦即能立竿見影，實收字彙
量倍增奇效。

PREFACE 作者序

　　單字的學習法種類琳瑯滿目，不論學習的方法為何，坊間許多參考書籍裡以單字、音標搭配例句附錄音幫助讀者學習，但實際的學習成效卻極其有限，因為學習者仍侷限在字彙的層面。儘管字彙跟文法是英文學習的基礎，但是侷限在這個層面上卻會使學習者的學習速度跟成效「大打折扣」。如同一位學習中文的學習者，花費許多時間在字形和字義的層面，這些部分並不能轉換成考生或家長想要看到的高分成果。考生想要看到的是實際成效，那就必須要將重點放對且採用更優化的學習模式。

　　這部分也可以反應在英語學習的道路上，有些考生會覺得自己背了許多生字對英文文法也非常熟悉了，卻在英文中高級後學習停滯了許久才能獲取高級的分數，發現自己以前的學習模式過於侷限，僅停留在單字和文法層面以致於自己在新托福考試上總是事半功倍，甚至在調整了許多學習方向後才能有好的成績。其實，不需要走那麼多的冤枉路。

這本書改變了以往的學習模式，最主要的目的是提升思考力並加上更具鑑別度的題目設計（共33回模擬試題），這些設計更有別於傳統上的選擇題（考生要從12個選項中選出正確的答案，而非選擇題中的4個選項），能更有效協助考生面對未知的考題。在新托福考試中，儘管有很多已經公佈的TPO模考題考提供考生參考以掌握考試脈絡，但考生幾乎不可能寫到同樣的閱讀試題等等，仍是面對著未知，即每次閱讀考試都是三篇不同的主題所構成的閱讀測驗試題。在面對這些未知時，更不該用傳統的單字和例句學習法學習。

　　書籍中「填空試題」的規劃能有效協助學習者攻略基礎的字彙題，並進一步掌握閱讀「核心」能力。填空試題是更具鑑別度的學習規劃，考生必須要在確實理解或掌握更多技巧的情況下才能答對試題。這部分是一般選擇題較難鑑別出考生是否確實理解和掌握語法等的關鍵。有別於之前出版過的字彙試題所能提供的思考和學習能力（選擇題出題和vocabulary in context）。不可否認的是像是搭配（vocabulary in context）的學習規劃能協助考生掌握基礎字彙能力、同反義字和信心，但是這跟考生或家長所期許的能迅速達到閱讀高分是有落差的。

　　從中剖析其實很快就能發現這個英語教學的學習法的侷限處。一個考生在看到劃底線的的字彙和選項字彙時，只要有背過相關同義字，就能在數秒內答對，所以其能協助考生在答新托福閱讀單字題以外的題型上力道被大幅削弱了。以新托福閱讀測驗為例，每篇閱讀測驗共有10個題型，字彙題和代名詞指代題這類很容易掌握的題型，就屬於類似（vocabulary in context）這類的範疇，是難度較低的題型。考生要在閱讀測驗獲取高分的話要掌握其他中高階的閱讀題型，這部分就非常需要仰賴提升答類似書中所設計的填空題測驗，較耗腦力的題型，但經過這些訓練後確實可以提升考生的思考力並反應在分數上。（書中的試題也能協助考生答SAT和GRE某些題型，不過相關學習點就不序中敘述了）掌握閱讀核心能力才是迅速考取閱讀高分和新托福高分的方法。

書籍中的另一個學習加分點，是協助考生在龐大的題庫中釐清脈絡。考生可以藉由第一部份的學習規劃，掌握在考試中會循環出現的必考字彙，在短時間內事半功倍獲取高分。這部分更能解釋有些考生僅具有比指考稍難的字彙量就能獲取與具備數萬單字量考生更佳的新托福成績。而另一部分的學習規劃，則是設計給慣於穩紮穩打學習的考生，以最傳統的字源學習法快速累積字彙量。對於這兩部分的學習規劃，在學習上都各擅勝場，考生可以依自身學習情況來作調整，或綜合這兩個學習方法加強優勢。有些考生在備考時間不充裕的情況下又需要考到成績，想取巧不想花太多時間在考試上面的考生，可以只練習第一部分的學習規劃。如果是備考時間充裕又希望凡事盡善盡美的考生或是覺得一定要具備某個數值的字彙量才算學習到的考生就可以兩個學習法都學習並盡數學全。最後祝所有考生都考取理想成績。

Amanda Chou 敬上

📖 Unit 6

Questions 61-72 Complete the summary

Since Korea is celebrating the one hundredth anniversary of the birth of Emperor Lee, the person in charge of Central Bank decides to **61.** _____ the interest rates by five percent.

The new editor of Daily Pennsylvania states that the unanimous vote in the **62.** _____ of the killings happening in Brooklyn has already been nationally widespread.

We can tell from this year's budget for AIDS prevention that probably the government's initiative to help AIDS patients has been **63.** _____

Our government needs to make a revision of how we take care of our elders due to the fact that supplies of food and **64.** _____ are insufficient and to ensure that all of them are safely settled down.

School of Education is deemed as one of the **65.** _____ equipped and prestigious schools in this university.

Right in the conference, researchers are proposing that nowadays Taiwan still **66.** _____ the traditional ways of celebrating Lunar Chinese New Year and people are used to having everything prepared beforehand.

The copy of the itinerary in which their honeymoon locations are listed seems **67.** _____, so they decide to discuss with an attorney they have enough faiths in.

Aluminum is the most abundant metallic element in the Earth's crust and has been found to be fatal to human bodies, especially abdomen that contains a twenty feet long small **68.** _____.

Volcanic eruptions and debris **69.** _____ always accompany other natural disasters, such as earthquake and tsunami.

With its extraordinary size and power, the Great Smoky Mountains is believed to be the vast storehouse of national resources, and the **70.** _____ of the mountain relies on two factors: knowledge of geology and advances in technology.

The frozen archives have been **71.** _____ gradually and give scientists unprecedented views of the history of earth's crust.

Sounds waves, like other types of frequencies, are **72.** _____ in an undulating manner.

Boxes

A imprecise	B outstandingly
C transmitting	D retains
E lower	F intestine
G condemnation	H avalanches
I inadequate	J exploitation
K medications	L disclosed

提高試題鑑別度、思考力和理解力
分數卡關且參詳不透的考生更適用
另闢蹊徑,一次性突破 110 分關卡

· 煞費周章地歸納出 33 回神效模擬試題,讓本身英文不
 錯但面對新托福考試實無對策、分數卡關的考生隨即意
 會高階出題考點,不費吹灰之力獲取 110 以上的新托
 福高分。

所涉主題既廣，可從中吸收多元背景知識
強化長難句理解、掌握核心語法和必考 TPO 字彙
背誦佳句 4 倍速強化「讀」＋「寫」＋「說」核心能力
‧除了閱讀、字彙和語法的強化外，背誦長難句能迅速擴充寫作表達語句，一次性寫出涵蓋有多樣化句式的文章，直取寫作高分。寫作能力提高的同時口說能力亦相得益彰，以更具體和豐富的表達獲取考官青睞。

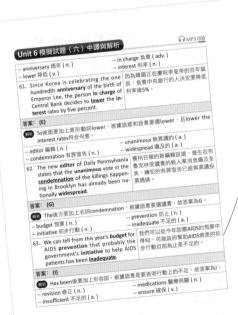

Unit 6 模擬試題（六）中譯與解析　MP3 006

-- anniversary 週年 (n.)
-- lower 降低 (v.)
-- in charge 負責 (adv.)
-- interest 利率 (n.)

61. Since Korea is celebrating the one hundredth **anniversary** of the birth of Emperor Lee, the person **in charge** of Central Bank decides to **lower** the **interest** rates by five percent.
因為韓國正在慶祝李皇帝的百年慶辰，負責中央銀行的人決定要降低利率達5%。

答案：(E)
解析 To後面要加上原形動詞lower，根據語感和語意要選lower，且lower the interest rates符合句意。

-- editor 編輯 (n.)
-- condemnation 有罪宣告 (n.)
-- unanimous 無異讀的 (a.)
-- widespread 遍及的 (a.)

62. The new **editor** of Daily Pennsylvania states that the **unanimous** vote in the **condemnation** of the killings happening in Brooklyn has already been nationally **widespread**.
賓州日報的新編輯說道，發生在布魯克林受譴責的殺人案消息遍及全美，嫌犯的有罪宣告已經無異讀投票通過。

答案：(G)
解析 The後方要加上名詞condemnation，根據語意要選讀讀，故答案為G。

-- budget 預算 (n.)
-- initiative 初步行動 (n.)
-- prevention 防止 (n.)
-- inadequate 不足的 (a.)

63. We can tell from this year's **budget** for AIDS **prevention** that probably the government's **initiative** to help AIDS patients has been **inadequate**.
我們可以從今年防禦AIDS的預算中得知，可能政府幫助AIDS病患的初步行動目前為止是不足的。

答案：(I)
解析 Has been後要加上形容詞，根據語意是要表明行動上的不足，故答案為I。

-- revision 修正 (n.)
-- insufficient 不足的 (a.)
-- medications 醫療照顧 (n.)
-- ensure 確保 (v.)

64. Our government needs to make a **revision** of how we take care of our elders due to the fact that supplies of food and **medications** are **insufficient** and to **ensure** that all of them are safely settled down.
由於食物與醫療的不足，我們的政府必須要對如何照顧老人做出修正，並且得確保所有的人都可以被安全的安置好。

答案：(K)
解析 And為對等連接詞，所以空格要選名詞且是跟前方的food有相關的，答案很明顯是K。

-- deem 認為 (v.)
-- equipped 設備 (v.)
-- outstandingly 出眾地 (adv.)
-- prestigious 享有聲望的 (a.)

65. School of Education is **deemed** as one of the **outstandingly equipped** and **prestigious** schools in this university.
教育學院被認為是這個大學裡設備完善並且享譽盛名的學院之一。

答案：(B)
解析 看到equipped可以迅速判斷出前方可能是副詞，表設備完善，答案要選B。

-- conference 會議 (n.)
-- retain 保留 (v.)
-- traditional 傳統的 (a.)
-- beforehand 事前先 (adv.)

66. Right in the **conference**, researchers are proposing that nowadays Taiwan still **retains** the **traditional** ways of celebrating Lunar Chinese New Year and people are used to having everything prepared **beforehand**.
會議中，研究者指出現今台灣依舊保留傳統慶祝最傳新年的方式，而且還說到人們習慣在事前都把所有事情都先準備好。

答案：(D)
解析 That子句後的主詞為Taiwan，其後要加上現在式的動詞，根據語法要選擇保留，且符合語意保留這項傳統，故答案為D。

-- itinerary 旅行指南 (n.)
-- attorney 律師 (n.)
-- imprecise 不清楚的 (a.)
-- faith 信心 (n.)

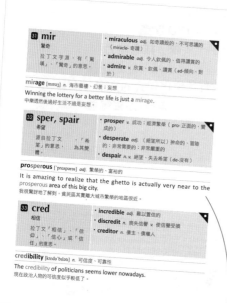

31 mir 驚訝

拉丁文字源，有「驚嘆」、「驚奇」的意思。

- **miraculous** adj. 如奇蹟般的、不可思議的（miracle-奇蹟）
- **admirable** adj. 令人欽佩的、值得讚賞的
- **admire** v. 欣賞、欽佩、讚賞（ad-傾向、對於）

mirage [mɪrɑʒ] n. 海市蜃樓、幻景；妄想
Winning the lottery for a better life is just a mirage.
中樂透然後過好生活不過是妄想。

32 sper, spair 希望

源自拉丁文，「希望」的意思，「為其變體。

- **prosper** v. 成功：經濟繁榮（pro-正面的、贊成的）
- **desperate** adj. （絕望所以）拚命的、冒險的；非常需要的；非常嚴重的
- **despair** n./v. 絕望、失去希望（de-沒有）

prosper**ous** ['prɑspərəs] adj. 繁榮的、富裕的
It is amazing to realize that the ghetto is actually very near to the prosperous area of this big city.
我很驚訝地了解到，貧民區其實離大城市繁榮的地區很近。

33 cred 相信

拉丁文「相信」、「信仰」、「信心」或「信任」的意思。

- **incredible** adj. 難以置信的
- **discredit** n. 喪失信譽 v. 使信譽受損
- **creditor** n. 債主、債權人

credibility [krɛdə'bɪlətɪ] n. 可信度、可靠性
The credibility of politicians seems lower nowadays.
現在政治人物的可信度似乎較低了。

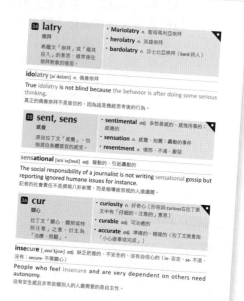

34 latry 崇拜

希臘文「崇拜」或「極其投入」的意思，通常接在崇拜對象的後面

- **Mariolatry** n. 聖母瑪利亞崇拜
- **herolatry** n. 英雄崇拜
- **bardolatry** n. 莎士比亞崇拜（bard-詩人）

idolatry [aɪ'dɑlətɪ] n. 偶像崇拜
True idolatry is not blind because the behavior is after doing some serious thinking.
真正的偶像崇拜不是盲目的，因為這是幾經思考後的行為。

35 sent, sens 感覺

源自拉丁文「感覺」，也指源自身體感官的感受。

- **sentimental** adj. 多愁善感的、感情用事的；感傷的
- **sensation** n. 感覺、知覺；轟動的事件
- **resentment** n. 憤怒、不滿、憎惡

sensational [sɛn'seʃənl] adj. 聳動的、引起轟動的
The social responsibility of a journalist is not writing sensational gossip but reporting ignored humane issues for instance.
記者的社會責任不是撰寫八卦新聞，而是報導被忽視的人道議題。

36 cur 關心

拉丁文「關心、關照或特別注意」之意，衍生為「治療、照顧」

- **curiosity** n. 好奇心（形容詞 curious在拉丁原文中有「仔細的、注意的」意思）
- **curable** adj. 可治癒的
- **accurate** adj. 準確的、精確的（拉丁文原意指「小心做事或完成」）

inse**cur**e [.ɪnsə'kjʊr] adj. 缺乏把握的、不安全的、沒有自信的（in-否定、se-不資、沒有；secure-不需關心）
People who feel insecure and are very dependent on others need autonomy.
沒有安全感且非常依賴別人的人最需要的是自主性。

了解各詞性意思、心通其理
細心揣摩字義、迅速聯想起相關字彙
更易於記憶和依樣葫蘆、字彙量快速翻倍
· 收錄各詞性的字義和相關衍伸字，以星馳電閃般的速度累積關鍵字彙，並能循序漸進記憶起更難記憶的字彙，在後期備考更能體會其意，倒吃甘蔗般穩收考試高分成效。

在各考試中進行拆解
穩操勝卷地應對各類型閱讀測驗
提升面對各陌生閱讀主題的實力

· 閱讀測驗中面對的是未知且不可能每個字彙都是背過的，
  此時適時運用字源黃金法則就能逐步突破和拆解，了解
  該字的意思，面對靈動變幻的考題總能占盡先機且鎮靜
  應變。

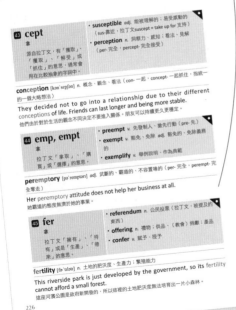

43 cept
拿
源自拉丁文，有「獲取」、「覆取」、「稟受」或「抓住」的意思，通常會用在比較抽象的字詞中。

- **susceptible** *adj.* 能被理解的；易受感動的（sus-靠近，拉丁文 suscept = take up for 支持）
- **perception** *n.* 洞察力；感知；看法、見解（per- 完全，percept- 完全接受）

conception [kən`sɛpʃən] *n.* 概念、觀念、看法（con- 一起，concept- 一起抓住，指統一的一個大略想法）
They decided not to go into a relationship due to their different conceptions of life. Friends can last longer and being more stable.
他們由於對於生活的觀念不同決定不要進入關係。朋友可以持續更久更穩定。

44 emp, empt
拿
拉丁文「拿取」、「購買」或「選擇」的意思。

- **preempt** *v.* 先發制人、搶先行動（pre- 先）
- **exempt** *v.* 豁免、免除 *adj.* 豁免的、免除義務的
- **exemplify** *v.* 舉例說明、作為典範

peremptory [pə`rɛmptərɪ] *adj.* 武斷的、霸道的、不容置喙的（per- 完全，perempt- 完全奪走）
Her peremptory attitude does not help her business at all.
她霸道的態度無濟於她的事業。

45 fer
拿
拉丁文「擁有」、「持有」或是「生產」、「帶來」的意思。

- **referendum** *n.* 公民投票（拉丁文，被提及的東西）
- **offering** *n.* 禮物；供品、（教會）捐獻；產品
- **confer** *v.* 賦予、授予

fertility [fɜ`tɪlətɪ] *n.* 土地的肥沃度、生產力；繁殖能力
This riverside park is just developed by the government, so its fertility cannot afford a small forest.
這座河濱公園是政府新開發的，所以這裡的土地肥沃度無法培育出一片小森林。

46 hibit
拿
源自拉丁文，有「擁有」、「容易掌握」或「居住」的意思。

- **prohibition** *n.* 禁止、禁令（pro-事先；prohibit，拉丁文，阻止）
- **inhibit** *v.* 限制、約束；抑制
- **exhibition** *n.* 展覽

inhibited [ɪn`hɪbɪtɪd] *adj.* 約束的、拘謹的、受限的
He felt inhibited during the presentation because he thought he was not well-prepared.
他在報告中感覺放不開，因為他覺得自己沒有準備好。

47 lat (e)
拿
拉丁文「擁有」、「具有」的意思。

- **relate** *v.* 有聯繫、找到關聯
- **correlate** *v.* 相關、相互有關
- **collate** *v.* 整理；核對

dilatory [`dɪlətorɪ] *adj.* 緩慢的；拖延的
Proponents are not very happy with government's dilatory legislation to protect animals.
擁護者不是很滿意政府拖延立法保護動物。

48 port
拿
源自拉丁文，「攜帶」、「擁有」或「帶來」的意思。

- **supportive** *adj.* 支持的
- **import** *v.* 進口、輸入、引進
- **export** *v.* 出口、輸出

deport [dɪ`port] *v.* 遞返、驅逐出境
That foreigner was deported due to his illegal staying.
那名外國人因非法居留而被遞返。

目次 CONTENTS

OR Code 音檔下載

PART 1　TPO循環必考字彙

PART 2　字根、字首、字尾記憶

Questions 1-12 Complete the summary

Overgrazing was one of the primary factors contributing to the extinction of certain kinds of animals that **1.** _____ around the desert in the northern part of South America.

The current citizenship law adopted in the newly-created protocol adheres to the principles of human rights that cannot be **2.** _____ by human beings.

It has been said as being so absurd to the nation; however, there are still **3.** _____ attempting to be the bolster of those abstract and barely accessible articles.

The monument located right behind this property was built for the purpose of remembering the ancient civilization **4.** _____ by the ancestors of the people who are still dwelling in this area.

I assume that there will be diverse books purposefully **5.** _____ but positioned with lacking any uniformity in this brand-new library.

I just could not imagine how complex this test would be, albeit getting a bunch of **6.** _____ reading materials as preparation references from my friends.

Professor Wang attempted to **7.** _____ for the shortcomings or feelings of inferiority he had ever made to his girlfriend; however, he got a bad consequence of everything he did.

The critical reason why this country had gone in a flash could be illustrated with the drawings found in this cave, **8.** _____ that the attack of an adjacent country fully decimated their defenses.

People nowadays are supposed to acknowledge and be thankful for what our ancestors did to make our life more convenient, like **9.** _____ household utensils with stone and counseling us to be respectful to the Earth.

The chemical **10.** _____ that these arrays of plants have been releasing to the land, were attested to be detrimental to the human body, especially our brains and nerve cells.

11. _____ researchers are characterized by enthusiasm for the known and vigorous pursuit to the unknown.

Scientists just found there will be a huge, inevitable explosion taking place in our solar system, considered a disaster to some of the planets within it, because of the collision between two unknown **12.** _____ bodies.

Boxes

A abandoned	**B** arranged
C comprehensive	**D** inhabited
E depicting	**F** celestial
G pollutants	**H** avid
I proponents	**J** destroyed
K compensate	**L** contriving

| -- overgrazing 過度放牧 (n.) | -- primary 主要 (a.) |
| -- extinction 滅絕 (n.) | -- inhabit 棲息 (v.) |

| 1. **Overgrazing** was one of the **primary** factors contributing to the **extinction** of certain kinds of animals that **inhabited** around the desert in the northern part of South America. | 過度放牧為導致遍布於南美洲北部沙漠特種動物滅絕的其一因素。 |

答案：**(D)**

 依語法在that後方缺了一個主要動詞，可以從這點切入，在選項中有好幾個動詞，根據語意要選inhabited才最恰當，故要選D。

| -- adopt 採用 (v.) | -- protocol 協議、議定書 (n.) |
| -- adhere 遵守、依附 (v.) | -- abandon 拋棄 (v.) |

| 2. The current citizenship law **adopted** in the newly-created **protocol adheres** to the principles of human rights that cannot be **abandoned** by human beings. | 新訂的議定書中採用的公民法律符合人民應有的權益，此權益是人類無法摒棄的。 |

答案：**(A)**

 在句子中be後方只有可能是p.p過去分詞的形式，故在扣掉已經選過的inhabited後，其他-ed結尾的字中選擇，語意最符合的是abandoned，故要選A。

| -- absurd 不合理的、荒謬的 (a.) | -- proponents 支持者 (n.) |
| -- bolster 支持、援助 (n.) | -- abstract 抽象的 (a.) |

| 3. It has been said as being so **absurd** to the nation; however, there are still **proponents** attempting to be the **bolster** of those **abstract** and barely accessible articles. | 這行動對國家來說是很荒謬的行為，但是還是有支持者嘗試著對這個既抽象又很難理解的條文作援助。 |

答案：**(I)**

 在there are後方，根據語法最有可能是依名詞，其後加上子句且省略成attempting，符合著僅有G和I，語意上只有I符合。

-- monument 紀念碑 (n.) -- ancient 古老 (a.)	-- property 財產 (n.) -- destroy 毀壞 (v.)
4. The **monument** located right behind this **property** was built for the purpose of remembering the **ancient** civilization <u>**destroyed**</u> by the ancestors of the people who are still dwelling in this area.	在這棟建物後的紀念碑是為了紀念被現在還居住在這裡的人們的祖先所毀壞的古老文明。

答案：**(J)**

 解析 在空格後方有by，是一個很大的提示點，表示前面為過去分詞，過去分詞前省略關係代名詞和主詞，故正確答案為J。

-- assume 推測 (v.) --arrange 布置、設置（v.)	-- diverse 多樣的 (a.) -- uniformity 一致性 (n.)
5. I **assume** that there will be **diverse** books purposefully <u>**arranged**</u> but positioned with lacking any **uniformity** in this brand new library.	我推測在這間新的圖書館內，各式各樣的書籍被有意但卻缺乏一致性地陳列著。

答案：**(B)**

 解析 在空格前方為一副詞，後方最有可能是形容詞，而成為副詞加上形容詞的搭配，形容前方的diverse books，故答案為B。

-- imagine 想像 (v.) -- albeit 雖然 (conj.)	-- complex 複雜 (a.) -- comprehensive 全面的、廣泛的 (a.)
6. I just could not **imagine** how **complex** this test would be, **albeit** getting a bunch of <u>**comprehensive**</u> reading materials as preparation references from my friends.	我簡直無法想像這個考試將會有多麼的複雜，雖然已從我朋友那邊拿到全面且充分的閱讀資料當作參考。

答案：**(C)**

 解析 在空格後方為reading materials，故前方最有可能是一形容詞，更充分說明後方的reading materials，雖然選項中有其他現在分詞和過去分詞亦可當形容詞，但是comprehensive語意最符合，故要選C。

| -- attempt 嘗試 (v.) | -- compensate 補償 (v.) |
| -- inferiority 不好、劣等 (n.) | -- consequence 結果 (n.) |

| 7. Professor Wang **attempted** to **com-pensate** for the shortcomings or feelings of **inferiority** he had ever made to his girlfriend; however, he got a bad **consequence** of everything he did. | 王教授試圖對他曾經對女友所做的不好的缺失或感覺做補償，但是結果並不好。 |

答案： (K)

 解析 To後方僅有可能是動詞，且後方有介係詞for，為compensate for的慣用搭配，句意也符合，故答案為K。

| -- critical 重要的、關鍵性的 (a.) | -- depict 描述、描寫 (v.) |
| -- adjacent 鄰近的 (a.) | -- decimate 大量毀滅 (v.) |

| 8. The **critical** reason why this country had gone in a flash could be illustrated with the drawings found in this cave, **depicting** that the attack of an **adjacent** country fully **decimated** their defenses. | 對於為什麼這個城市會在瞬間就不見，關鍵的原因可以從在這洞穴中發現的畫來做闡釋，這個圖案説明了因為鄰近國家的攻擊完全毀滅了他們的防護。 |

答案： (E)

 解析 逗號後方最有可能是現在分詞的形式，所以是在L和E中做選擇，語意上符合的是E。

| -- acknowledge 承認 (v.) | -- ancestor 祖先 (n.) |
| -- contrive 發明 (v.) | -- counsel 勸告、忠告 (v.) |

| 9. People nowadays are supposed to **acknowledge** and be thankful for what our **ancestors** did to make our life more convenient, like **contriving** household utensils with stone and **counseling** us to be respectful to the Earth. | 現今的人們應該要承認並感謝我們的祖先所做的任何可以使我們生活更便利的事情，例如發明石製的家用器具，跟對我們提出忠告説要對我們的地球尊敬。 |

答案： (L)

 解析 Like後方的空格最有可能為形容詞，再更詳細的描述household utensils，依句意要選contriving，故答案為L。

-- pollutants 汙染物質 (n.)	-- array 排列 (n.)
-- attest 證實、證明 (v.)	-- detrimental 有害的 (a.)

10. The chemical **pollutants** that these arrays of plants have been releasing to the land, were attested to be **detrimental** to the human body, especially our brains and nerve cells.	這一整排工廠排放的化學汙染物被證實對人體會有危害，特別是對人腦以及神經細胞。

答案： **(G)**

 在chemical後面最有可能是名詞，且chemical後加pollutants是很常見的慣用表達，不太需要整個句子都理解就能選對這題。

-- avid 熱切的 (a.)	-- characterize 賦予特色 (v.)
-- enthusiasm 熱情 (n.)	-- vigorous 精力旺盛的 (a.)

11. **Avid** researchers are **characterized** by **enthusiasm** for the known and **vigorous** pursuit to the unknown.	熱切的研究者被賦予對於已知事物的熱誠與熱切對於未知事物的追求。

答案： **(H)**

 Researchers前方最有可能是形容詞修飾後方名詞，答案要選avid。

-- inevitable 無可避免的 (a.)	-- explosion 爆炸 (n.)
-- collision 碰撞 (n.)	-- celestial 天空的 (a.)

12. Scientists just found there will be a huge, **inevitable explosion** taking place in our solar system, considered a disaster to some of the planets within it, because of the **collision** between two unknown **celestial** bodies.	科學家發現將會有一起巨大且無法避免的爆炸，發生在我們的太陽系中，因為兩個未知星體間的碰撞，這個爆炸對一些太陽系裡的星球而言，被視為是一場災難。

答案： **(F)**

 在bodies前方最有可能是形容詞，且celestial bodies為慣用搭配，再加上這句主題為描述跟天文有關的話題，故答案要選F。

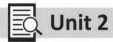

Questions 13-24 Complete the summary

The Legislative Yuan seems to be in the heated contention about the recently passed legislation that is **13.** _____ tax increase to ease peoples' life.

This emergent project involves enlisting all the available resources from sponsors and will **14.** _____ considerable expense to enhance its accessibility.

The man that feels grudging handling these problems are considered the most **15.** _____ sign that will hamper the success of this upcoming product.

This lethal disease inhibited the function of the child's lung and feet, giving rise to an **16.** _____ situation that he has to lie on a bed for the rest of his life.

You can see from stones **17.** _____ with water in greater effort constantly and perpetually that we got to persist in what we believe and what we have in nature.

After taking a **18.** _____ journey through the hostile territory around the Middle East area, the reporter thinks this world is just a paradox that people have to fight a war for peace.

This prominent German scientist has proposed that government is supposed to have a well-prepared program to protect this **19.** _____ forest that has never been subjected to logging or development.

This preserved area has been annihilated within a short time; scientists from around the world are still probing for the cause of the **20.** _____ _____.

Regardless of the ranking, our Chemistry Department has a good **21.** _____, but the school's science facilities are relatively lacking a bit.

With respect to climbing the **22.** _____ of your career, you have to be constantly keeping a wary eye on everything and being energetic to your work- the essential elements to be a successful investor.

This brilliant 5-year-old child impressed the audience with his concise, pertinent answers to the host's questions, manifesting his **23.** _____ _____ capacity of making speech in public.

The grounds he provided to explain why he murdered his wife were **24.** _____ and eventually aroused the awareness of the domestic violence.

Boxes	
A reputation	**B** perilous
C irrecoverable	**D** implausible
E inauspicious	**F** preeminent
G penetrated	**H** decimation
I pristine	**J** entail
K curbing	**L** zenith

-- contention 爭論 (n.) -- curb 抑制 (v.)	-- legislation 立法, 法律 (n.) -- ease 減輕 (v.)
13. The Legislative Yuan seems to be in the heated **contention** about the recently passed **legislation** that is <u>**curbing**</u> tax increase to ease peoples' life.	對於最近通過的籍由抑制稅金增加以減輕人民負擔的法案，立法院似乎正處於火熱的爭論當中。

答案： (K)

 解析 這題根據語意表示正處於某個狀態中，要使用Ving形式，curb搭tax increase正符合句意，故答案為K。

-- emergent 緊急的 (a.) -- entail 承擔起 (v.)	-- enlist 謀取、募集 (v.) -- enhance 增加 (v.)
14. This **emergent** project involves **enlisting** all the available resources from sponsors and will <u>**entail**</u> considerable expense to **enhance** its accessibility.	這個緊急的企劃包含向資助者募集所有可行的資源，且將承擔起龐大的花費負擔來增加它的可行性。

答案： (J)

 解析 看到空格前的關鍵字will得知其為助動詞後面要加上原形動詞，掃描選項後可以發現只有entail符合，代入後句意也符合，故答案為J。

-- grudging 勉強的、不情願的 (a.) -- inauspicious 不吉祥的(a.)	-- considered 視為 (v.) -- hamper 阻礙 (v.)
15. The man that feels **grudging** handling these problems are **considered** the most <u>**inauspicious**</u> sign that will **hamper** the success of this upcoming product.	對於處理這些問題被視為是不吉利徵兆，且會阻礙即將問世的商品成功因此使得這位男子感到很不情願。

答案： (E)

 解析 看到空格前的關鍵字the most得知其後要加上最高級形容詞修飾空格後的sign，選項中有比較多形容詞選項，很快可以看到E最符合，故答案為E。

-- lethal 致命的 (a.) -- giving rise to 導致 (v.)	-- inhibit 阻礙 (v.) -- irrecoverable 無法復原的 (a.)

16. This **lethal** disease **inhibited** the function of the child's lung and feet, **giving rise to** an <u>irrecoverable</u> situation that he has to lie on a bed for the rest of his life.	這個致命的疾病阻礙了這個小孩的肺部和腳的功能，且導致他的餘生都必須躺在床上這樣的一個無法挽回局面。

答案：(C)

 解析 根據語法可以得知要選形容詞修飾situation，句意是要形容一個無法挽回的局面，故答案為C。

-- penetrate 穿透、看穿 (v.)	-- perpetually 永恆地、不斷地 (adv.)
-- persist 堅持 (v.)	-- nature 自然、本性 (n.)

17. You can see from stones <u>penetrated</u> with water in greater effort constantly and **perpetually** that we got to **persist** in what we believe and what we have in **nature**.	你可以從那些日以繼夜滴水穿石中知道，我們必須堅信我們相信的，以及我們天生所擁有的一切。

答案：(G)

 解析 這題是形容詞子句的省略，所以要選過去分詞形式且符合句意的字，故答案為G。

-- perilous 危險的 (a.)	-- territory 領土、版圖 (n.)
-- hostile 懷敵意的 (a.)	-- paradox 矛盾 (n.)

18. After taking a <u>perilous</u> journey through the **hostile territory** around the Middle East area, the reporter thinks this world is just a **paradox** that people have to fight a war for peace.	在他結束了中東的一趟危險的旅程後，這位記者認為這個世界就是個矛盾的存在，因為人們必須依靠戰爭來換取和平。

答案：(B)

 解析 從語法中得知要選形容詞的選項，而根據其他句子中的訊息像是中東地區和後面的戰爭換取和平，都暗示這可能是趟危險的journey，故答案為B。

-- prominent 卓越的 (a.)	-- pristine 原始的 (a.)
-- subject 使隸屬、使受到影響 (v.)	-- log 伐木 (v.)

19. This **prominent** German scientist has proposed that government is supposed to have a well-prepared program to protect this **pristine** forest that has never been **subjected** to **logging** or development.	這位了不起的德國科學家提議，政府應該要有一個完備的計畫來保護這片從未遭受砍伐及開發的原始森林。

答案： **(I)**

 解析 這題很明顯的可以看出是要表達出「原始」森林，故要選pristine，答案為 I。

-- preserved 受保育的 (a.)	-- annihilated 消滅 (v.)
-- probe 調查、探測 (v.)	-- decimation 大批殺害、滅絕 (n.)

20. This **preserved** area has been **annihilated** within a short time; scientists from around the world are still **probing** for the cause of the **decimation**.	這個保育區在短短的時間內就已經被消弭殆盡，而全世界的科學家目前還在持續的探索導致這次滅絕的原因。

答案： **(H)**

 解析 看到空格前的定冠詞the可以得知其後要加上名詞，而根據句意要表達的是「滅絕」的原因，故答案為H。

-- regardless of 不論如何 (adv.)	-- chemistry 化學 (n.)
-- reputation 名聲 (n.)	-- relatively 相對的 (adv.)

21. **Regardless of** the ranking, our **Chemistry** Department has a good **reputation**, but the school's science facilities are **relatively** lacking a bit.	姑且不論排名，我們的化學系擁有好的名聲但是學校的科學設備就相較的缺乏。

答案： **(A)**

 解析 這題根據語法要選形容詞，而a good reputation為慣用搭配，語感好的考生可以馬上就答對這題。

-- with respect to 有關於 (adv.)	-- zenith 頂峰 (n.)
-- wary 機警的 (a.)	-- essential 本質的, 重要的 (a.)

22. **With respect to** climbing the <u>zenith</u> of your career, you have to be constantly keeping a **wary** eye on everything and being energetic to your work- the **essential** elements to be a successful investor.	有關於你事業的高峰，你必須要時時刻刻的注意身邊的事物並且對你的工作保持熱誠與活力，熱誠與活力就是可以使你成為一位成功投資者的兩個重要因素。

答案： (L)

 這題一樣要選名詞的答案，根據句意要表達的是事業的「高峰」，故答案為L。

-- brilliant 聰明的 (a.)	-- pertinent 相關的 (a.)
-- manifest (v.)	-- preeminent 傑出卓越的 (a.)

23. This **brilliant** 5-year-old child impressed the audience with his concise, **pertinent** answers to the host's questions, **manifesting** his <u>preeminent</u> capacity of making speech in public.	這位聰穎的五歲孩童，因為他精簡且切中問題核心的回答，展現出他在公眾發表言論之過人的能力，讓在場的觀眾驚嘆不已。

答案： (F)

 在his所有格後和capacity前要填入形容詞，根據句意要選preeminent才符合，故答案為F。

-- grounds 根據 (n.)	-- implausible 令人難以相信的 (a.)
-- arouse 激起 (v.)	-- domestic 家庭的 (a.)

24. The **grounds** he provided to explain why he murdered his wife were <u>implausible</u> and eventually **aroused** the awareness of the **domestic** violence.	他所提出有關於他為什麼謀殺他的老婆的理由令人不敢相信，且最後還引起了對於家暴的關注。

答案： (D)

 這題的話，在be動詞後最可能填的是形容詞，根據這個句子中的主詞grounds，可以得知「理由」是令人難以置信的，很快可對應到答案D。

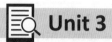

Questions 25-36 Complete the summary

This rough draft of the project needs a few modifications before you submit it, to prevent the project from being **25.** _____ because its topics might deviate from its expected gist.

Scientists have discovered that the ancient city **26.** _____ by high waves from the hurricane was full of endangered reptiles inhabiting around the large areas of the coastal community abundant with bird life.

The former CEO has divested herself most of her responsibilities and already **27.** _____ someone to take over all her works.

Planning to be standing at the top of this field, this young scientist has been intensely **28.** _____ himself to the study of physics in college with his best endurance and endeavor.

The purpose of this task is to figure out how fast the certain amount of salt and sugar would evenly diffuse and dissolve in water by exploiting this **29.** _____ scientific method.

Situated at the junction of several major rivers in South America, this city has long been a transportation hub with robust groundwork of **30.** _____ water as the source of power to heat homes.

Mount Olympus has long been well-known for being the dwelling place of the gods even though a few archaeologists explicitly claimed that this statement was **31.** _____.

Research studies of finding alternative energy sources have been stimulated by the funding increase and executed quite smoothly, for the purpose of **32.** _____ the sustainability of the Earth.

Standing at the **33.** _____ of a new page of his life, he has to make efforts to pursue the goal he set for making his company the most prosperous and unsurpassed business in Asia.

After the significant report regarding the corruption issue occurring between faculties and governors has been submitted, the university **34.** _____ the committee and started having an intense scrutiny of the members involved.

The architect's impressive interior designs **35.** _____ this church and made this a magnificent achievement.

Running a prosperous business **36.** _____ a great deal of patience, speed, perseverance, and creativity.

Boxes

A threshold	**B** groundless
C aborted	**D** engulfed
E delegated	**F** ensuring
G innovative	**H** devoting
I involves	**J** adorned
K harnessing	**L** disbanded

| -- modification 修正 (n.) | -- abort 停止 (v.) |
| -- deviate 脫離軌道 (v.) | -- expected 預期的 (a.) |

| 25. This rough draft of the project needs a few **modifications** before you submit it, to prevent the project from being **aborted** because its topics might deviate from its **expected** gist. | 在把這個粗略的草稿交出去之前，必須要對它做一些修正來避免這個計劃因為離題而被終止。 |

答案：**(C)**

 根據選項being後要加過去分詞，所以可以掃描有-ed結尾的單字或其他過去分詞形式的字，然後根據句意選擇符合的aborted。

| -- engulf 捲入、淹沒 (v.) | -- endangered 瀕臨滅絕的 (a.) |
| -- reptile 爬蟲類 (n.) | -- abundant 充足的 (a.) |

| 26. Scientists have discovered that the ancient city **engulfed** by high waves from the hurricane was full of **endangered** reptiles inhabiting around the large areas of the coastal community **abundant** with bird life. | 科學家發現被颶風吹起的波浪所淹沒的古老城市裡面，在滿布鳥類的海岸邊，群居著瀕臨滅絕的爬蟲類。 |

答案：**(D)**

 這題可以從空格後的by得到提示，前面要選過去分詞，過去分詞前省略了關係代名詞和主詞，又從the ancient city得到另一個提示，古老城市僅有可能是被浪所淹沒，故答案為D。

| -- divest 剝除 (v.) | -- responsibility 義務 責任 (n.) |
| -- delegate 任命 (v.) | -- take over 接手 (v.) |

| 27. The former CEO has **divested** herself most of her **responsibilities** and already **delegated** someone to **take over** all her works. | 這個前任的CEO把她自己的職務責任都分配出去，並且已經任命其他人來接手她的工作。 |

答案：**(E)**

 從前面的divested可以得知將工作責任都分配出去了，空格最有可能的是delegated任命人來接手工作，故答案為E。

-- devote 奉獻 (v.)	-- physics 物理 (n.)
-- endurance 忍耐力 (n.)	-- endeavor 努力 (n.)

28. Planning to be standing at the top of this field, this young scientist has been intensely **devoting** himself to the study of **physics** in college with his best **endurance** and **endeavor**.	計畫要站上這個領域的巔峰，這位年輕的科學家已經非常努力地把他自己奉獻給物理研究。

答案： (H)

 解析 這題要選Ving形式的答案，並從F, H, K中選擇最符合句意的選項，且空格後有to，be devoted to = devote oneself to，故答案為H。

-- figure out 想出 (v.)	-- diffuse 擴散 (v.)
-- dissolve 溶解 (v.)	-- innovative 創新的 (a.)

29. The purpose of this task is to **figure out** how fast the certain amount of salt and sugar would evenly **diffuse** and **dissolve** in water by exploiting this **innovative** scientific method.	這個任務的目的就是要想出，如何能夠藉由這個新創的科學方法，來快速地將一定量的鹽巴跟糖平均地擴散與溶解在水中。

答案： (G)

 解析 這題根據語法和語感可以很快選出innovative最符合，故答案為G。

-- junction 交叉點 (n.)	-- hub 中心 (n.)
-- groundwork 基礎 (n.)	-- harness 使用 (v.)

30. Situated at the **junction** of several major rivers in South America, this city has long been a transportation **hub** with robust **groundwork** of **harnessing** water as the source of power to heat homes.	因位處於幾條主要河流的交匯處，這個南美的交通中心擁有完整的使用水作為能量來源，來做加熱房子的一個基礎。

答案： (K)

 解析 這題可以從空格前的of得知，其後為ving（of後加上名詞當作受詞，包含動名詞），在F和K中選擇，最符合的選項為K。

-- dwell 居住 (v.)	-- archaeologist 考古學家 (n.)
-- explicit 明顯的 (adv.)	-- groundless 缺乏證據的 (a.)

31. Mount Olympus has long been well-known for being the **dwelling** place of the gods even though a few **archaeologists explicitly** claimed that this statement was **groundless**.	奧林帕斯山長久以來以作為眾神的居住地而廣為人知,即使一些考古學家清楚地宣稱這項言論是缺乏證據的。

答案: **(B)**

 這題可以馬上看出「這項言論是缺乏證據的」,而be動詞後加形容詞當補語,故答案為B。

-- alternative 替代的 (a.)　　　　　　-- stimulate 激勵 (v.)
-- execute 執行 (v.)　　　　　　　　 -- ensure 確保 (v.)

32. Research studies of finding **alternative** energy sources have been **stimulated** by the funding increase and **executed** quite smoothly, for the purpose of **ensuring** the sustainability of the Earth.	為確保地球永續,找尋替代性能源的研究,因研究資金的增加及執行上頗為順利,已大獲鼓舞。

答案: **(F)**

 根據之前的選擇,且都確實理解語意,就僅剩F,代入後亦符合句意,故答案為F。

-- threshold 門檻 (n.)　　　　　　　-- pursue 追求 (v.)
-- prosperous 繁榮的 (a.)　　　　　 -- unsurpassed 非常卓越的 (a.)

33. Standing at the **threshold** of a new page of his life, he has to make efforts to **pursue** the goal he set for making his company the most **prosperous** and **unsurpassed** business in Asia.	位處於他人生中嶄新的一頁,他必須努力的去追尋他所設定的目標,來使他的公司成為亞洲最繁盛且最卓越的公司。

答案: **(A)**

 定冠詞the後面要加名詞,在選項中僅有一個名詞,且語意符合,故答案為A。

-- significant 重要的 (a.)　　　　　-- corruption 貪腐 (n.)
-- disband 解除 (v.)　　　　　　　 -- scrutiny 監視 (n.)

34. After the **significant** report regarding the **corruption** issue occurring between faculties and governors has been submitted, the university **disbanded** the committee and started having an intense **scrutiny** of the members involved.	在報導有關職員與政府之間的重大舞弊之後,這間大學解除了學校的委員會並開始嚴密的監督所有參與的成員。

答案: (L)

 這題理解句意後可以得知「這間大學解除了學校的委員會」最符合的選項為L。

-- architect 建築師 (n.)	-- impressive 令人印象深刻的 (a.)
-- adorn 使生色 (v.)	-- magnificent 華麗的 (a.)

35. The **architect's impressive** interior designs **adorned** this church and made this a **magnificent** achievement.	這位建築師令人印象深刻的室內設計,使這座教堂生色,且成就了一座名勝。

答案: (J)

 這題根據語法要選過去式動詞,最符合語意的是J。

-- run 經營 (v.)	-- prosperous 繁榮昌盛的 (a.)
-- involve 包含 (v.)	-- perseverance 毅力 (n.)

36. **Running** a **prosperous** business **involves** a great deal of patience, speed, **perseverance**, and creativity.	經營成功的事業需要很大的耐心、速度、毅力與創造力。

答案: (I)

 這題考驗的是動名詞當主詞後其後要加上單數動詞,且是現在式,句子中只有involves符合,故答案為I。

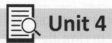

Questions 37-48 Complete the summary

The lawyer **37.** _____ to deal with this case said that the suspect already knew the possible consequence of what he had done and prepared to be regarded as being the rival of enormous people in this country.

Research studies indicate that the stone with a strange shape found at the largest basin in South Africa was **38.** _____ with a Latin inscription by a brutal captain from France.

He was struggling with all kinds of **39.** _____ taking place in his life, including being accused of having an affair with another woman.

Inasmuch as not everyone approved of the events she hosted, she was quite upset and disappointed thinking that everything **40.** _____ happened to her for no reason.

The speaker denied the vague **41.** _____, claiming that the statement saying that what he has done was illegal and untrue.

The incident happening at a critical point in the campaign forces the Britain authorities to consider an airlift, if the situation becomes even more **42.** _____ in the next few hours.

The American government keeps making efforts to **43.** _____ a supply line from enemy raids after an agreement to a cease-fire is approved.

Before **44.** _____ replacement, we have to investigate the possible reasons why all the chairs, books, and tables are all damaged and lost.

Due to the fact that the speaking you had was too vague and general, the girls, apparently, were not **45.** _____ and would not join the upcoming party hosted in your apartment.

A proposal outlining how global warming would be controlled in the following years was submitted and instantly voted through, accompanied by enthusiastic **46.** _____.

People consider **47.** _____ education, which could benefit those children who are either below or above average, as a vital, concrete issue to be dealt with.

There is little or even no incentive to **48.** _____ this method due to the fact that the scientific assumption on which the global warming theory is based was questioned by Dr. Chen.

Boxes	
A amused	**B** unpleasant
C designated	**D** allegations
E engraved	**F** uncontrollable
G adversity	**H** dispatching
I applause	**J** standardized
K secure	**L** adopt

-- designate 指派 (v.)	-- consequence 結果 (n.)
-- rival 敵人 (n.)	-- enormous 廣大的 (a.)

37. The lawyer **designated** to deal with this case said that the suspect already knew the possible **consequence** of what he had done and prepared to be regarded as being the **rival** of **enormous** people in this country.	被指派去處理這個案件的律師指出，嫌疑犯已知道他所做的事情可能會有的結果，且已有被視為全民公敵的心理準備。

答案： (C)

解析 根據句意是受指派去處理這件事情，故答案為designated。

-- basin 盆地 (n.)	-- engrave 雕刻 (v.)
-- inscription 題字、碑銘 (n.)	-- brutal 野蠻的 (a.)

38. Research studies indicate that the stone with a strange shape found at the largest **basin** in South Africa was **engraved** with a Latin **inscription** by a **brutal** captain from France.	研究指出這個於南非最大盆地發現，有著奇怪形狀的石頭，是被一位野蠻的法國上校雕刻上拉丁文碑銘的。

答案： (E)

解析 這題要選be engraved with這個慣用搭配，石頭上頭雕刻上拉丁文碑銘，故答案為E。

-- struggle 奮鬥 (v.)	-- adversity 逆境 (n.)
-- accuse 指控 (v.)	-- affair 風流事件 (n.)

39. He was **struggling** with all kinds of **adversity** taking place in his life, including being **accused** of having an **affair** with another woman.	他與在他生命中發生的逆境做搏鬥，其中包含他被指控與其他女性有婚外情。

答案： (G)

解析 Of後要加上名詞或ving形式的字（ **of** 後加上名詞當作受詞，包含動名詞），句意是描述與在他生命中發生的逆境做搏鬥，最有可能的選項是G。

| -- insomuch as 因為 (conj.) | -- approved 贊成 (v.) |
| -- upset 難過 (a.) | -- unpleasant 不愉快的 (a.) |

| 40. **Insomuch** as not everyone **approved** of the events she hosted, she was quite **upset** and disappointed thinking that everything **unpleasant** happened to her for no reason. | 因為不是所有人都贊成她所舉辦的活動，所以她感到很難過且很失望，並覺得所有不愉快的事情都毫無原因的發生在她身上。 |

答案：(B)

 解析 根據語法要選形容詞，然後根據句意推斷到底發生了什麼，根據前面敘述都是負面的表達，故B最符合。

| -- deny 否認 (v.) | -- vague 模糊的 (a.) |
| -- allegation 主張、申述 (n.) | -- illegal 違法的 (a.) |

| 41. The speaker **denied** the **vague allegations**, claiming that the statement saying that what he has done was **illegal** and untrue. | 這個講者否認這個模糊的申述並宣稱這個說他所做的事都是違法的言論不是真的。 |

答案：(D)

 解析 根據語法要選名詞，刪掉G後，僅剩D這個選項，代入後語意亦符合，故答案為D。

| -- incident 意外 (n.) | -- critical 重要的 (a.) |
| -- campaign 活動；運動 (n.) | -- uncontrollable 無法控制的 (a.) |

| 42. The **incident** happening at a **critical** point in the **campaign** forces the Britain authorities to consider an airlift, if the situation becomes even more **uncontrollable** in the next few hours. | 在這場活動的重要時刻所發生的意外，迫使英國官方考慮，如果接下來幾小時的情況變得無法控制的話，他們將會空運。 |

答案：(F)

 解析 More後面要加形容詞，而根據句意是要表達出情況不受控制，所以答案要選F。

| -- secure 使…安全 (v.) | -- supply 供應 (n) |
| -- raid 突襲 (n.) | -- cease-fire 停火 (n.) |

43.	The American government keeps making efforts to **secure** a **supply** line from enemy **raids** after an agreement to a **cease-fire** is approved.	在停火協議的通過之後，美國政府繼續努力於使供應線安全，免於敵軍的突襲。

答案： **(K)**

 解析 空格前的to是個很大的提示，其後要加原型動詞，只有K和L符合，根據語意要選K。

-- dispatch 迅速處理 (v.)	-- replacement 取代、更換 (n.)
-- investigate 調查 (v.)	-- damaged 破壞 (v.)

44.	Before **dispatching replacement**, we have to **investigate** the possible reasons why all the chairs, books, and tables are all **damaged** and lost.	在緊急處理更換之前，我們必須要調查所有椅子、書籍跟桌子為什麼都被毀壞或遺失的可能原因。

答案： **(H)**

 解析 Before後最有可能是加上ving，但也有例外，在理解句意後可以得知H最符合。

-- vague 模糊的 (a.)	-- apparently 明顯的 (adv.)
-- amuse 開心 被取悦 (v.)	-- upcoming 即將到來的 (a.)

45.	Due to the fact that the speaking you had was too **vague** and general, the girls, **apparently**, were not **amused** and would not join the **upcoming** party hosted in your apartment.	因為你的演說實在是太模糊又很一般，這些女生很明顯地沒有被取悦，而且也不會參加即將在你公寓舉辦的派對。

答案： **(A)**

 解析 這題最有可能的答案是p.p，根據語意是要選取悦，A最符合語意。

-- proposal 提議 (n.)	-- instantly 立即地、馬上地 (adv.)
-- accompany 伴隨 (v.)	-- applause 掌聲 (n.)

46.	A **proposal** outlining how global warming would be controlled in the following years was submitted and **instantly** voted through, **accompanied** by enthusiastic **applause.**	這個描述地球暖化如何在接下來的幾年被控制住的計畫已經被提出，且馬上伴隨著熱烈的掌聲通過。

答案： **(I)**

 這題根據語法要選名詞，語意表達的是熱烈的掌聲，故答案為applause。

| -- standardized 標準化的 (a.) | -- vital 重要的 (a.) |
| -- concrete 具體的 (a.) | -- deal with 處理 (v.) |

| 47. People consider **standardized** education, which could benefit those children who are either below or above average, as a **vital**, **concrete** issue to be **dealt with**. | 人們認為標準化教育是個很重要並且要具體被處理的議題，可以有利於不論是高於水平或是低於水平的孩童。 |

答案： **(J)**

 根據語感可以知道standardized+education，standardized為形容詞修飾education，故答案為J。

| -- incentive 動機 (n.) | -- adopt 採用 (v.) |
| -- method 方法 (n.) | -- assumption 推測 (n.) |

| 48. There is little or even no **incentive** to **adopt** this **method** due to the fact that the scientific **assumption** on which the global warming theory is based was questioned by Dr. Chen. | 因為以科學推測為基礎的全球暖化理論遭受陳博士的質疑，所以沒有任何動機讓我們採用這個方法。 |

答案： **(L)**

 這題由to後面可以知道其後加上動詞，且adopt this method符合語意，故答案為L。

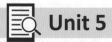

Questions 49-60 Complete the summary

These two countries **49.** _____ to settle their disputes by negotiation.

The instructors have the project well-executed and hope that their efforts will **50.** _____ a sense of responsibility in both children and parents and affect their lives.

The prosecutors of this gang **51.** _____ to overthrow the government, have been regarded as a criminal offense that might directly violate the laws of the country.

After receiving the medical treatment from the doctor he specified, the heart diseased patient lets us know that all his **52.** _____ have already been relieved.

The presidential candidate announced that at least three countries are going to **53.** _____ Korean imports to a maximum of twenty percent of their markets.

One of the candidates recently proposed that he would **54.** _____ modernizing the distribution of books and fruits.

He **55.** _____ cuts a branch off the tree while the superstar is taking a sip of her coffee and straightening up a painting hung on the wall.

After walking in a garden full of ancient gnarled trees, he climbed on a ladder, cut the **56.** _____ on which flowers and leaves grow, and handed it to his girlfriend.

I saw my neighbor taking off her glasses and rubbing it hard and after that, she started using furniture polish to **57.** _____ her favorite sofa back to its original look.

As knowing that mastering a musical instrument takes time, the host gives all the musicians **58.** _____ in this music discussion course an opportunity to voice their thoughts.

My dad pulled over to the side of the road and found that there were a pile of boxes and neatly **59.** _____ pants placed in the trash bin.

My father was sitting on the lawn after carrying out **60.** _____ maintenance of the vehicle and my mom was leaning against the wall feeling tired after doing household chores.

Boxes

A acceded	**B** symptoms
C instill	**D** restrict
E participating	**F** resist
G conspired	**H** restore
I deliberately	**J** stem
K folded	**L** routine

-- accede to 同意（v.） -- dispute 爭論（n.）	-- settle 使平靜（v.） -- negotiation 協商（n.）

49. These two countries **acceded to settle** their **disputes** by **negotiation**.	這兩個城市同意利用協商的方式來平緩之間的爭論。

答案：（A）

 這題可以由空格處推斷出缺一個主要動詞，且其後與to搭配，最符合的選項為A。

-- execute 執行（v.） -- responsibility 責任（n.）	-- instill 灌輸（v.） -- affect 影響（v.）

50. The instructors have the project well-**executed** and hope that their efforts will **instill** a sense of **responsibility** in both children and parents and **affect** their lives.	這些教授們使這個計畫完好的執行，並希望他們的努力可以灌輸家長與小孩責任感，且能夠影響他們的人生。

答案：（C）

 由助動詞will得知其後要加上原形動詞，其中有五個選項為原形動詞，但stem可能也可以當名詞，根據語意要選instill來表達灌輸責任感，故答案為C。

-- prosecutor 實行者（n.） -- overthrow 推翻（v.）	-- conspire 共謀（v.） -- offense 攻擊（n.）

51. The **prosecutors** of this gang **conspired** to **overthrow** the government, have been regarded as a criminal **offense** that might directly violate the laws of the country.	這個派別的眾多執行者共謀要推翻政府，這樣的動作被視為是直接違反國家法律的有罪的攻擊。

答案：（G）

 這題也可以由空格處推斷出缺一主要動詞，由gang等訊息可以知道是謀反等意思，故答案要選G。

-- medical 醫學的（a.） -- symptoms 症狀（n.）	-- specify 指定的（v.） -- relieve 減輕 解除（v.）

52. After receiving the **medical** treatment from the doctor he **specified**, the heart diseased patient lets us know that all his **symptoms** have already been **relieved**.	在接受了他指派的醫生所給予的醫藥治療後，這位患有心臟疾病的病人讓我們知道他所有的症狀都已經根除了。

答案：(B)

 這題可以由所有格協助判斷其後要加上名詞，且symptoms符合句意，故答案為B。

-- presidential 總統的、首長的 (a.)	-- announce 發表聲明 (v.)
-- restrict 限制 (v.)	-- import 進口 (n.)

53. The **presidential** candidate **announced** that at least three countries are going to **restrict** Korean **imports** to a maximum of twenty percent of their markets.	總統候選人發表聲明，至少有三個國家正準備要抵制韓國進口，達到她們市場的20%。

答案：(D)

 這題可以由to協助判斷其後要加上動詞，且restrict Korean imports符合句意。

-- candidate 候選人 (n.)	-- modernize 現代化 (v.)
-- resist 抵抗 (v.)	-- distribution 分配 (n.)

54. One of the **candidates** recently proposed that he would **resist** **modernizing** the **distribution** of books and fruits.	眾多候選人的其中一位最近計畫要抵制書籍與水果分配的現代化。

答案：(F)

 這題可以由would協助判斷其後加上原形動詞，但仍要在幾個選項中小心判答，語意是表達抵制，故答案為F。

-- deliberately 故意的 (adv.)	-- branch 樹枝 (n.)
-- sip 啜飲 (n.)	-- straighten up 扶正 (v.)

55. He **deliberately** cuts a **branch** off the tree while the superstar is taking a **sip** of her coffee and **straightening up** a painting hung on the wall.	當這位超級巨星正在小啜咖啡，並且扶正掛在牆上的畫時，他故意砍斷樹的樹枝。

答案: (I)
這題在主詞後和動詞前僅可能是要填入副詞，選項中僅有I符合故答案要選 I。

-- ancient 古老的 (a.)	-- ladder 階梯 (n.)
-- gnarled 多節的 (a.)	-- stem 莖 (n.)

56. After walking in a garden full of **ancient gnarled** trees, he climbed on a **ladder**, cut the <u>stem</u> on which flowers and leaves grow, and handed it to his girlfriend.	他走進一座種滿多節老樹的花園裡，攀爬上階梯，截斷長滿花跟葉子的莖，並且把它送給他的女朋友。

答案: (J)
這題根據語法要選名詞，語意為「截斷長滿花跟葉子的莖」，stem符合句意。

-- rub 摩擦 (v.)	-- polish 拋光磨亮 (n.)
-- restore 使回復到 (v.)	-- original 原來的 (a.)

57. I saw my neighbor taking off her glasses and **rubbing** it hard and after that, she started using furniture **polish** to <u>restore</u> her favorite sofa back to its **original** look.	我看到我的鄰居拿下她的太陽眼鏡用力的摩擦它，然後開始使用家具磨亮劑把她最愛的沙發回復到原來的樣子。

答案: (H)
To後方加上原形動詞，語意上指的是要將沙發回復到原狀，故要選H。

-- master 熟練 (v.)	-- instrument 樂器 (n.)
-- participate 加入 (v.)	-- opportunity 機會 (n.)

58. As knowing that **mastering** a musical **instrument** takes time, the host gives all the musicians **participating** in this music discussion course an **opportunity** to voice their thoughts.	因為知道要駕馭一種樂器很花時間，這位主持人給了所有加入這個音樂討論課程的音樂家機會去表達他們的想法。

答案: (E)
此題為關係代名詞子句省略，根據語法要選擇Ving形式的選項，加上其後的介係詞為in（participate in），答案為E。

-- pull over 停靠 (v.)	-- pile 疊 (n.)
-- neatly整齊地 (adv.)	-- fold 摺疊 (v.)

59. My dad **pulled over** to the side of the road and found that there were a **pile** of boxes and **neatly** <u>folded</u> pants placed in the trash bin.	我爸將車子停靠路旁，發現了放置於垃圾桶內的一疊書跟整齊摺好的褲子。

答案： **(K)**

 解析 這題根據語法要選形容詞，neatly形容folded，且符合語意，故答案為K

-- lawn 草地 (n.)	-- routine 例行的 (a.)
-- lean 倚靠 (v.)	-- chore 家務雜事 (n.)

60. My father was sitting on the **lawn** after carrying out <u>routine</u> maintenance of the vehicle and my mom was **leaning** against the wall feeling tired after doing household **chores**.	在做完例行車子維修之後，我爸爸坐在草坪上；然後我媽媽做完家事之後，很累得依靠在牆邊。

答案： **(L)**

 解析 這題根據語感可以很快判斷是routine maintenance，表示定期保養，故答案為L。

Unit 6

Questions 61-72 Complete the summary

Since Korea is celebrating the one hundredth anniversary of the birth of Emperor Lee, the person in charge of Central Bank decides to **61.** _____ the interest rates by five percent.

The new editor of Daily Pennsylvania states that the unanimous vote in the **62.** _____ of the killings happening in Brooklyn has already been nationally widespread.

We can tell from this year's budget for AIDS prevention that probably the government's initiative to help AIDS patients has been **63.** _____.

Our government needs to make a revision of how we take care of our elders due to the fact that supplies of food and **64.** _____ are insufficient and to ensure that all of them are safely settled down.

School of Education is deemed as one of the **65.** _____ equipped and prestigious schools in this university.

Right in the conference, researchers are proposing that nowadays Taiwan still **66.** _____ the traditional ways of celebrating Lunar Chinese New Year and people are used to having everything prepared beforehand.

The copy of the itinerary in which their honeymoon locations are listed seems **67.** _____, so they decide to discuss with an attorney they have enough faiths in.

Aluminum is the most abundant metallic element in the Earth's crust and has been found to be fatal to human bodies, especially abdomen that contains a twenty feet long small **68.** _____.

Volcanic eruptions and debris **69.** _____ always accompany other natural disasters, such as earthquake and tsunami.

With its extraordinary size and power, the Great Smoky Mountains is believed to be the vast storehouse of national resources, and the **70.** _____ of the mountain relies on two factors: knowledge of geology and advances in technology.

The frozen archives have been **71.** _____ gradually and give scientists unprecedented views of the history of earth's crust.

Sounds waves, like other types of frequencies, are **72.** _____ in an undulating manner.

Boxes

A imprecise	**B** outstandingly
C transmitting	**D** retains
E lower	**F** intestine
G condemnation	**H** avalanches
I inadequate	**J** exploitation
K medications	**L** disclosed

-- anniversary 周年（n.）	-- in charge 負責（adv.）
-- lower 降低（v.）	-- interest 利率（n.）

61. Since Korea is celebrating the one hundredth **anniversary** of the birth of Emperor Lee, the person **in charge** of Central Bank decides to <u>lower</u> the **interest** rates by five percent.	因為韓國正在慶祝李皇帝的百年誕辰，負責中央銀行的人決定要降低利率達5%。

答案：**(E)**

 To後面要加上原形動詞lower，根據語感和語意要選lower，且lower the interest rates符合句意。

-- editor 編輯（n.）	-- unanimous 無異議的（a.）
-- condemnation 有罪宣告（n.）	-- widespread 遍及的（a.）

62. The new **editor** of Daily Pennsylvania states that the **unanimous** vote in the <u>condemnation</u> of the killings happening in Brooklyn has already been nationally **widespread**.	賓州日報的新編輯説道，發生在布魯克林受譴責的殺人案消息遍及全美，嫌犯的有罪宣告已經無異議投票通過。

答案：**(G)**

 The後方要加上名詞condemnation，根據語意要選譴責，故答案為G。

-- budget 預算（n.）	-- prevention 防止（n.）
-- initiative 初步行動（n.）	-- inadequate 不足的（a.）

63. We can tell from this year's **budget** for AIDS **prevention** that probably the government's **initiative** to help AIDS patients has been <u>inadequate</u>.	我們可以從今年防禦AIDS的預算中得知，可能政府幫助AIDS病患的初步行動目前為止是不足的。

答案：**(I)**

 Has been後要加上形容詞，根據語意是要表明行動上的不足，故答案為I。

-- revision 修正（n.）	-- medications 醫療照顧（n.）
-- insufficient 不足的（a.）	-- ensure 確保（v.）

64. Our government needs to make a **revision** of how we take care of our elders due to the fact that supplies of food and **medications** are **insufficient** and to **ensure** that all of them are safely settled down.	由於食物與醫療的不足，我們的政府必須要對如何照顧老人做出修正，並且得確保所有的人都可以被安全的安置好。

答案： **(K)**

 解析 And為對等連接詞，所以空格要選名詞且是跟前方的food有相關的，答案很明顯是K。

-- deem 認為 (v.)	-- outstandingly 出眾地 (adv.)
-- equipped 設備 (v.)	-- prestigious 享有高聲望的 (a.)

65. School of Education is **deemed** as one of the **outstandingly equipped** and **prestigious** schools in this university.	教育學院被認為是這個大學裡設備完善並且享譽盛名的學院之一。

答案： **(B)**

 解析 看到equipped可以迅速判斷出前方儘可能是副詞，表設備完善，答案要選 B。

-- conference 會議 (n.)	-- traditional 傳統的 (a.)
-- retain 保留 (v.)	-- beforehand 事前先… (adv.)

66. Right in the **conference**, researchers are proposing that nowadays Taiwan still **retains** the **traditional** ways of celebrating Lunar Chinese New Year and people are used to having everything prepared **beforehand**.	會議中，研究者指出現今台灣依舊保留傳統慶祝農曆新年的方式，而且還說到人們習慣在事前都把所有事情都先準備好。

答案： **(D)**

 解析 That子句後的主詞為Taiwan，其後要加上現在式的動詞，根據語法要選擇保留，且符合語意仍保留這項傳統，故答案為D。

-- itinerary 旅行指南 (n.)	-- imprecise 不清楚的 (a.)
-- attorney 律師 (n.)	-- faith 信心 (n.)

67. The copy of the **itinerary** in which their honeymoon locations are listed seems **imprecise**, so they decide to discuss with an **attorney** they have enough **faiths** in.	因為記載蜜月地點的旅程指南的本子寫得不清楚,所以他們決定要跟他們信賴的律師討論。

答案: (A)

 解析 從seems後可以馬上判斷出空格後要加入形容詞,語意是要表明指南中寫得不清晰,故答案要選A。

-- aluminum 鋁 (n.)	-- abundant 富有的 (a.)
-- abdomen 腹部 (n.)	-- intestine 腸 (n.)

68. **Aluminum** is the most **abundant** metallic element in the Earth's crust and has been found to be fatal to human bodies, especially **abdomen** that contains a twenty feet long small **intestine**.	鋁是地殼中最多的金屬元素,且被發現對人體有致命性,特別是對存有二十呎長的小腸的腹部。

答案: (F)

 解析 Small後方要加上名詞,根據語意要選F,表達小腸這個部位。

-- volcanic 火山的 (a.)	-- eruption 爆發 (n.)
-- debris 岩屑 (n.)	-- avalanche 崩落 (n.)

69. **Volcanic eruptions** and **debris avalanches** always accompany other natural disasters, such as earthquake and tsunami.	火山爆發跟岩屑崩落通常會伴隨著其他的自然災害,像是地震跟海嘯。

答案: (H)

 解析 這題要表達的是岩屑的崩落,debris後要選H,形成一複合名詞。

-- extraordinary 不同凡響的 (a.)	-- vast 大的 (a.)
-- exploitation 開採、利用 (n.)	-- geology 地質學 (n.)

70.	With its **extraordinary** size and power, the Great Smoky Mountains is believed to be the **vast** storehouse of national resources, and the **exploitation** of the mountain relies on two factors: knowledge of **geology** and advances in technology.	大煙山擁有驚人的巍壯與力量，所以被視為是自然資源的一大儲藏所，而山林的開採仰賴兩個因素：地質知識與新進的科技。

答案： (J)

 解析 The後方要加上名詞，語意要表達的是山林的「開採」，故答案為J。

-- archives 檔案(n.)	-- disclosed 揭露 (v.)
-- crust 殼 (n.)	-- unprecedented 空前的 (a.)

71.	The frozen **archives** have been **disclosed** gradually and give scientists **unprecedented** views of the history of earth's **crust**.	被冰封的檔案漸漸地揭露，並且帶給科學家對於地殼歷史前所未有的視角。

答案： (L)

 解析 Have been後方要加上p.p表明被揭露，故要選L。

-- waves 波 (n.)	-- frequencies 頻率 (n.)
-- transmit 傳輸 (v.)	-- undulating 波浪的 (a.)

72.	Sounds **waves**, like other types of **frequencies**, are **transmitting** in an **undulating** manner.	聲波就像是其他的頻率一樣，能以波浪的方式傳播。

答案： (C)

解析 這題要表達的是正以什麼的形式傳播，要選現在分詞，故答案為C。

Questions 73-84 Complete the summary

The reason why the Sun always appears in the polar regions of the Moon is that the Moon's axis of rotation is almost **73.** _____ to the surface of its orbit around the Sun.

The presidential candidate's illuminations of her viewpoints on a number of controversial issues, regarding **74.** _____ prevention, left many supporters in confusion.

The ways used to deal with global warming need to be analyzed thoroughly to see which method could be properly adopted and more economically **75.** _____.

It is rare to find such an old, **76.** _____ American steam engine, which is not originally from America but from England.

Over eighty research studies on the mortality of engineers and interior designers, about thirty found **77.** _____ risk of death from kidney cancer and heart diseases.

Over two millions of people in China nowadays have autism or some other forms of **78.** _____ developmental disorder.

According to the **79.** _____ studies, many doctors claimed that people with a lot of phobias may be characterized as having unusually high stress levels.

Scientists said that the **80.** _____ propensities of the family may extend over several generations because children may be forced to do what they are not intended to do by their parents.

The article says that scientists are collecting ice cores by diving a hollow tube deep into the miles thick ice sheets of **81.** _____ , a large body of ice moving slowly down a slope or valley.

According to the book discussing the role of slaves played in the nation's history, we know that one underlying cause of the Civil War was for the **82.** _____ of all slaves in the South.

Since the temperature is getting higher, by mid-morning, the fog that has **83.** _____ this village just evaporates and the land covered with an exceptional amount of snow appears right in front of us.

Some prestigious scientists believe that the **84.** _____ of the universe basically depends on a series of explosions, which is also essential in the formation of galaxy and planets.

Boxes

A intact	**B** excess
C perpendicular	**D** emancipation
E epidemic	**F** pervasive
G feasible	**H** psychological
I criminal	**J** enshrouded
K glaciers	**L** evolution

| -- polar 極的 (a.) | -- axis 軸 (n.) |
| -- rotation 旋轉 (n.) | -- perpendicular 直角的 (a.) |

| 73. The reason why the Sun always ap-pears in the **polar** regions of the Moon is that the Moon's **axis** of **rotation** is almost **perpendicular** to the surface of its orbit around the Sun. | 太陽總是出現在月球的極區的原因是，因為月亮的旋轉軸幾乎跟它繞著太陽轉的軌道呈現直角。 |

答案： **(C)**

 這題稍難，但is almost後方要填入的是形容詞，語意上要表達的是跟太陽轉的軌道呈現直角，故答案要選C。

| -- illumination 闡明 (n.) | -- viewpoints 觀點 (n.) |
| -- controversial 有爭議的 (a.) | -- epidemic 流行病 (n.) |

| 74. The presidential candidate's **illumina-tions** of her **viewpoints** on a number of **controversial** issues, regarding **epi-demic** prevention, left many support-ers in confusion. | 這位總統候選人對於一些有爭議性議題的闡明，像是流行病的預防，讓很多支持者感到疑惑。 |

答案： **(E)**

 這題根據語感要選epidemic，且epidemic prevention符合語意，故答案為E。

| -- analyze 分析 (v.) | -- properly 合適地 (adv.) |
| -- economically 合算地 (adv.) | -- feasible 可行的 (a.) |

| 75. The ways used to deal with global warming need to be **analyzed** thor-oughly to see which method could be **properly** adopted and more **economi-cally feasible**. | 處理全球暖化的方法需要被仔細地分析過，才可以知道什麼樣的方法可以被採用，且在經濟上是比較可行的。 |

答案： **(G)**

 Economically feasible為語感，常見的adv+adj的搭配，故答案為G。

-- rare 罕見的 (a.)	-- intact 完整的 (a.)
-- steam 蒸氣 (n.)	-- originally 起源地 (adv.)

76. It is **rare** to find such an old, **intact** American **steam** engine, which is not **originally** from America but from England.	這個古老又完好無缺,且又是英國產而非美國產的美國蒸汽引擎是很罕見的。

答案: **(A)**

 解析 Old後方要填入形容詞,最符合的是intact,表達完好無缺的狀態,故答案為A。

-- mortality 死亡率 (n.)	-- interior 室內的 (a.)
-- excess 過度 (n.)	-- kidney 腎 (n.)

77. Over eighty research studies on the **mortality** of engineers and **interior** designers, about thirty found **excess** risk of death from **kidney** cancer and heart diseases.	在超過八十項研究關於工程師與室內設計師的死亡率的報告中,大約三十項報告發現過高的致死危機來自腎癌與心臟疾病。

答案: **(B)**

 解析 Excess risk為慣用搭配,表示過高的致死危機所以答案要選B。

-- autism 自閉症 (n.)	-- pervasive 相關的 (a.)
-- developmental 發展性的 (a.)	-- disorder 失調 (n.)

78. Over two millions of people in China nowadays have **autism** or some other forms of **pervasive developmental disorder**.	在中國大陸,超過兩百萬的人口現今患有自閉症,或是其他相關形式的發展性失調。

答案: **(F)**

 解析 這題根據語法要選形容詞,表示相關形式的,故答案要選F。

-- psychological 心理上的 (a.)	-- phobias 恐懼症 (n.)
-- characterized 表示有…特色 (v.)	-- unusually 不常見的 (adv.)

79. According to the **psychological** studies, many doctors claimed that people with a lot of **phobias** may be **characterized** as having **unusually** high stress levels.	根據心理學研究指出,很多的醫生宣稱擁有很多恐懼症的人可能被標籤為有很多不常見的高壓力。

答案： **(H)**

 這題根據語法要選形容詞，表明心理學的研究，故答案為H。

-- criminal 犯罪的（a.）	-- propensity 傾向（n.）
-- extend 延長到（v.）	-- intended 意圖的（a.）

80. Scientists said that the **criminal propensities** of the family may **extend** over several generations because children may be forced to do what they are not **intended** to do by their parents.	科學家指出犯罪習慣是會傳到下一代的，因為小孩會被他們的大人逼迫去做他們不想要做的事。

答案： **(I)**

 這題語意要表明的是犯罪習慣，要選criminal故答案要選I。

-- cores 核心（n.）	-- hollow 空心的、中空的（a.）
-- glaciers 冰河（n.）	-- slope 斜波（n.）

81. The article says that scientists are collecting ice **cores** by diving a **hollow** tube deep into the miles thick ice sheets of **glaciers**, a large body of ice moving slowly down a **slope** or valley.	文章說，科學家正嘗試將中空的管子鑽入冰河（一大片的冰滑落斜坡或山谷）幾哩深，以收集冰核。

答案： **(K)**

 由ice sheets等可以知道空格處的名詞為跟此主題相關的，故答案要選K。

-- according to 根據（adv.）	-- slaves 奴隸（n.）
-- underlying 可能的（a.）	-- emancipation 解放（n.）

82. **According to** the book discussing the role of **slaves** played in the nation's history, we know that one **underlying** cause of the Civil War was for the **emancipation** of all slaves in the South.	根據這本描述奴隸在美國歷史上所扮演的角色的書，我們可以知道造成南北戰爭的可能的因素是因為南部所有奴隸的解放。

答案： **(D)**

解析 The後方要填入名詞，指的是奴隸的解放，故答案要選D。

-- fog 霧 (n.)	-- enshroud 隱蔽 (v.)
-- evaporate 蒸發 (v.)	-- exceptional 異常的 (a.)

83. Since the temperature is getting higher, by mid-morning, the **fog** that has <u>**enshrouded**</u> this village just **evaporates** and the land covered with an **exceptional** amount of snow appears right in front of us.	因為氣溫逐漸升高，接近中午的時候，之前掩蓋村莊的霧氣都已經蒸發了，而且被超大量的雪所覆蓋的土地也探出頭來了。

答案：(J)

 Has後要加p.p，符合的僅有J，表明隱蔽的意思。

-- prestigious 聲望很高的 (a.)	-- evolution 進化 (n.)
-- explosions 爆炸 (n.)	-- galaxy 銀河 (n.)

84. Some **prestigious** scientists believe that the <u>**evolution**</u> of the universe basically depends on a series of **explosions**, which is also essential in the formation of **galaxy** and planets.	一些享譽盛名的科學家相信，宇宙的進化基本上是基於一系列的爆炸，這些爆炸也就是銀河跟星球形成的必備要素。

答案：(L)

 The後方要填入名詞表示宇宙的進化，答案要選L。

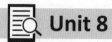

Questions 85-96 Complete the summary

The funding increase has stimulated those research studies on finding **85.** _____ energy sources, making scientists perform a more strenuous work on their experiment.

Situated close to the Atlantic Ocean, France has a **86.** _____ climate with temperatures ranging from fifteen to thirty Celsius degrees so that people from Greenland and Alaska would escape a cold polar region by vacationing down south.

Many businesses were thrived while he was the Prime Minister of Britain because the constitution guarantees religious **87.** _____; that is why people decided to settle down in England.

Primary causes of lung cancer can include infections, the establishment of a **88.** _____ in its host after invasion, or exposure to chemical toxins, such as insecticides.

89. _____, known as the transmission of some qualities from ancestors to descendants through the genes, maybe one of the deciding factors in why some individuals become clinically obese.

He was **90.** _____ by our instructor to figure out ways to better educate retarded children, such as developing a surveillance system to track records and further analyzing every action they perform in the lab.

91. _____ supplies of water and foods on this isolated island would make the establishment of a self-sustaining community much more feasible.

Exercising would be the best way to protect our internal organs and keep them working properly because it increases bone mass and is extremely **92.** _____ to keep healthy and strong bones.

His favorite book, a classic of the mystery genre, inclined him toward a **93.** _____ career.

Even though we have already known the potential impact of age on a woman's fertility, scientists committed to fertility research claim that this is the first time a strong **94.** _____ has been found between age and male fertility.

The study overwhelmingly indicates that a critical period does exist by which second language learning must be **95.** _____, for achieving native-like capabilities.

The idol is having an interview in which she spoke with candor about the recent scandal; however, folks feel she is still attempting to hide something, just as how snakes **96.** _____ in the sand or rocks.

Boxes

A pathogen	**B** alternative
C camouflage	**D** temperate
E heredity	**F** tolerance
G commissioned	**H** literary
I significant	**J** association
K abundant	**L** commenced

-- stimulate 激勵 (v.)   -- alternative 替代的 (a.)
-- strenuous 發憤的 (a.)   -- experiment 實驗 (n.)

85. The funding increase has **stimulated** those research studies on finding <u>al-</u> <u>ternative</u> energy sources, making scientists perform a more **strenuous** work on their **experiment**.	研究資金的增加激勵了替代能源的研究，並且使科學家們更加努力的去做實驗。

答案：**(B)**

 Alternative energy sources為常見慣用搭配表明替代性的能源，故答案要選B。

-- temperate 溫和的 (a.)   -- situate 位處於 (v.)
-- celsius 攝氏 (n.)   -- escape 逃離 (v.)

86. **Situated** close to the Atlantic Ocean, France has a <u>temperate</u> climate with temperatures ranging from fifteen to thirty **Celsius** degrees so that people from Greenland and Alaska would **escape** a cold polar region by vacationing down south.	法國因為靠近大西洋，而擁有溫和的氣候，且平均氣溫介於攝氏15到30度，以致於格林蘭和阿拉斯加的民眾願意逃離寒冷的極地地區，而往南度假。

答案：**(D)**

 這題根據語法要填入形容詞，要選擇一個可以形容climate的形容詞，temperate最合適，故答案為D。

-- thrive 繁榮 (v.)   -- guarantee 保證 (v.)
-- religious 宗教的 (a.)   -- tolerance 忍受 (n.)

87. Many businesses were **thrived** while he was the Prime Minister of Britain because the constitution **guarantees** **religious** <u>tolerance</u>; that is why people decided to settle down in England.	當他是英國總理的時候，很多的企業因為憲法保證宗教寬容而繁榮昌盛，這也就是為什麼人們會選擇安身於英國。

答案：**(F)**

解析 Religious後方要加上名詞，句意為宗教寬容或容忍，故答案為F。

-- primary 主要的 (a.)　　　　　　-- infections 傳染 (n.)
-- pathogen 病原體 (n.)　　　　　　-- invasion 侵犯 (n.)

88.	**Primary** causes of lung cancer can include **infections**, the establishment of a <u>pathogen</u> in its host after **invasion**, or exposure to chemical toxins, such as insecticides.	造成肺癌的主要原因為傳染（因為病毒入侵造成病原體建立在宿主身體裡，或是長期暴露於化學毒素中，例如殺蟲劑。

答案： (A)

解析 a後方要填入名詞，根據句子中的疾病相關字，可以推斷出要選A。

-- heredity 遺傳 (n.)　　　　　　-- ancestors 祖先 (n.)
-- descendants後代 (n.)　　　　　-- genes 基因 (n.)

89.	<u>Heredity</u>, known as the transmission of some qualities from **ancestors** to **descendants** through the **genes**, maybe one of the deciding factors in why some individuals become clinically obese.	遺傳，特質藉著基因由祖先傳給後代，可能是有些人為何會有病學上的肥胖的主因。

答案： (E)

解析 空格唯一主要名詞，後面為一同位語解釋前面名詞，經由ancestor...gene 等相關字可以推知是heredity。

-- commission 指派任務 (v.)　　　-- retarded 延緩的 (a.)
-- surveillance 監視 (n.)　　　　　-- analyze 分析 (v.)

90.	He was <u>commissioned</u> by our instructor to figure out ways to better educate **retarded** children, such as developing a **surveillance** system to track records and further **analyzing** every action they perform in the lab.	他被我們的指導者交代說要想出可以更好教育遲緩兒的方法，例如發展一個監看系統來記錄並分析他們在實驗室裡所做的每一個動作。

答案： (G)

解析 根據語法要填入p.p表明被交代做某件事情，故答案要選G。

-- abundant 富足的 (a.)	-- isolated 隔絕的 (a.)
-- self-sustaining 自給自足的 (a.)	-- feasible 可行的 (a.)

91. **Abundant** supplies of water and foods on this **isolated** island would make the establishment of a **self-sustaining** community much more **feasible**.	這個與世隔絕的島嶼上有著豐富的水與食物的供應，這使得建造自給自足的社區更加可行。

答案： **(K)**

 解析 空格處根據語法要填入形容詞，abundant+supplies是常見搭配，故答案為 K，表示有豐富的水。

-- internal 內部 (a.)	-- organs 器官 (n.)
-- mass 質量 (n.)	-- significant 重要的 (a.)

92. Exercising would be the best way to protect our **internal organs** and keep them working properly because it increases bone **mass** and is extremely **significant** to keep healthy and strong bones.	運動可能是保護並使我們的內部器官功能適當的被使用的最好的方法，因為運動增加我們骨頭的質量，且使骨頭更加的強壯。

答案： **(I)**

 解析 這題為常見的adv+adj的搭配，表示極重要，故答案要選I。

-- mystery 神秘 (n.)	-- genre 流派 類型 (n.)
-- incline 傾向於 (v.)	-- literary 文學 (n.)

93. His favorite book, a classic of the **mystery genre**, **inclined** him toward a **literary** career.	他最喜歡的書，神秘類的經典書籍驅使他朝向文學的事業。

答案： **(H)**

 解析 這題要填入形容詞且表明的是文學的職涯，故答案為H。

-- impact 衝擊 (n.)	-- fertility 生產 (n.)
-- commit 忠誠的 (a.)	-- association 關聯性 (n.)

94. Even though we have already known the potential **impact** of age on a woman's fertility, scientists **committed** to **fertility** research claim that this is the first time a strong **association** has been found between age and male fertility.	即使我們已經知道了年紀對於女人生產力的可能影響，致力於生育力研究的科學家們指出。這是第一次年紀與男性生產力有了強力的關聯性。

答案：(J)

 根據語法要選名詞，而根據語感strong association為常見慣用搭配，故答案為J。

-- overwhelmingly 壓倒性地 (adv.)	-- commence 開始 (v.)
-- achieve 達成 (v.)	-- capabilities 能力 (n.)

95. The study **overwhelmingly** indicates that a critical period does exist by which second language learning must be **commenced**, for **achieving** native-like **capabilities**.	學說壓倒性地指出，為了能夠達到像是母語人士的能力，第二語言的學習應該要在關鍵期就開始。

答案：(L)

 Must be後方要+p.p，根據語意要選L，表明在關鍵期就開始。

-- candor 真誠 (n.)	-- scandal 醜聞 (n.)
-- attempt 試圖 (v.)	-- camouflage 偽裝 (v.)

96. The idol is having an interview in which she spoke with **candor** about the recent **scandal**; however, folks feel she is still **attempting** to hide something, just as how snakes **camouflage** in the sand or rocks.	這個偶像在訪問中真誠的說出有關最近的醜聞，然而人們仍然覺得她只是在試圖掩蓋一些東西，就像是蛇偽裝在沙子或是岩石中。

答案：(C)

 Snakes為複數名詞，其後要加上複數動詞，語意是蛇偽裝在沙子或是岩石中，答案為C。

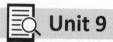

Questions 97-108 Complete the summary

Five days after Montgomery civil rights activist Rosa Parks refused to obey the city's rules mandating **97.** _____ on buses, black residents launched a bus boycott.

There will be something happening to strike us according to the records that allow researchers to **98.** _____ the impact of vital events from volcanic eruptions to global warming.

A unique **99.** _____ to owls is that they can rotate their heads and necks as much as 270 degrees and to blue whales is that they can dive down really deep into the ocean for long periods of time.

Animals possessing a backbone as a distinguishing anatomical feature are known as **100.** _____, including mammals, birds, reptiles, amphibians, and fishes.

Earthquakes perform shaking or trembling of the earth that could be either volcanic or tectonic in origin and may cause tsunami to be generated when the seafloor **101.** _____ deforms and vertically displaces the overlaying water.

102. _____ as a vigorous, patriotic person who runs enormous local offices, he soon becomes a leader but feels like rather overwhelmed working in the vibrant environment of the big city.

Vomiting, the process of **103.** _____ the contents of the stomach through the mouth, sometimes happens when a person intentionally consumes a large amount of food and then vomits or has diarrhea, for the purpose of avoiding weight gain.

The business owner wary of aggressive investors would be more likely to believe **104.** _____ investors, but are less likely to make any mistakes.

A large number of buildings in Tokyo, Japan, from as far as eighteen miles from the **105.** _____ of the earthquake measuring 8.5 magnitude, suffered extensive damage.

106. _____ is usually a formal statement of the equality or equivalence of mathematical or logical expressions, such as A + B = C, or an expression representing a chemical reaction quantitatively by means of chemical symbols.

It was not until the end of the Civil War that the eternal **107.** _____ of wars between opposing groups of citizens ceased in the United States of America.

According to the recently revealed studies about Moon, it stated that there may be no underwater supplies that could be used for lunar inhabitants due to the possible fact that the interior of the Moon is **108.** _____ devoid of water.

Boxes

A equation	**B** epicenter
C segregation	**D** predict
E succession	**F** trait
G defensive	**H** vertebrates
I abruptly	**J** disgorging
K deemed	**L** essentially

-- refuse 拒絕 (v.)	-- obey 遵守 (v.)
-- mandating 強制的 (a.)	-- segregation 隔離 (n.)

97. Five days after Montgomery civil rights activist Rosa Parks **refused** to **obey** the city's rules **mandating** <u>segregation</u> on buses, black residents launched a bus boycott.	在人民權利爭取者羅斯帕克拒絕遵守隔離政策五天後，黑人居民發起了巴士杯葛。

答案： **(C)**

 解析 Mandating後方最可能是加上名詞且要表明隔離政策五天後，故要選C。

-- strike 襲擊 (v.)	-- predict 預測 (v.)
-- vital 重要的 (a.)	-- volcanic 火山的 (a.)

98. There will be something happening to **strike** us according to the records that allow researchers to **predict** the impact of **vital** events from **volcanic** eruptions to global warming.	根據讓研究者從火山爆發到全球暖化的影響的紀錄中去預測重要事件，將會有一些事情發生且襲擊我們。

答案： **(D)**

 解析 To後面要加上原形動詞，表明預測重要事件，故答案要選D。

-- unique 獨特的 (a.)	-- trait 特色 (n.)
-- rotate 旋轉 (v.)	-- dive 潛 (v.)

99. A **unique** <u>trait</u> to owls is that they can **rotate** their heads and necks as much as 270 degrees and to blue whales is that they can **dive** down really deep into the ocean for long periods of time.	貓頭鷹獨特的特色是他們的頭跟脖子可旋轉達到270度，而藍鯨獨特的特色是牠們可以潛到很深的海底而且待很長的時間。

答案： **(F)**

解析 Unique trait為常見慣用搭配表示獨特的特徵，故答案為F。

-- backbone 脊椎 (n.)	-- distinguishing 可區分的 (a.)
-- anatomical 解剖上的 (a.)	-- vertebrates 脊椎動物 (n.)

100. Animals possessing a **backbone** as a **distinguishing anatomical** feature are known as **<u>vertebrates</u>**, including mammals, birds, reptiles, amphibians, and fishes.	擁有脊椎這樣結構上可易區分的特色的動物可被視為有脊椎動物，包含哺乳類、鳥類、爬蟲類、兩棲類以及魚類。

答案：(H)

 解析 Known as後方要加上名詞且可以根據其後的including得知表列舉的選項均是脊椎動物，故答案為H。

-- tremble 發抖 (v.)　　　　　　　-- abruptly 突然的、陡峭的 (adv.)
-- deforms 解體 (v.)　　　　　　　-- vertically 垂直地 (adv.)

101. Earthquakes perform shaking or **trembling** of the earth that could be either volcanic or tectonic in origin and may cause tsunami to be generated when the seafloor **<u>abruptly</u> deforms** and **vertically** displaces the overlaying water.	地震（搖晃與震動）有可能是火山或是板塊造成的，而且當海床突然解體且垂直取代覆蓋的水體，還有可能會造成海嘯的發生。

答案：(I)

 解析 在主詞和主要動詞間僅可能填入的是副詞，且要表明突然解體，故答案為 I。

-- deem 認為 (v.)　　　　　　　　-- vigorous 精力旺盛的、健壯的 (a.)
-- patriotic 有愛國心的 (a.)　　　　-- vibrant 響亮的、戰慄的 (a.)

102. **<u>Deemed</u>** as a **vigorous**, **patriotic** person who runs enormous local offices, he soon becomes a leader but feels like rather overwhelmed working in the **vibrant** environment of the big city.	這位被認為是個精力旺盛、富有愛國心，且經營多家公司的人，很快的 成為了領導者，但卻越覺得在令人感到戰慄的大城市裡努力很有壓力。

答案：(K)

 解析 Deemed as為慣用搭配，表明被認為是...，故答案要選K。

-- vomit 嘔吐 (v.)　　　　　　　　-- disgorge 吐出、流出 (v.)
-- consume 消耗 (v.)　　　　　　　-- diarrhea 腹瀉 (n.)

103. **Vomiting**, the process of **disgorging** the contents of the stomach through the mouth, sometimes happens when a person intentionally **consumes** a large amount of food and then vomits or has **diarrhea**, for the purpose of avoiding weight gain.	嘔吐，一種胃裡的東西從嘴巴流出的過程，時常發生在為了減重而刻意地吃太多，然後發生嘔吐或是腹瀉的狀況。

答案： **(J)**

 Of後要加ving或是名詞（**of**後加上名詞當作受詞，包含動名詞），這裡根據句意要選吐出，最符合的僅有J選項。

-- wary of 當心的、警惕留心的 (a.)　　-- aggressive 侵略的、好鬥的 (a.)
-- investors 投資者 (n.)　　-- defensive 防備的、防禦性的 (a.)

104. The business owner **wary of aggressive** investors would be more likely to believe **defensive investors**, but are less likely to make any mistakes.	提防激進投資者的企業家比較相信防備心較強且較少犯錯的投資者。

答案： **(G)**

 Investors前方僅可能是形容詞，故答案要選G，已表明防衛性強的投資客。

-- epicenter 震央 (n.)　　-- earthquake 地震 (n.)
-- magnitude 震度 (n.)　　-- extensive 擴大的、廣泛的 (a.)

105. A large number of buildings in Tokyo, Japan, from as far as eighteen miles from the **epicenter** of the **earthquake** measuring 8.5 **magnitude**, suffered **extensive** damage.	大量的日本東京建築物，甚至遠至地震震央十八英里外，測出震度8.5 級的震度，而遭受大規模的災害。

答案： **(B)**

 根據句子中其他敘述均為跟地震相關的字句，根據語意要選震央，故要選B。

-- equation 相等、等式 (n.)　　-- equality 相等 (n.)
-- equivalence 相同、等價 (n.)　　-- quantitatively 定量地 (adv.)

106. **Equation** is usually a formal statement of the **equality** or **equivalence** of mathematical or logical expressions, such as A + B = C, or an expression representing a chemical reaction **quantitatively** by means of chemical symbols.	等式通常被視為是數學上或是邏輯表達上相等概念的一種表達方式，例如 A＋B＝C，或者是一種藉由化學符號量化化學反應的表達方式。

答案：(A)

 解析 空格要填入主要的主詞equation是唯一符合此數學類主題的字，故答案為A。

-- eternal 永恆的、無窮的 (a.)　　　-- succession 連續 (n.)
-- citizens 市民、公民 (n.)　　　　-- cease 停止 (v.)

107. It was not until the end of the Civil War that the **eternal succession** of wars between opposing groups of **citizens ceased** in the United States of America.	直到南北戰爭結束，美國人民兩派間無止境的戰爭才得以結束。

答案：(E)

 解析 Eternal後方要填入的是名詞表示一個無終止的戰事，故答案要選E。

-- reveal 透露、表明 (v.)　　　　-- inhabitant 居民、住戶 (n.)
-- essentially 實質上、本質上 (adv.)　-- devoid of 全無的、缺乏 (a.)

108. According to the recently **revealed** studies about Moon, it stated that there may be no underwater supplies that could be used for lunar **inhabitants** due to the possible fact that the interior of the Moon is **essentially devoid of** water.	根據最近發表的有關月亮的研究，因為事實顯示月球內部實質上是缺乏水資源的，所以月球上可能沒有可供居住用的地下水。

答案：(L)

 解析 Devoid of water為常見的慣用搭配，在句子中僅可能再填入副詞，且essentially加上後亦為常見搭配，故答案為L。

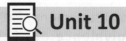

Questions 109-120 Complete the summary

The hospital's operating rooms are full of the latest medical **109.** _____ _____ that could be especially helpful for doctors to save people and increase surgical strength and experiences.

Nowadays, a large number of people in Korea were **110.** _____ about the misconduct of their president on tackling the scandal even though they had voted for her.

The audience of The Ellen Show definitely cherishes every opportunity to win free flight tickets and free presents **111.** _____ by other organizations.

Even though the movie is partially fictional, it still **112.** _____ some historical events of the assassination of Abraham Lincoln.

I can hear the groaning sounds from the land of our planet while looking at the **113.** _____ chart that shows nearly sixty percent of the Earth's natural forests and wild lives have already been destroyed and extinct, according to the World Resource Institute.

Researchers and scientists have been **114.** _____ in finding a cure for SARS, AIDS, and Ebola virus due to a lack of funding by the academy.

The murderer's deliberate killing has been linked to wrongly identify foreigners as **115.** _____.

Most scientists speculate that volcanos located away from the edges of continental plates are the cause but the studies state that **116.** _____ _____ of lava rising from deep in the Earth might be the actual cause.

This game asks competitors to remember a list of twenty household items in a minute; as a result, team A gets the items faster and **117.** _____ _____ the items in mind longer than other teams, by means of listing the given items in an organized fashion.

The castle was established by a group of Humanitarians who were determined to create a settlement for those **118.** _____ in the Philadelphia jails.

The industrial machinery, style of work, and ideology of nonviolence and freely given cooperation in the United States were **119.** _____ originally from England, the world's most industrialized country in the eighteenth century.

After reading the study, an expert implies that a tsunami, **120.** _____ _____ at sea, can grow up to several meters or more in height near the coast, due to its shoaling effect.

Boxes

A imprisoned	**B** retains
C hotspot	**D** donated
E chronicles	**F** apparatus
G appalled	**H** grim
I imperceptible	**J** handicapped
K spread	**L** intruders

| -- operating 操作（n.） | -- apparatus 設備、器具（n.） |
| -- surgical 外科的、手術上的（a.） | -- strength 力量、實力（n.） |

| 109. The hospital's **operating** rooms are full of the latest medical **apparatus** that could be especially helpful for doctors to save people and increase **surgical strength** and experiences. | 醫院的手術室擺滿了最新的醫療器材，其特別對醫生救人，以及增加手術經驗與實力有幫助。 |

答案： (F)

 解析　空格中要填入的是名詞，而medical apparatus為常見的慣用搭配，故答案為F。

| -- appall 驚恐（v.） | -- misconduct 錯誤處置（n.） |
| -- tackle 處理（v.） | -- vote 投票（v.） |

| 110. Nowadays, a large number of people in Korea were **appalled** about the **misconduct** of their president on tackling the scandal even though they had **voted** for her. | 現在大多數的韓國人民對於他們總理處理緋聞的錯誤方式感到很驚恐，縱使他們在之前的選舉是投給她的。 |

答案： (G)

 解析　Were後方要加入p.p且要表明出驚嚇到，故要選appalled。

| -- definitely 一定地（adv.） | -- cherish 珍惜（v.） |
| -- organization 組織（n.） | -- donate 捐贈（v.） |

| 111. The audience of The Ellen Show **definitely cherishes** every opportunity to win free flight tickets and free presents **donated** by other organizations. | 《艾倫秀》的觀眾們非常珍惜有機會可以贏得其他組織所捐贈的免費機票及禮物。 |

答案： (D)

 解析　空格後方為by，可以推斷出前方為過去分詞，表明由其他機構所捐贈，答案最可能是D。

| -- fictional 虛構的、小說的（a.） | -- chronicle 載入編年史（v.） |
| -- historical 歷史上的（a.） | -- assassination 暗殺、行刺（n.） |

112. Even though the movie is partially **fictional**, it still <u>chronicles</u> some **historical** events of the **assassination** of Abraham Lincoln.	雖然這部電影有部分是虛構的，但是這部電影還是有照著編年史的形式來敘述亞伯拉罕‧林肯的行刺事件。

答案：**(E)**

 解析 It still後要加入現在式單數動詞，符合的僅有B和E，根據語意要選E。

-- groan 呻吟、嘆息 (v.)	-- grim 冷酷的、殘忍的 (a.)
-- destroy 破壞 (v.)	-- extinct 滅絕的 (a.)

113. I can hear the **groaning** sounds from the land of our planet while looking at the <u>grim</u> chart that shows nearly sixty percent of the Earth's natural forests and wild lives have already been **destroyed** and **extinct**, according to the World Resource Institute.	當我看著這個殘酷的圖表上顯示著根據World Resource Institute 的調查，近六成地球上的自然森林及野生動物已經被破壞且滅絕，我可以聽到從我們的土地傳來的嘆息聲。

答案：**(H)**

 解析 空格中要填入形容詞，表明殘忍的圖表，僅有H符合。

-- lack 缺乏、欠缺 (n.)	-- handicap 加障礙於、妨礙 (v.)
-- cure 治癒 (n.)	-- virus 病毒 (n.)

114. Researchers and scientists have been <u>handicapped</u> in finding a **cure** for SARS, AIDS, and Ebola **virus** due to a **lack** of funding by the academy.	由於缺乏來自科學院的資金支持，研究員和科學家在關於治癒SARS、AIDS以及伊波拉病毒方面的研究受到了阻礙。

答案：**(J)**

 解析 Have been後方要加上p.p，表示此項研究受到阻礙，故答案為J。

-- murderer 謀殺者 (n.)	-- deliberate 刻意的 (adj.)
-- foreigner 外來者 (n.)	-- intruder 入侵者 (n.)

115. The **murderer**'s **deliberate** killing has been linked to wrongly identify **foreigners** as <u>intruders</u>.	謀殺者的蓄意謀殺與錯誤判定外來者為入侵者有關。

答案：**(L)**

 解析 As後方要加上名詞，表示入侵者，僅有L選項符合。

-- speculate 深思、推測 (v.)	-- continental 大陸的、洲的 (a.)
-- plate 板塊 (n.)	-- hotspot 熱點 (n.)

116. Most scientists **speculate** that volcanos located away from the edges of **continental plates** are the cause but the studies state that <u>hotspot</u> of lava rising from deep in the Earth might be the actual cause.	大部分的科學家推測說遠離大陸板塊邊緣的火山是主因，但是研究指出從地球深處上升的熔岩熱點可能才是真正的主因。

答案： **(C)**

 解析 That後方要填入名詞，為一名詞片語表明熔岩的熱點，故答案為C。

-- competitor 競賽 (n.)	-- household 家庭的 (a.)
-- fashion 方式 (n.)	-- retain 保持 (v.)

117. This game asks **competitors** to remember a list of twenty **household** items in a minute; as a result, team A gets the items faster and <u>retains</u> the items in mind longer than other teams, by means of listing the given items in an organized **fashion**.	這個遊戲要求應賽者要在一分鐘內記住表單上的二十件家用物品，結果A組藉由把這些物品做有組織性的排列，而成為最快完成且在心裡記住這些物品最久的隊伍。

答案： **(B)**

 解析 And後方需要填入現在式動詞，表示記住這些物品，故答案為B。

-- establish 建造 (v.)	-- humanitarian 人道主義者 (n.)
-- determined 決心的、堅決的 (a.)	-- imprison 限制、監禁 (v.)

118. The castle was **established** by a group of **Humanitarians** who were **determined** to create a settlement for those <u>imprisoned</u> in the Philadelphia jails.	這座城堡由一群人道救援者所造，他們決心要為被監禁於費城監獄的人創建一個可安身立命的地方。

答案： **(A)**

 解析 Those後省略who were，空格要填入過去分詞，故答案為A，被監禁在監獄的人。

-- industrial 工業的 (a.)	-- ideology意識形態、觀念學 (n.)
-- cooperation 合作、協力 (n.)	-- spread 散佈、傳播 (v.)

119. The **industrial** machinery, style of work, and **ideology** of nonviolence and freely given **cooperation** in the United States were <u>spread</u> originally from England, the world's most industrialized country in the eighteenth century.	在美國，工業化的機器、工作型態、以及反暴力和合作這樣的意識形態，最剛開始是從英國這個在十七世紀是世界上最工業化的國家傳播過來的。

答案： **(K)**

 解析 Were後方要加過去分詞，僅有spread也符合語意，故答案為K。

-- imply 暗示、意味 (v.)　　　　-- imperceptible 不能感知的、細微的 (a.)
-- meter 公尺 (n.)　　　　　　　-- coast 海岸 (n.)

120. After reading the study, an expert **implies** that a tsunami, <u>imperceptible</u> at sea, can grow up to several **meters** or more in height near the **coast**, due to its shoaling effect.	這位專家在讀完這份研究之後，暗示因為淺灘效應，海嘯是無法被注意到的，且會在沿海升高幾公尺甚至更高。

答案： **(I)**

 解析 空格前為一形容詞子句的省略，故空格要填入形容詞，表明幾乎察覺不到的，故答案為I。

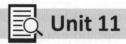

Questions 121-132 Complete the summary

For infected cells to be healed and a high degree of **121.** _____ to be developed, adjusting eating habits and maintaining a balanced lifestyle are the key.

Our intestines need **122.** _____ bacteria to keep our body immuned from infection.

Some great works were produced during the financial ruin of **123.** _____ World War II.

Medical apparatuses are so innovative that they are revolutionizing how doctors **124.** _____ and monitor medical conditions.

Becoming addicted to drugs can lead to **125.** _____ insanity in drug abuse.

Extreme stress from the boss is a direct cause for patients suffering from **126.** _____.

It would be possible to return to pre-settlement landscapes, existing prior to European contact, with instigating burning and **127.** _____ reduction through forest thinning.

The expert said that high rainfall amounts, intense winter storms, and steep terrain areas are all **128.** _____ to land sliding, which is also found to be especially high in the median range of elevation.

The government believes the two hostages are still alive in that someone intentionally **129.** _____ the talking between these two notorious leaders in this record.

Scientists claimed that the possible reason why a tsunami not only propagates at high speeds, but also travels great distances with limited energy losses is that the rate at which a wave loses its energy is **130.** _____ related to its wave length.

They use the hypothesis to generate predictions that **131.** _____ catastrophic events might happen only to one or more mountains in Asia.

He, in spite of having a lumbering sort of character, is quite effective as a trainer who knows how all animals **132.** _____ their prey.

Boxes	
A insomnia	**B** intercepted
C incurable	**D** conducive
E fuel	**F** resistance
G beneficial	**H** inversely
I diagnose	**J** impending
K approaching	**L** lure

| -- heal 治療、痊癒（v.） | -- resistance 抵抗、反抗（n.） |
| -- adjust 調整（v.） | -- maintain 維持（v.） |

| 121. For infected cells to be **healed** and a high degree of **resistance** to be developed, **adjusting** eating habits and **maintaining** a balanced lifestyle are the key. | 感染細胞要痊癒且發展出高抵抗力，調整飲食習慣和維持均衡生活方式是關鍵。 |

答案： (F)

 Of後要加ving or n（**of**後加上名詞當作受詞，包含動名詞），a high degree of resistance為常見的慣用搭配，故答案為F。

| -- beneficial 好處的（a.） | -- bacteria 細菌（n.） |
| -- immune 免疫的、不受影響的（a.） | -- infection 感染（n.） |

| 122. Our intestines need **beneficial bacteria** to keep our body **immuned** from **infection**. | 我們的腸道需要有益菌來維持我們身體免於感染。 |

答案： (G)

 空格中要填入形容詞且beneficial bacteria為常見的慣用搭配，故答案為G。

| -- work 作品（n.） | -- produce 產出（v.） |
| -- ruin 毀壞（v.） | -- impending 迫切的（a.） |

| 123. Some great **works** were **produced** during the financial **ruin** of **impending** World War II. | 許多偉大作品在二次世界大戰迫近的財政崩壞時期下產出。 |

答案： (J)

 Of後方要填入ving or n（**of**後加上名詞當作受詞，包含動名詞），句意要表達的是二戰的迫近，故答案為J。

| -- apparatus 儀器、器具（n.） | -- innovative 創新的、改革的（a.） |
| -- revolutionize 徹底改革（v.） | -- diagnose 診斷（v.） |

124. Medical **apparatuses** are so **innovative** that they are **revolutionizing** how doctors <u>diagnose</u> and monitor medical conditions.	醫療器材是如此創新以致於他們令醫生如何診斷和監控醫療狀況產生了革新。

答案：**(I)**

 解析 根據對等連接詞and可以判斷出and前方也要用複數動詞，故答案為I。

-- addicted to 上癮的（a.）
-- insanity 精神錯亂（n.）
-- incurable 不能醫治的（a.）
-- abuse 濫用、虐待（n.）

125. Becoming **addicted to** drugs can lead to <u>incurable</u> **insanity** in drug **abuse**.	藥物沉癮可能導致因藥物濫用引起的無法治癒的精神錯亂。

答案：**(C)**

 解析 空格中要填入形容詞表示無法治癒的，故答案要選C。

-- stress 壓力（n.）
-- suffer 受痛苦（v.）
-- direct 直接的（adj.）
-- insomnia 失眠（n.）

126. Extreme **stress** from the boss is a **direct** cause for patients **suffering** from <u>insomnia</u>.	老闆給予過度的壓力是病人們飽受失眠困擾的直接原因。

答案：**(A)**

 解析 From後要加上名詞且為一個病徵，故答案要選A。

-- prior to 在前、居先（prep）
-- fuel 燃料（n.）
-- instigate 唆使、煽動（v.）
-- reduction 削減（n.）

127. It would be possible to return to pre-settlement landscapes, existing **prior to** European contact, with **instigating** burning and <u>fuel</u> reduction through forest thinning.	透過森林間伐，利用燃燒及縮減燃料把土地回復到歐洲人接觸前的樣子，是有可能的。

答案：**(E)**

 解析 Fuel reduction為一個慣用搭配，用以表示縮減燃料，故答案為E。

-- intense 緊張的、強烈的（a.）
-- conducive 有助的、有益的（a.）
-- terrain 地帶、地形（n.）
-- elevation 海拔、提高（n.）

128. The expert said that high rainfall amounts, **intense** winter storms, and steep **terrain** areas are all **conducive** to land sliding, which is also found to be especially high in the median range of **elevation**.	專家說高降雨量、強烈的冬季風暴以及陡峭的地形都會促成土石流，且其也被發現特別容易發生於中海拔的地區。

答案： **(D)**

 解析　這題要表達的是促成土石流這個現象，空格中要選conducive，故答案為 D。

-- hostage 人質、抵押品 (n.)	-- alive 活潑的、活著的
--intercept 攔截、截斷 (v.)	-- notorious 惡名昭彰的 (a.)

129. The government believes the two **hostages** are still **alive** in that someone intentionally **intercepted** the talking between these two **notorious** leaders in this record.	政府方面相信這兩位人質還依舊活著，因為有人在這卷錄音中刻意打斷了這兩位惡名昭彰的領導者的對話。

答案： **(B)**

 解析　副詞子句中缺少一主要動詞且intentionally剛好修飾動詞，根據句意要選攔截，故答案為B。

-- tsunamis 海嘯 (n.)	-- propagate 繁殖、增值 (v.)
-- inversely 相反地、增值地 (adv.)	-- length 長度、全長 (n.)

130. Scientists claimed that the possible reason why a **tsunami** not only **propagates** at high speeds, but also travels great distances with limited energy losses is that the rate at which a wave loses its energy is **inversely** related to its wave **length**.	科學家指出海嘯為什麼能夠在高速下快速地增值增量，且其海浪能夠移動很長的距離卻只有很少的能量損失，其原因為海浪的能量損失與波長呈現相反關係。

答案： **(H)**

 解析　這題也是常見的慣用搭配，以inversely...to表明與什麼成反比，故答案為 H。

-- hypothesis 假設 (n.)	-- predictions 預言、預報 (n.)
-- approaching 接近 (a.)	-- catastrophic 災難的 (a.)

131. They use the **hypothesis** to generate **predictions** that **approaching** cata-strophic events might happen only to one or more mountains in Asia.	他們用假設法推出預言，並指出在亞洲的幾座山區可能即將發生災難事件。

答案： (K)

 解析 這題要選形容catastrophic events的形容詞，最符合的是approaching，故答案為K。

-- lumber 笨重的、無用的 (a.)	-- character 個性、天性 (n.)
-- lure 引誘 (v.)	-- prey 被掠食者、犧牲者 (n.)

132. He, in spite of having a **lumbering** sort of **character**, is quite effective as a trainer who knows how all animals **lure** their **prey**.	他雖然天生駑鈍，但做為一位知道所有動物是如何引誘獵物的訓練師還蠻成功的。

答案： (L)

 解析 空格前的主詞為animals，句子中缺少了主要動詞且要是複數動詞，故答案要選L。

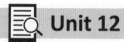

Questions 133-144 Complete the summary

We could see inside the cave deep down the Pacific Ocean without a flashlight due to the fact that there are full of **133.** _____ fungus and squid.

The malfunction of this machine that the accused murders were in charge of might be the primary reason why he was **134.** _____ by many aggressive mobs in this village.

The model, having anorexia, a prolonged disorder of eating due to inadequate or unbalanced intake of nutrients, has to be hospitalized because of **135.** _____.

We recommend applying for your top universities as early as possible to keep the enrollment procedures in a **136.** _____ level.

The news reporter said that **137.** _____ body parts of an anonymous woman were found completely spread in this square with head on the swing, torso in a tree, and a leg in a fountain.

The portrait of a mother and her children, the most famous in this museum, depicts the very **138.** _____ of maternal love.

Elephants have long been taught some hand signs and techniques to **139.** _____ drawing tools and to understand some spoken commands.

Masterpieces of architecture, literature, sculpture, painting and more are mostly inspired by **140.** _____ and mythological characters.

Even though people are legally considered reaching the maturity at the age of eighteen in almost all Asian countries, the **141.** _____ is still there. Maturity and wisdom are regarded as necessities to run a company.

Mathematically, ten is the medial number between five and fifteen; anatomically, the part located in the medial part of the knee structure, **142.** _____ the knee when a person is in an upright position, is called anterior cruciate ligament.

Anorexic girls might have some mental and physical disorders, say, having an extreme fear of gaining weight or missing at least half a year **143.** _____ menstrual period.

144. _____ can refer to all chemical reactions that occur in living organisms, such as digestion and transport of substances into or between different cells. For example, the glucose hydrolyzed from Starch by your body is metabolized and used for energy.

Boxes	
A discrepancy	**B** myths
C lynched	**D** luminescent
E malnutrition	**F** mangled
G stabilizing	**H** manifestation
I manageable	**J** consecutive
K manipulate	**L** metabolism

-- cave 洞穴（n.）	-- luminescent 發光的（a.）
-- fungus 菌類、蘑菇（n.）	-- squid 烏賊（n.）

133. We could see inside the **cave** deep down the Pacific Ocean without a flashlight due to the fact that there are full of <u>**luminescent**</u> **fungus** and **squid**.	因為這裡遍布會發光的菌類與烏賊，所以我們可以不用手電筒就很深入的看到這個位處於太平洋底部的洞穴。

答案： **(D)**

 空格要選形容詞修飾後方兩個名詞，故答案要選D，指發光的菌類與烏賊。

-- malfunction 故障（n.）	-- accused 被指控（v.）
-- lynch 處以私刑（v.）	-- mob 暴民、暴徒（n.）

134. The **malfunction** of this machine that the **accused** murders were in charge of might be the primary reason why he was <u>**lynched**</u> by many aggressive **mobs** in this village.	這個被指控的謀殺犯所負責的機器故障部分，有可能是為什會他會被這個村莊裡許多激進的暴徒處以私刑的原因。

答案： **(C)**

 空格中要填入過去分詞且根據句意要選處以私刑才符合語意，故答案要選C。

-- anorexia 厭食（n.）	-- prolong 延長、拖延（v.）
-- nutrients 營養物（n.）	-- malnutrition 營養失調、營養不良（n.）

135. The model, having **anorexia**, a **pro-longed** disorder of eating due to inadequate or unbalanced intake of **nutrients**, has to be hospitalized because of <u>**malnutrition**</u>.	這位模特兒患有厭食症，一種因為營養的攝取不足與不平衡而造成的飲食長期失調，所以營養失調的她必須被迫住院。

答案： **(E)**

 Because of後加名詞，要選跟營養主題相關的字，故答案為E。

-- recommend 推薦（v.）	-- procedure 程序、過程（n.）
-- enrollment 登記（n.）	-- manageable 易控制的、易管理的（a.）

136. We **recommend** applying for your top universities as early as possible to keep the **enrollment procedures** in a <u>manageable</u> level.	為了可以讓登記的程序可以達到最好管理的狀態，我們推薦越早申請妳的前幾志願學校越好。

答案： **(I)**

 空格中要填入形容詞形容level，句意指的是管理的狀態，故要選I。

-- mangled 亂砍、損毀 (v.)	-- anonymous 沒署名的 (a.)
-- spread 散佈 (v.)	-- torso 軀幹 (n.)

137. The news reporter said that <u>mangled</u> body parts of an **anonymous** woman were found completely **spread** in this square with head on the swing, **torso** in a tree, and a leg in a fountain.	記者報導指出，這個無名女屍被毀損的屍塊散佈在這個廣場上，頭在鞦韆上、軀幹在樹上，以及腳在噴泉裡。

答案： **(F)**

 空格中要填入形容詞修飾body，表示受到毀損的，故要選F。

-- portrait 肖像 (n.)	-- depict 描述、描繪 (v.)
-- manifestation 顯示、證明 (n.)	-- maternal 母親的 (a.)

138. The **portrait** of a mother and her children, the most famous in this museum, **depicts** the very <u>manifestation</u> of maternal love.	這個博物館裡最著名的畫作，一位母親與她的孩子的肖像畫，描述了母愛的顯現。

答案： **(H)**

 空格中要填入名詞，表示母愛的彰顯，故要選H，考試中也常見the very definition這樣的搭配。

-- techniques 技巧、技法 (n.)	-- signs 記號、標誌 (n,)
-- manipulate 操作、利用 (v.)	-- commands 命令、指令 (n.)

139. Elephants have long been taught some hand **signs** and **techniques** to <u>manipulate</u> drawing tools and to understand some spoken **commands**.	大象長久被指導一些手勢以及操作繪畫工具，並且了解一些口語指令的技巧。

答案： **(K)**

 空格中要填入原形動詞，表示操作這些器具，故要選K。

-- masterpieces 傑作、名著 (n.)
-- architectures 建築相關理論、樣式、學說及風格 (n.)
-- sculpture 雕塑 (n.)
-- myth 神話、虛構的人事 (n.)

140. **Masterpieces** of **architecture**, literature, **sculpture**, painting and more are mostly inspired by **myths** and mythological characters.	建築、文學、雕塑、繪畫及更多方面的傑作主要都是受到神話及神話虛構人物所激發而有靈感的。

答案： **(B)**

 解析 空格中要選名詞且可以由空格後的主題協助判答，很快就能選出答案為B。

-- legally 法律上合法地 (adv.)　　　　-- maturity 成熟、完備 (n.)
-- discrepancy 矛盾、差異 (n.)　　　　-- wisdom 智慧、學識 (n.)

141. Even though people are **legally** considered reaching the **maturity** at the age of eighteen in almost all Asian countries, the **discrepancy** is still there. Maturity and **wisdom** are regarded as necessities to run a company.	即使幾乎在所有亞洲國家的法律上，年齡達到十八歲的就算是認可上的成熟，但還是有差異存在。成熟與智慧是被視為經營企業的必需品。

答案： **(A)**

 解析 空格中要選名詞，且表示當中有差異的存在，故答案為A。

-- mathematically 數學上地 (adv.)　　　-- medial 中間的、普通的 (a.)
-- anatomically 解剖學上地 (adv.)　　　-- stabilize 使穩定 (v.)

142. **Mathematically**, ten is the medial number between five and fifteen; **anatomically**, the part located in the **medial** part of the knee structure, **stabilizing** the knee when a person is in an upright position, is called anterior cruciate ligament.	以數學上來說，十是五跟十五的中間數；在解剖學上來說，當人們站立的時候，膝關節中間用來穩定膝蓋的部分，被稱作為前十字韌帶。

答案： **(G)**

 解析 空格中要填入ving的形式，句意指的是穩固膝蓋的部分，故答案為G。

-- mental 精神的、心理的 (a.)	-- physical 身體的 (a.)
-- consecutive 連續的、始終一貫的 (a.)	-- menstrual 月經的、每月一次的 (a.)

143. Anorexic girls might have some **mental** and **physical** disorders, say, having an extreme fear of gaining weight or missing at least half a year **consecutive menstrual** period.	有厭食症的女生有可能會有心理與身體上的不協調症狀出現，包含極度害怕體重增加，或者是會有至少連續半年沒有月經來。

答案： (J)

 解析 空格中要填入形容詞修飾後方的menstrual period，並表示是一個連續的狀態，故答案為J。

-- metabolism 新陳代謝 (n.)	-- organism 生物、有機體 (n.)
-- digestion 消化力、領悟 (n.)	-- glucose 葡萄糖 (n.)

144. **Metabolism** can refer to all chemical reactions that occur in living **organisms**, such as **digestion** and transport of substances into or between different cells. For example, the **glucose** hydrolyzed from Starch by your body is metabolized and used for energy.	新陳代謝就是指生物體內發生的化學反應，像是消化或是物質於兩種不同的細胞間相互運輸。舉例來說，澱粉在你體內水解後的葡萄糖，會被新陳代謝，然後用於增加能量。

答案： (L)

 解析 句子中缺少一個主詞，要選名詞，且根據後面的語意敘述要選新陳代謝這個字，故答案為L。

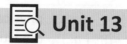

Questions 145-156 Complete the summary

The chief or capital city of a country, region, or state is called a Metropolis, normally the largest city of that area, such as Los Angeles, Tokyo, Paris, and New York, where **145.** _____ people from all over the world come to make their marks.

Professor Martin, a **146.** _____ researcher who is anxious about doing everything in an extremely accurate and exact fashion, assigns a task that consists of more than three hundred questions with terribly detailed instructions for each question.

Scientists speculate parasites that can migrate within the human body normally stay in their hosts for an extended period and **147.** _____ at a faster rate than their hosts.

The concept Ivan Pavlov is famous for is the Conditional Reflex, presenting that dogs would **148.** _____ when food presents. He further analyzed how the dogs associated the sound with the presentation of food.

The victim's family members could not **149.** _____ their emotions upon hearing the verdict because the suspects were going to be arrested and taken to the city jail.

Regardless of how large the space is, sound waves traveling straightforward may be **150.** _____ because of the difference in temperature and redirected toward the ground.

The aim of performing these rituals is to remove specifically defined uncleanliness before proceeding to particular activities, especially prior to the **151.** _____ of a deity.

During the Osaka earthquake at the end of the twentieth century, many buildings were **152.** _____ to nothing, but a pile of rubble and then praying has become a routine activity since then.

The **153.** _____ shelters standing out along this river bank were assumed to be built by prehistoric people who probably had taken regimented constructing training contrived by people from other village.

There is the sacred belief existing between candidates and the electorate, even though the election itself is a **154.** _____ work.

Those savage concentration camps built during the World War II were known as the symbol of not being **155.** _____ and were not liberated by the allies until the end of the war.

A large number of immigrants from China were **156.** _____ among ten different countries and are still under scrutiny from humanitarian organizations.

Boxes

A secular	**B** worship
C ambitious	**D** meticulous
E reproduce	**F** refracted
G restrain	**H** reduced
I domesticated	**J** rudimentary
K scattered	**L** salivate

-- chief 主要的（a.）	-- capital 首都的、重要的（a.）
-- metropolis 大都市、首府（n.）	-- ambitious 野心勃勃的（a.）

145. The **chief** or **capital** city of a country, region, or state is called a **Metropolis**, normally the largest city of that area, such as Los Angeles, Tokyo, Paris, and New York, where **ambitious** people from all over the world come to make their marks.	一個國家、地區、或是洲的主要城市被稱作是首府，通常是那個地區最大的城市，像是洛杉磯、東京、巴黎以及紐約，且通常是來自世界各地充滿雄心的人們來發展的地方。

答案：**(C)**

 空格中要填入形容詞來修飾people，表達充滿雄心的人，故要選C。

-- meticulous 一絲不苟的、精確的（a.）	-- anxious 憂慮的、渴望的（a.）
-- accurate 準確的（a.）	-- consist of 包含、組成（v.）

146. Professor Martin, a **meticulous** researcher who is **anxious** about doing everything in an extremely **accurate** and exact fashion, assigns a task that **consists of** more than three hundred questions with terribly detailed instructions for each question.	馬丁博士是個做事一絲不苟，且總是焦慮地對於所做的每件事都要十分精確，並使用一定的方式去完成的研究員，出了包含超過三百題問題的一個任務，且每一題都附上極詳細的指示。

答案：**(D)**

 空格中要填入形容詞來修飾researcher，根據句意要選小心翼翼的，故要選D。

-- parasites 寄生蟲（n.）	-- migrate 遷移（v.）
-- host 主人（n.）	– reproduce 繁殖、生殖（v.）

147. Scientists speculate **parasites** that can **migrate** within the human body normally stay in their **hosts** for an extended period and **reproduce** at a faster rate than their hosts.	科學家推測可以在人體內游移的寄生蟲，通常會在寄主的身體內停留很長一段時間，且會比牠們寄主繁殖的速率更快。

答案：**(E)**

空格中要填入一個複數動詞reproduce且表示繁殖的意思，故要選E。

| -- reflex 反射、反映 (n.) | -- salivate 分泌唾液 (v.) |
| -- analyze 分析 (v.) | -- associate 使有聯繫 (v.) |

| 148. The concept Ivan Pavlov is famous for is the Conditional **Reflex**, presenting that dogs would <u>**salivate**</u> when food presents. He further **analyzed** how the dogs **associated** the sound with the presentation of food. | 使Ian Pavlov有名的概念就是條件反射，其表示當食物出現時，狗會分泌唾液。他嘗試去分析狗是如何把聲音與食物的出現做連結。 |

答案：**(L)**

 空格前方為would，其為助動詞後方要加上原形動詞，故要選跟情境相符的，表示分泌的意思，要選L。

| -- victim 受害人、犧牲品 (n.) | -- restrain抑制、約束 (v.) |
| -- verdict 裁決、判斷 (n.) | -- suspect 可疑分子 (n.) |

| 149. The **victim**'s family members could not <u>**restrain**</u> their emotions upon hearing the **verdict** because the **suspects** were going to be arrested and taken to the city jail. | 一聽到判決的時候，受害人的家屬便無法克制他們的情緒，因為嫌疑人就要被拘留且帶往監獄。 |

答案：**(G)**

 空格前方為could，其為助動詞後方要加上原形動詞restrain，掃描選項後，有三個符合語法，而符合語意的為G。

| -- regardless of 不管、不顧 (prep) | -- refract 使折射 (v.) |
| -- temperature 溫度 (n.) | -- redirect 使改變方向 (v.) |

| 150. **Regardless of** how large the space is, sound waves traveling straightforward may be <u>**refracted**</u> because of the difference in **temperature** and **redirected** toward the ground. | 不論這個空間有多大，直直往前的聲波有可能會因為遇到不同的溫度而折射，並可能改向而朝向地面。 |

答案：**(F)**

解析 May be後要加上p.p./adj，且要選跟物理現象表達有關的refracted，故答案為F。

-- ritual 宗教儀式 (n.)	-- defined 清晰的 (a.)
-- prior to 之前 (prep)	-- worship 尊敬、禮拜 (n.)

151. The aim of performing these **rituals** is to remove specifically **defined** uncleanliness before proceeding to particular activities, especially **prior to** the **worship** of a deity.	實行這個宗教儀式的目的是，要在進行特定活動之前洗除掉被特別認定為不乾淨的東西，特別是在對神禮拜之前。

答案： (B)

 解析 空格中要填入名詞worship，表示對神的崇敬，故要選B。

-- century 世紀、百年 (n.)	-- reduce 減少、降低 (v.)
-- rubble 粗石、碎磚 (n.)	-- routine 例行的 (a.)

152. During the Osaka earthquake at the end of the twentieth **century**, many buildings were **reduced** to nothing, but a pile of **rubble** and then praying has become a **routine** activity since then.	二十世紀末發生的阪神大地震，許多的建物在一夕之間變成了大量的碎石，從此祈禱成為了例行活動。

答案： (H)

 解析 這題是被動式be reduced to，用於表示一夕之間化為烏有，故答案為H。

-- rudimentary 基本初步的、尚未發展完全的 (a.) -- prehistoric 史前的 (a.)
-- regiment 嚴密管制、把…編成大團 (v.) -- contrive 策畫、圖謀 (v.)

153. The **rudimentary** shelters standing out along this river bank were assumed to be built by **prehistoric** people who probably had taken **regimented** constructing training **contrived** by people from other village.	在河岸邊的基本避難所被推測為史前人所建造的，而且這些人有可能有接受過來自其他村莊的人所謀畫的嚴密管制的建造訓練。

答案： (J)

 解析 空格中要填入形容詞來修飾來形容shelters，表達基礎的避難所，故答案為J。

-- sacred 宗教的、不可侵犯的 (a.)	-- candidates 候選人 (n.)
-- electorate 有選舉權者 (n.)	-- secular 世俗的 (a.)

154. There is the **sacred** belief existing between **candidates** and the **electorate**, even though the election itself is a **secular** work.	候選人與選民之間存有神聖的信仰，縱使選舉本身就是件很世俗的事。

答案： **(A)**

 解析 空格中要填入形容詞來修飾work表達世俗間的事，故答案為A。

-- savage 野蠻的、兇猛的 (a.)　　-- domesticated 被馴服了的 (a.)
-- liberate 解放、使自由 (v.)　　-- Ally 同盟國 (n.)

155. Those **savage** concentration camps built during the World War II were known as the symbol of not being **domesticated** and were not **liberated** by the **allies** until the end of the war.	那些在第二次世界大戰中所建立的野蠻集中營被認為是未被馴服的象徵，且直到戰爭結束才被同盟國解放。

答案： **(I)**

 解析 空格中要填入過去分詞/形容詞來修飾，表示被馴服的象徵，故答案為I。

-- immigrant 移民 (n.)　　　-- scatter 散播、分散 (v.)
-- scrutiny監視、仔細檢查 (n.)　　-- humanitarian 人道主義的 (a.)

156. A large number of **immigrants** from China were **scattered** among ten different countries and are still under **scrutiny** from **humanitarian** organizations.	來自中國大量的移民被分散到十個不同的國家，且現在還在人道組織的監視下。

答案： **(K)**

 解析 這題也是被動語態表示散佈至10個不同的國家，故答案為K。

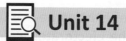

Questions 157-168 Complete the summary

Cognitive Psychology is the study of mental processes, and their effects on human behavior and some other **157.** _____, such as sensation, memory, learning, and more.

For the sake of enjoying the **158.** _____ encounter to good books, I am committed to running a bookshop because I believe that we all have experienced the serendipity of relevant information arriving just when we were least expecting it.

Professor Morgan is such a severe, uncompromising educator who normally locks the door upon the bell ringing and won't let anyone in afterward, just as how the hot weather in San Diego **159.** _____ people.

Studies state that a systematized schedule could be helpful in increasing **160.** _____ at work because it sharpens your mind, just as how you sharpen the blade of your knife frequently for the purpose of cutting things off sharply.

Transplantation is the **161.** _____ of modern medicine that performs transferring an organ from a donor to a recipient.

The **162.** _____ of Internet provides folks with an access to instant events taking place in this world, fostering people to have an agile mind and making them alter the way they perceive this world.

It's such a **163.** _____ day today that people all around the world are so ready for commemorating those who are devoted to achieving their convictions of peace.

Apart from simply imparting knowledge, it is extremely essential for an educator to instruct students the importance of reaching reconciliation when they encounter **164.** _____ opinions and ideas.

The scheme presented for redeveloping the city center is not comparable to the best one due to scant of feasibility and **165.** _____ from the theme and the original purposes of the competition.

The experiment corroborates the prediction that these particles consisting of the particular materials will **166.** _____ on the central point in high temperature.

This chart elaborates an eccentric way of how our ancestors **167.** _____ unpleasant memories, yet it has been regarded as an elusive action for us nowadays.

Creatures are divested of all their rights to live on the land, making us realize that victory is just ephemeral and we have to seek the **168.** _____ between environmental sustainability and economic growth.

Boxes	
A revolution	**B** deviating
C advent	**D** effaced
E consequential	**F** efficiency
G divergent	**H** tortures
I converge	**J** serendipitous
K equilibrium	**L** phenomena

-- mental 內心的、心理的 (a.)	-- behavior 行為 (n.)
-- phenomena 現象 (n.)	-- sensation 感覺、知覺 (n.)

157. Cognitive Psychology is the study of **mental** processes, and their effects on human **behavior** and some other **phenomena**, such as **sensation**, memory, learning, and more.	認知心理學主要是有關心智歷程的研究，以及其對於人的行為的影響和其他的現象，例如感知、記憶、學習之類的。

答案： **(L)**

解析　空格中要填入名詞phenomena，表示其他的現象，故要選L。

-- serendipitous 偶然發現的 (a)	-- committed 忠誠的 (a.)
-- relevant 相關的 (a.)	-- expect 期待 (v.)

158. For the sake of enjoying the **serendipitous** encounter to good books, I am **committed** to running a bookshop because I believe that we all have experienced the serendipity of **relevant** information arriving just when we were least **expecting** it.	為了能夠享受到與好書來個不期而遇，我非常致力於經營書店，因為我相信我們都有過，當我們不期待能夠遇到相關資訊的時候，在找的東西就出現了的經驗。

答案： **(J)**

解析　空格中要填入形容詞來修飾encounter，且為常見的搭配表示偶遇，要選J。

-- severe 嚴厲的 (a.)	-- uncompromising 不妥協的、不讓步的 (a.)
-- afterward 之後 (adv.)	-- torture 折磨、拷問 (v.)

159. Professor Morgan is such a **severe, uncompromising** educator who normally locks the door upon the bell ringing and won't let anyone in **afterward**, just as how the hot weather in San Diego **tortures** people.	摩根教授就是個很嚴厲且不妥協的教育家，他是個在鐘一響就立刻關上門，且之後不讓任何人進來的人，就像是聖地牙哥的天氣如何折磨人們一樣。

答案： **(H)**

解析　空格中要填入動詞torture且表達出天氣的狀態折磨人，故答案為H。

-- systematized 使系統化 (v.)	-- efficiency 效率、效能 (n.)
-- sharpen 使尖銳、加重 (v.)	-- blade 刀身、葉片 (n.)

160. Studies state that a **systematized** schedule could be helpful in increasing **efficiency** at work because it **sharpens** your mind, just as how you sharpen the **blade** of your knife frequently for the purpose of cutting things off sharply.	研究指出，有系統的行程能夠促進工作效率，因為它使你的心變得敏銳，這就像是你為了能夠銳利地切斷某物，而使刀片變得尖銳一樣。

答案： **(F)**

 解析 空格中要填入名詞efficiency，表示日益增加的工作效率，increasing修飾 efficiency，故要選F。

-- transplantation 移植(n.)	-- organ 器官 (n.)
-- donor 捐贈者 (n.)	-- revolution 革命 (n.)

161. **Transplantation** is the **revolution** of modern medicine that performs transferring an **organ** from a **donor** to a recipient.	移植是現代醫學的一大革命，其把器官從捐贈者的身上轉移到另一個人身上。

答案： **(A)**

 解析 空格中要填入名詞revolution，表示現代醫學的革命，故要選A。

-- advent 出現、到來 (n.)	-- access 接近 (n.)
-- agile 靈活的、輕快敏捷的 (a.)	-- alter 改變 (v.)

162. The **advent** of Internet provides folks with an **access** to instant events taking place in this world, fostering people to have an **agile** mind and making them **alter** the way they perceive this world.	網路的出現提供民眾一個可以接觸到這世界上立即發生的事件的管道，也訓練人們有一顆靈敏的心，並讓他們改變了他們看世界的方式。

答案： **(C)**

 解析 空格中要填入名詞advent，表示網路的出現，故要選C。

-- consequential 重要的 (a.)	-- commemorate 紀念 (v.)
-- devoted to 專心於 (v.)	-- conviction 定罪、堅信 (n.)

163. It's such a **consequential** day today that people all around the world are so ready for **commemorating** those who are **devoted to** achieving their **convictions** of peace.	今天是如此重要的一天，全世界的人民都準備好要紀念那些致力於達成他們所堅信的和平的人。

答案： (E)

 解析　空格中要填入形容詞consequential來修飾day，表示重要的日子，故答案為E。

-- apart from 遠離、除…之外 (prep)	-- essential 本質的、必要的 (a.)
-- reconciliation 和解、順從 (n.)	-- divergent 分歧的 (a.)

164. **Apart from** simply imparting knowledge, it is extremely **essential** for an educator to instruct students the importance of reaching **reconciliation** when they encounter **divergent** opinions and ideas.	除了只是傳遞知識之外，對於一位教育家來說，當他們遇到意見分歧時，教導學生如何達到和解也是很重要的。

答案： (G)

 解析　空格中要填入形容詞divergent來修飾options表示意見和想法的分歧，故答案為G。

-- scheme 方案 (n.)	-- comparable 可比較的 (a.)
-- scant of 缺乏的 (a.)	-- deviate 脫離、使脫軌 (v.)

165. The **scheme** presented for redeveloping the city center is not **comparable** to the best one due to **scant of** feasibility and **deviating** from the theme and the original purposes of the competition.	這個中心城市重新發展的方案無法與最好的那個相比，因為它缺乏可行性，並且脫離主題和這個比賽的最初目的。

答案： (B)

 解析　句子中的主要主詞是scheme，介係詞for後方分別連接了兩個Ving，第一個為redeveloping，第二個是空格處的字，根據語意要選deviating。

-- corroborate 使堅固、確證 (v.)	-- particle 粒子、極小量 (n.)
-- consist of 構成 (v.)	-- converge 聚合、集中於一點(v.)

166. The experiment **corroborates** the prediction that these **particles consisting of** the particular materials will **converge** on the central point in high temperature.	研究證實以下的預測：這些由特定物質組成的粒子會在高溫下聚合到中心點。

答案： **(I)**

 空格前方為will，其為助動詞，後方要加上原形動詞converge，表示聚合到中心點，故答案為I。

-- elaborate 闡述 (v.)   -- eccentric 奇怪的(a.)
-- efface忘去、抹卻 (v.)   -- elusive 難以捉摸的 (a.)

167. This chart **elaborates** an **eccentric** way of how our ancestors **effaced** unpleasant memories, yet it has been regarded as an **elusive** action for us nowadays.	這個表闡述我們的祖先是如何以支怪的方式抹去不好的回憶，但是這對我們現今來說，已經被認為是個模糊難懂的動作。

答案： **(D)**

 Ancestors後要填入動詞efface表達抹去不好的回憶，故答案要選D。

-- divest 剝奪 (v.)   -- ephemeral 短暫的、短命的 (a.)
-- equilibrium 平衡、均衡 (n.)   -- creatures 生物 (n.)

168. **Creatures** are **divested** of all their rights to live on the land, making us realize that victory is just **ephemeral** and we have to seek the **equilibrium** between environmental sustainability and economic growth.	生物被剝奪居住在這片土地上的權力這件事，讓我們理解到勝利是短暫的，以及我們必須要尋找環境永續與經濟成長之間的平衡點。

答案： **(K)**

 空格中要填入名詞equilibrium，表示環境永續與經濟成長之間的平衡點，故要選K。

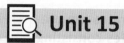

Questions 169-180 Complete the summary

In order to **169.** _____ all people's fears and anxiety, the government attempts to eradicate the erratic way of punishing raped women that has existed in this tribe for hundreds of years.

The article **170.** _____ the drastic protest taking place about twenty six years ago when people considered liberty the belief that human beings cannot discard.

After knowing that this fertile land had been contaminated by chemical waste, thousands of people fled this area yet the information; however, was found to be **171.** _____.

Through detailed investigation, the reason why this buried vase, **172.** _____ by a fisherman few years ago, is extant is that it was made from extraneous materials.

The emperor is exceedingly in love with his wife, so he assigns a **173.** _____ task to his slaves saying that they have to find a broad expanse of land that can be exploited by his wife to plant roses.

The businessman, whom everyone extols as a symbol of success, says that the reason why the revenue and growth of his company can be **174.** _____ is that he gets accustomed to exposing himself in challenges out of his comfort zone.

You can take heed of how **175.** _____ your body temperature is by using this handy and flexible machine that can accommodate its size according to your body temperature.

My boss notices that the recently hired employee prefers to put host of notes in folders in a **176.** _____ fashion and that is why he genuinely recommends her use tags to identify each folder.

They have an identical **177.** _____ that they will be rather diligent if working in an inert working atmosphere.

Flattering is an indispensable trait for a salesman who needs to **178.** _____ customers' infirm mind to the sky.

The **179.** _____ of enemy troops with no reasons induces indigenous people to launch a severe protest that has never happened in this country.

This imposing star made an inaccessible impression on people after she had committed an **180.** _____ crime that could ruin her career.

Boxes	
A inflate	**B** dissipate
C escalated	**D** formidable
E encapsulates	**F** fluctuating
G haphazard	**H** idiosyncrasy
I fabricated	**J** incursion
K implausible	**L** excavated

-- dissipate 失散、驅散消散(v.)	-- eradicate 根絕、滅絕 (v.)
-- erratic 不穩定的、奇怪的 (a.)	-- tribe 部落、部族 (n.)

169. In order to **dissipate** all people's fears and anxiety, the government attempts to **eradicate** the **erratic** way of punishing raped women that has existed in this **tribe** for hundreds of years.	為了要驅散民眾的害怕與焦慮，政府嘗試著去根除這個已經存於這個部落幾百年，用來懲罰強暴婦女的怪異的方式。

答案：　(B)

解析 To後面要加上原形動詞dissipate，in order to用於表達為了...一個表目的的常見片語，空格中的語意是為了要驅散...，故答案要選B。

-- encapsulate 壓縮、形成膠囊、概述 (v.)	-- drastic 激烈的 (a.)
-- consider 考慮、認為 (v.)	-- discard 拋棄、解雇 (v.)

170. The article **encapsulates** the **drastic** protest taking place about twenty six years ago when people **considered** liberty the belief that human beings cannot **discard**.	這篇文章簡述這個發生在約莫二十六年前的激烈抗爭，當時人民視自由為一種身為人不能拋棄的信仰。

答案：　(E)

解析 這題要選單數動詞且表達出簡述這個概念的字，故要選E。

-- fertile 肥沃的、能生產的 (a.)	-- contaminate 毒害、汙染 (v.)
-- flee 消失、逃避 (v.)	-- fabricate 製造、偽造、杜撰 (v.)

171. After knowing that this **fertile** land had been **contaminated** by chemical waste, thousands of people **fled** this area yet the information; however, was found to be **fabricated**.	在知道這個肥沃的土地已經被化學廢棄物污染了之後，數千名民眾逃離這塊土地，但是卻發現這個消息是杜撰的。

答案：　(I)

解析 Be後方要選過去分詞的字fabricated，故要選I，表達消息是杜撰的。

-- investigation 研究、調查 (n.)	-- excavate 挖掘 (v.)
-- extant 現存的、未毀的 (a.)	-- extraneous 無關係的、外來的 (a.)

172. Through detailed **investigation**, the reason why this buried vase, <u>**excavated**</u> by a fisherman few years ago, is **extant** is that it was made from **extraneous** materials.	經過詳細的調查之後，這個被一位漁夫幾年前挖掘出的花瓶還現存著的原因為這個花瓶是由外來的物質所製成的。

答案： (L)

 解析 這題為形容詞子句的省略，故要選過去分詞形式的字，答案為L。

-- exceedingly 非常地、極度地 (adv.)　　-- formidable 強大的、艱難的 (a.)
-- expanse 寬闊的區域 (n.)　　-- exploit 開採、開發 (v.)

173. The emperor is **exceedingly** in love with his wife, so he assigns a <u>**formidable**</u> task to his slaves saying that they have to find a broad **expanse** of land that can be **exploited** by his wife to plant roses.	這位國王非常愛他的老婆，並且分派了一個艱難的任務給他的奴隸，要尋找一片寬廣且可以讓他老婆種植玫瑰的土地。

答案： (D)

 解析 空格中要填入形容詞來修飾task，表示一個艱難的任務，故答案為D。

-- extol 吹捧、稱讚 (v.)　　-- get accustomed to 習慣於 (v.)
-- escalate 逐步擴大 (v.)　　-- expose 使暴露、揭穿 (v.)

174. The businessman, whom everyone **extols** as a symbol of success, says that the reason why the revenue and growth of his company can be <u>**escalated**</u> is that he **gets accustomed to exposing** himself in challenges out of his comfort zone.	這個每個人都稱讚且視為成功的象徵的商人說到，為什麼他的公司各項收益以及成長可以快速擴大，是因為他習慣把他自己暴露於舒適圈外的挑戰之下。

答案： (C)

 解析 can be後要加上p.p./adj，且要選跟快速增長有關的表達escalated，故答案為C。

-- heed 注意、留心 (n.)　　-- fluctuate 使起伏、動搖 (v.)
-- handy 便利的、容易取得的 (a.)　　-- flexible 柔軟的、靈活的 (a.)

175. You can take **heed** of how <u>**fluctuating**</u> your body temperature is by using this **handy** and **flexible** machine that can accommodate its size according to your body temperature.	你可以藉由使用這個便利、彈性空間大且可以隨著你的體溫改變他的大小的機器,來仔細留意你的體溫有多容易變動不穩。

答案: **(F)**

 解析 How+ving表這個狀態,fluctuating最符合語意,故答案為F。

-- hire 雇用 (v.)	-- prefer 較喜歡 (v.)
-- haphazard 偶然的、隨便的 (a.)	-- genuinely 真誠地 (adv.)

176. My boss notices that the recently **hired** employee **prefers** to put host of notes in folders in a <u>**haphazard**</u> fashion and that is why he **genuinely** recommends her use tags to identify each folder.	我的老闆最近發現這個剛被雇用的員工比較喜歡隨便的把大量的筆記塞進資料夾裡,這就是為什麼老闆真誠地推薦這位員工用標記的方式來定位每一個資料夾。

答案: **(G)**

 解析 空格中要填入形容詞來修飾表示「隨便的」跟空格後段敘述相對,故答案為G。

-- identical 完全相似的 (a.)	-- idiosyncrasy 特質、特性 (n.)
-- diligent 勤勉的 (a.)	-- inert 惰性的 (a.)

177. They have an **identical** <u>**idiosyncrasy**</u> that they will be rather **diligent** if working in an **inert** working atmosphere.	他們擁有完全相同的特質,就是如果他們在一個惰性且無生命的工作環境下,他們會比較用功專心。

答案: **(H)**

 解析 空格中要填入名詞idiosyncrasy,表示完全相同的特質,故要選H。

-- indispensable 不可或缺的 (a.)	-- trait 特色、品質 (n.)
-- inflate 使得意、使驕傲 (v.)	-- infirm 柔弱的、虛弱的 (a.)

178. Flattering is an **indispensable trait** for a salesman who needs to <u>**inflate**</u> customers' **infirm** mind to the sky.	對於需要使顧客不確定的心得意到飛上天的銷售員來說,奉承諂媚是個不可或缺的特色。

答案: **(A)**

解析 To後面要加上原形動詞inflate，表示膨脹或捧顧客，故答案要選A。

-- incursion 入侵 (n.)	-- induce 勸誘、導致、促使 (v.)
-- indigenous 本地的、固有的 (a.)	-- severe 嚴厲的、劇烈的 (a.)

179. The **incursion** of enemy troops with no reasons **induces indigenous** people to launch a **severe** protest that has never happened in this country.	敵軍毫無理由的入侵導致本地民眾發起了一個在這國家從沒發生過的劇烈抗爭。

答案： **(J)**

解析 空格中要填入名詞incursion，表示敵軍的入侵，故要選J。

-- imposing 氣勢宏偉的、莊嚴的 (a.)	-- inaccessible 難接近的 (a.)
-- implausible 難信的、不像真實的(a.)	-- ruin 毀壞 (v.)

180. This **imposing** star made an **inaccessible** impression on people after she had committed an **implausible** crime that could ruin her career.	在她犯下了一個令人難以相信且會毀掉她事業前程的罪後，這個氣勢強大的明星給民眾一種難以接近的印象。

答案： **(K)**

解析 空格中要填入形容詞implausible來修飾crime，表示令人難以置信的罪，故答案為K。

Questions 181-192 Complete the summary

Initiating a new career with an instructive meaning requires inherent **181.** _____.

The procedure of performing instantaneous rescue is **182.** _____ __, so that is why emergency rescue personnel and salvage apparatus are integral parts and regarded as invaluable assets to all people.

The **183.** _____ plan, of which people did not perceive the intrinsic value, literally justifies that an escalation in wages could improve productivity and efficiency at work.

She did not get shocked when initially noticing this matter, but it gave her quite a **184.** _____ after she knew the beginning and the subsequent development of it.

His inherent ability of **185.** _____ people's action and facial expressions, makes him an intriguing person.

You have to **186.** _____ manipulate public opinions because firstly, it is mandatory and secondly, it may affect the forthcoming presentation about running a lucrative business.

Constantly altering thoughts manifests that he is a **187.** _____ person rather than a stiff person.

The **188.** _____ of this action that has been regarded as an unreachable objective is now a historical milestone of our country.

Her **189.** _____ with coding makes her a peculiar person in the school; notwithstanding, her parents have a slight misunderstanding over the reasons why she chose to study technology rather than literature.

He is obliged to monitor **190.** _____ bicycles parked in this space, which is the most monotonous work he has ever done in his life.

The engineer maintains the turbines minutely and finds out a myriad of **191.** _____ places needed to be repaired instantly.

Everyone has his or her unique nature that makes a person **192.** _____ _____ in the crowd; nevertheless, some people are still obscure to who they actually are and what uniqueness they own.

Boxes	
A innumerable	**B** obsession
C mimicking	**D** meticulously
E minuscule	**F** malleable
G intricate	**H** ingenuity
I noticeable	**J** legitimacy
K jettisoned	**L** jolt

-- initiate 開始 (v.)	-- instructive 有益的、有教育性的 (a.)
-- inherent 固有的、與生俱來的 (a.)	-- ingenuity 智巧 (n.)

181. **Initiating** a new career with an **instructive** meaning requires **inherent ingenuity**.	開創一個具教育意義的新事業需要與生俱來的靈巧。

答案： (H)

 空格中要填入名詞ingenuity，表示與生俱來的靈巧，故要選H。

-- instantaneous 同時發生的 (a.)	-- intricate 複雜的 (a.)
-- integral 整體的、必須的 (a.)	-- invaluable 無價的 (a.)

182. The procedure of performing **instantaneous** rescue is **intricate**, so that is why emergency rescue personnel and salvage apparatus are **integral** parts and regarded as **invaluable** assets to all people.	要做到即時救援的步驟是很複雜的，所以這就是為什麼緊急救援人員 跟救助器材是整體不可或缺，且被視為對於人民來説是無價的資產。

答案： (G)

 空格中要填入形容詞intricate，be動詞後面都是形容詞，表示步驟是複雜的，故答案為G。

-- jettison 投棄 (v.)	-- intrinsic 本身的、固有的 (a.)
-- justify 證明合法、替...辯護 (v.)	-- escalation 逐步上升 (n.)

183. The **jettisoned** plan, of which people did not perceive the **intrinsic** value, literally **justifies** that an **escalation** in wages could improve productivity and efficiency at work.	這個被拋棄且沒有人了解到其中固有價值的計畫，確切地證明工資的提高可以增進工作的生產力與效率。

答案： (K)

 空格中要填入形容詞jettisoned表示受遺棄的，故答案為K。

-- initially 最初地 (adv.)	-- matter 事件、原因、物質 (n.)
-- jolt 震搖、顛簸 (n.)	-- subsequent 後來的、併發的 (a.)

184. She did not get shocked when **initially** noticing this **matter**, but it gave her quite a <u>**jolt**</u> after she knew the beginning and the **subsequent** development of it.	他在最開始注意到這件事情時並沒有被嚇到，但當他知道這件事的起因以及之後的發展後，卻給了他一個很大的震撼。

答案：(L)

 解析 空格中要填入名詞jolt，表示一個震撼，故要選L。

-- inherent 固有的、與生俱來的 (a.)	-- mimic 模仿 (v.)
-- expression 表達、措辭 (n.)	-- intriguing 吸引人的、有趣的 (a.)

185. His **inherent** ability of <u>**mimicking**</u> people's action and facial **expressions**, makes him an **intriguing** person.	他天生善於模仿他人動作與臉部表情的能力，使他成為一位很有趣的人。

答案：(C)

 解析 介係詞後方要加上名詞或Ving形式的字（**of**後加上名詞當作受詞，包含動名詞），符合句意的只有mimicking，故要選C。

-- meticulously 一絲不苟地 (adv.)	-- manipulate 操作 (v.)
-- mandatory 命令的、強制的 (a.)	-- lucrative 有利益的、獲利的 (a.)

186. You have to <u>**meticulously**</u> **manipulate** public opinions because firstly, it is **mandatory** and secondly, it may affect the forthcoming presentation about running a **lucrative** business.	你必須要非常細心地去操作公眾言論，因為第一，這是必須的；第二，這些言論有可能會影響到接下來的一個可以獲利的企業經營簡報。

答案：(D)

 解析 句子已經非常完整有主要主詞和動詞等訊息時，空格處僅可能是副詞的選項，故要選D。

-- constantly不斷地、時常地 (adv.)	-- alter 改變 (v.)
-- manifest 表明、證明 (v.)	-- malleable 有延展性的 (a.)

187. **Constantly altering** thoughts **manifests** that he is a <u>**malleable**</u> person rather than a stiff person.	時常改變想法顯示他是個有延展性的人，而不是一個腦袋不靈活的人。

答案：(F)

空格中要填入一形容詞malleable來修飾表示有延展性的/八面玲瓏的，故答案為F。

-- legitimacy 合法 (n.)	-- unreachable 不能得到的 (a.)
-- objective 目的 (n.)	-- milestone 里程碑、劃時代的事件 (n.)

188. The **legitimacy** of this action that has been regarded as an **unreachable objective** is now a historical **milestone** of our country.	這個曾經被視為是無法達成的目的的動作，其合法性是我們國家歷史上的一個里程碑。

答案： (J)

 空格中要填入名詞legitimacy，表示此行為的合法性，故要選J。

-- obsession 迷住 (n.)	-- peculiar 奇特的、特殊的 (a.)
-- notwithstanding 儘管、還是 (adv.)	-- misunderstanding 誤解 (n.)

189. Her **obsession** with coding makes her a **peculiar** person in the school; **notwithstanding**, her parents have a slight **misunderstanding** over the reasons why she chose to study technology rather than literature.	她對於編碼的癡迷使他在學校裡成為一名很特殊的人物，然而她的爸媽對於她為什麼選擇念科技而不是文學有一點小誤解。

答案： (B)

 空格中要填入名詞obsession（所有格後加名詞），表示對於編碼的癡迷，故要選B。

-- oblige 強制、束縛 (v.)	-- monitor 監控、監視 (v.)
-- innumerable 數不清的 (a.)	-- monotonous 單調的 (a.)

190. He is **obliged** to **monitor innumerable** bicycles parked in this space, which is the most **monotonous** work he has ever done in his life.	他被強制去監視停在這個區域中數不盡輛數的腳踏車，他覺得這工作是他目前人生中做過最單調無聊的一個工作了。

答案： (A)

 空格中要填入形容詞innumerable來修飾bicycles，表示監視數不盡輛數的腳踏車，故答案為A。

-- maintain 維修、保養 (v.)	-- minutely 仔細地、微小地 (adv.)
-- myriad 無數 (n.)	-- minuscule 極小的 (a.)

191. The engineer **maintains** the turbines **minutely** and finds out a **myriad** of **minuscule** places needed to be repaired instantly.	這位工程師仔細的保養這個渦輪，並且發現有數不盡的細小地方需要立即地修復。

答案： (E)

解析 空格中要填入形容詞minuscule來修飾places表示細微地方，故答案為E。

-- nature 自然、天性 (n.)	-- unique 獨特的 (a.)
-- noticeable 引人注目的 (a.)	-- obscure 含糊的、難解的 (a.)

192. Everyone has his or her **unique nature** that makes a person **noticeable** in the crowd; nevertheless, some people are still **obscure** to who they actually are and what uniqueness they own.	每個人都有他獨特且可以使一個人在人群中受人注目的天性，然而有很多人始終對於他們到底是誰以及他們擁有甚麼樣的獨特性感到很模糊。

答案： (I)

解析 空格中要填入形容詞（make+人+adj）表示受人注目，故答案為I。

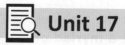

Questions 193-204 Complete the summary

Nearly everyone feels that they are in a mundane world, having a mundane life and reading books full of **193.** _____ contents; on the contrary, everything mundane still pacifies your life.

Water has **194.** _____ through patches of the wall for a couple of days, so he asks the property agent to pull down the prices to offset the imperfection.

This slide is basically an **195.** _____ demonstrating what the outcome would be if enemy troops keep penetrating our territory.

The movement of tides, the periodic rise and fall of the sea level in the given time, is **196.** _____, which, in this face, differs from a tsunami.

Even though the landlord gives the **197.** _____ that this land will not be parceled out by a dozen or so small buyers, the family still decides to move to the outermost district of the city to ensure safety.

Everyone can tell it's evidently a paradox that the owner spent so much money **198.** _____ rather than improving the quality of the food, and the explanation he provided was deliberately opaque.

At the peak of her beauty career, she does not allow herself to omit any tiny piece of work even if her boss **199.** _____ tiny mistakes.

As an outbreak of hostilities interrupted the ongoing construction, the government had no options but to **200.** _____ crush the rebellion.

Her life seems to comply with the **201.** _____ path of being a playwright due to her preeminent composing and writing abilities.

People do not accept the **202.** _____ that a loan of money could pull our government out of the economical predicament.

A portion of the manuscripts belonging to the prominent scholar has been well- preserved, regarded as what made him reach the **203.** _____ _____ of his instructing career.

That this language is used **204.** _____ in this district may possibly preclude the development of other dialects that experts postulate as the sources of all languages used in this area.

Boxes

A pledge	**B** preordained
C ornamenting	**D** premise
E permits	**F** perceptible
G instantaneously	**H** overview
I pinnacle	**J** permeated
K mundane	**L** predominantly

| -- nearly 幾乎（adv.） | -- mundane 現世的、世俗的（a.） |
| -- on the contrary 相反地（conj.） | -- pacify 使平靜、安慰（v.） |

| 193. **Nearly** everyone feels that they are in a mundane world, having a mundane life and reading books full of **mundane** contents; **on the contrary**, everything mundane still **pacifies** your life. | 幾乎每個人都覺得他們現處於一個世俗的世界，過著世俗的生活，讀著充滿世俗內容的書籍；但相反地，每件世俗的事情仍然使你的人生感到平靜。 |

答案：(K)

 空格中要填入形容詞mundane來修飾contents表示普通的內容，故答案為 K。

| -- permeate 瀰漫、滲透滲入（v.） | -- patch 補釘（n.） |
| -- offset 彌補（v.） | -- imperfection 不完美、瑕疵（n.） |

| 194. Water has **permeated** through **patches** of the wall for a couple of days, so he asks the property agent to pull down the prices to **offset** the **imperfection**. | 水經由牆上的補釘部分滲透進來，所以他向房仲要求降低價錢來彌補這個瑕疵。 |

答案：(J)

 Has+p.p的搭配，所以要選過去分詞的選項，從中過濾後僅有permeated符合句意，故答案為J。

| -- overview 概要（n.） | -- outcome 結果、後果（n.） |
| -- penetrate 滲透、穿入（v.） | -- territory 版圖、領地（n.） |

| 195. This slide is basically an **overview** demonstrating what the **outcome** would be if enemy troops keep **penetrating** our **territory**. | 這個投影片基本上來說，是個概述如果敵軍軍隊一直滲透到我們的領地會有甚麼後果發生。 |

答案：(H)

 空格中要填入名詞overview，表示一個概述，故要選H。

-- tide 潮汐 (n.)	-- periodic 週期的、定期的 (a.)
-- perceptible 可察覺的、可感覺的 (a.)	-- differ 不一致、不同 (v.)

196. The movement of **tides**, the **periodic** rise and fall of the sea level in the given time, is <u>**perceptible**</u>, which, in this face, **differs** from a tsunami.	潮汐運動，也就是一定時間內海平面週期性上升下降，是可以察覺的，並且可以此來區分其與海嘯的不同。

答案： **(F)**

 空格中要填入形容詞來修飾（be動詞後通家都加形容詞當補語），表示可察覺的，故答案為F。

-- landlord 房東、地主 (n.)	-- pledge 保證、抵押、發誓 (n.)
-- parcel out 分配 (v.)	-- outermost 最外邊的、離中心最遠的 (a.)

197. Even though the **landlord** gives the <u>**pledge**</u> that this land will not be **parceled out** by a dozen or so small buyers, the family still decides to move to the **outermost** district of the city to ensure safety.	縱使地主給出承諾説，這塊土地不會被十幾位買家所分購，這家人決定為了確保安全，還是要搬到這個城市最外圍的區域。

答案： **(A)**

 空格中要填入名詞pledge，表示承諾，故要選A。

-- evidently 顯然、明顯的 (adv.)	-- paradox 似是而非的論點 (n.)
-- ornament 裝飾 (v.)	-- opaque 不透明的、含糊的 (a.)

198. Everyone can tell it's **evidently** a **paradox** that the owner spent so much money <u>**ornamenting**</u> rather than improving the quality of the food, and the explanation he provided was deliberately **opaque**.	每個人都知道這個主人花很多錢在裝飾而不是優化食物的品質，很明顯是個矛盾的事情，且他對於此事刻意地提出模糊的解釋。

答案： **(C)**

 Spend後方要加上動名詞，選項中僅有ornamenting符合，故答案為C。

-- peak 山頂、高峰 (n.)	-- allow 允許 (v.)
-- omit 忽略 (v.)	-- permit 許可、容許 (v.)

199. At the **peak** of her beauty career, she does not **allow** herself to **omit** any tiny piece of work even if her boss **permits** tiny mistakes.	正處事業頂峰的她，即使她的老闆允許小錯誤，她也不允許她自己忽略工作上任何細微的部分。

答案：**(E)**

 解析 Even if的副詞子句中少了現在式單數動詞，故答案為permits。

-- outbreak 爆發、暴動 (n.)	-- ongoing 進行的 (a.)
-- options 選擇 (n.)	-- instantaneously 同時發生地 (adv.)

200. As an **outbreak** of hostilities interrupted the **ongoing** construction, the government had no **options** but to **instantaneously** crush the rebellion.	因為反對勢力大舉入侵正在進行中的施工工程，政府沒有其他選擇，只好立即地殲滅掉這些叛源。

答案：**(G)**

 解析 句子已經非常完整有主要主詞和動詞等訊息時，空格處僅可能是副詞的選項，故要選G。

-- comply with 遵守、服從 (v.)	-- preordain 預先注定、命運來源 (v.)
-- preeminent 超群的、卓越的 (a.)	-- compose 組成、構成 (v.)

201. Her life seems to **comply with** the **preordained** path of being a playwright due to her **preeminent composing** and writing abilities.	她的人生似乎遵守了註定好的命運，因為她卓越的作曲跟寫作能力，她成為一個劇作家。

答案：**(B)**

 解析 空格中要填入形容詞來修飾path，表示命中注定要走的路，故答案為B。

-- accept 接受 (v.)	-- premise 前提 (n.)
-- loan 貸款 (n.)	-- predicament 困境 (n.)

202. People do not **accept** the **premise** that a **loan** of money could pull our government out of the economical **predicament**.	人民不接受借款可以使我們的政府脫離經濟困境這樣的一個前提。

答案：**(D)**

 解析 空格中要填入名詞premise，表示接受這樣的前提，故要選D。

| -- portion 部分 (n.) | -- manuscript 手稿、原稿 (n.) |
| -- prominent 卓越的、顯著的 (a.) | -- pinnacle 巔峰、最高點 (n.) |

| 203. A **portion** of the **manuscripts** belonging to the **prominent** scholar has been well- preserved, regarded as what made him reach the **pinnacle** of his instructing career. | 屬於這位傑出學者的手稿部分被完好的保存著，且其被認為是使他達到他教學事業巔峰的東西。 |

答案： (I)

 解析 空格中要填入名詞pinnacle，表示教學事業巔峰，故要選I。

| -- predominantly 主要地 (adv.) | -- preclude 預先排除、預防 (v.) |
| -- postulate 假設 (v.) | -- source 來源 (n.) |

| 204. That this language is used **predominantly** in this district may possibly **preclude** the development of other dialects that experts **postulate** as the **sources** of all languages used in this area. | 這個語言在這個地區盛行，很有可能預先排除了其他方言發展，而專家認為方言是這個區域中所有語言的來源。 |

答案： (L)

 解析 句子已經非常完整有主要主詞和動詞等訊息時，空格處僅可能是副詞的選項，故要選L。

Questions 205-216 Complete the summary

Your report is lack of precision because there might be potential **205.** __ _____ happening if you just say the point is mentioned in the preceding paragraph.

It's definitely a potent study **206.** _____ that the latest trend in accessory fashion would be widespread from East Asia to Western countries.

It is plausible that the phenomenon of how your skin **207.** _____ __ is just as how moisture passes through the pores in the surface of a leaf.

The color created by mixing artificial and natural **208.** _____ up is phenomenal, and the way to create it is pervasive, especially in tropical counties, such as Mexico and Brazil.

The persistent questioning has been lasting for an hour in this conference in that people are so **209.** _____ about how this miraculous way of piecing a bridge from just hundreds of poles could form such a solid building.

210. _____ comments are raised regarding how the radical changes would bring about a pronounced improvement in establishing a prosperous city.

She was provoked by the **211.** _____ words saying that she has no ability to go to college, which then propels her to pursue a life of research.

Proponents consider this as his **212.** _____ that he can hang on to a piece of rock protruding from the cliff face in such an emergent condition.

Rising fruit and vegetable prices are prohibitive, said the government, in order to **213.** _____ grow fruits and assure farmers' right.

This scheme is prolonged due to the fact that **214.** _____ weather condition is programmed to reform the capital cities and preserve the ancient temples.

We are supposed to put protecting the world's **215.** _____ pristine forests in our top priority.

To live a primitive lifestyle is prevalent nowadays, such as camping, and the **216.** _____ reason why it is popular among families may be because children can learn the remarkable way of living.

Boxes

A presumable	**B** ambiguity
C inquisitive	**D** prolifically
E pertinent	**F** ruinous
G malicious	**H** prowess
I positing	**J** breathes
K remaining	**L** pigments

| -- precision 精確度 (n.) | -- ambiguity 不明確、含糊 (n.) |
| -- potential 可能的、潛在的 (a.) | -- preceding 上述的、在前的 (a.) |

| 205. Your report is lack of **precision** because there might be **potential ambiguity** happening if you just say the point is mentioned in the **preceding** paragraph. | 你的報告缺乏準確性，因為你如果只說這個論點已經在之前的段落中敘述過了，有可能會有敘述不明確的情況發生。 |

答案： **(B)**

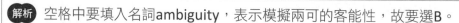 解析　空格中要填入名詞ambiguity，表示模擬兩可的客能性，故要選B。

| -- potent 有力的、有說服力的 (a.) | -- posit 斷定 (v.) |
| -- widespread 廣布的、普及的 (a.) | -- trend 趨勢、流行 (n.) |

| 206. It's definitely a **potent** study **positing** that the latest **trend** in accessory fashion would be **widespread** from East Asia to Western countries. | 這個很有說服力的研究斷定飾品的流行趨勢會從東亞到西方國家廣泛普及。 |

答案： **(I)**

 解析　這題為關係代名詞省略，故要選positing才符合答案。

| -- plausible 似是而非的 (a.) | -- phenomenon 現象 (n.) |
| -- breathe 呼吸 (v.) | -- pore 孔 (n.) |

| 207. It is **plausible** that the **phenomenon** of how your skin **breathes** is just as how moisture passes through the **pores** in the surface of a leaf. | 你的皮膚呼吸就像是水分如何透過葉面的細孔滲透，這樣的現象似乎是合理的。 |

答案： **(J)**

 解析　Your skin後方要加上單數動詞，也要同時能區分出字尾有s但是卻是名詞的字，像是pigments，故答案要選J。

| -- artificial 人造的 (a.) | -- pigment 色素 (n.) |
| -- phenomenal 非凡的 (a.) | -- pervasive 普及的、遍布的 (a.) |

208. The color created by mixing **artificial** and natural **pigments** up is **phenomenal**, and the way to create it is **pervasive**, especially in tropical counties, such as Mexico and Brazil.	由混和人造與自然色素創造出來的色素十分出色，而且製造的方法遍及熱帶國家，像是墨西哥與巴西。

答案：**(L)**

 解析 空格中要填入名詞pigments，表示自然色素，故要選L。

-- persistent 堅持的、持續的（a.）	-- inquisitive 好奇的（a.）
-- miraculous 奇蹟的、不可思議的（a.）	-- piece 連接、接上（v.）

209. The **persistent** questioning has been lasting for an hour in this conference in that people are so **inquisitive** about how this **miraculous** way of **piecing** a bridge from just hundreds of poles could form such a solid building.	研討會中的發問持續一小時之久而不間斷，因為人們對於這樣不可思議，只使用幾百根竿子連接橋便可以建出這樣堅固的建物感到好奇。

答案：**(C)**

 解析 空格中要填入形容詞（so+adj），表示好奇的，故答案為C。

-- pertinent 相關的（a.）	-- radical 激進的、根本的（a.）
-- pronounced 明顯的（a.）	-- prosperous 繁榮的（a.）

210. **Pertinent** comments are raised regarding how the **radical** changes would bring about a **pronounced** improvement in establishing a **prosperous** city.	有關一些根本上的改變如何能於建造一個繁榮城市時帶來顯著的進步，這樣的言論已被提出。

答案：**(E)**

 解析 空格中要填入形容詞來修飾comments表示有關連性的，故答案為E。

-- provoke 激怒、招惹（v.）	-- malicious 懷惡意的（a.）
-- propel 推進、驅使（v.）	-- pursue 追求、追趕（v.）

211. She was **provoked** by the **malicious** words saying that she has no ability to go to college, which then **propels** her to **pursue** a life of research.	她被說她沒有能力進大學這樣的惡意言論給激怒，其促使她去追求走上研究之路。

答案：**(G)**

空格中要填入形容詞來修飾words，表示惡意的字眼，故答案為G。

-- proponent 支持者 (n.)	-- prowess 實力、才智 (n.)
-- protrude 突出、伸出 (v.)	-- emergent 緊急的、浮現的 (a.)

212. **Proponents** consider this as his **prowess** that he can hang on to a piece of rock **protruding** from the cliff face in such an **emergent** condition.	支持者認為可以在這樣緊急的時刻緊緊抓住由懸崖突出的岩石，是他的英勇才智。

答案： **(H)**

 空格中要填入名詞prowess（所有格+名詞），表示才智，故要選H。

-- prohibitive 禁止的、抑制的 (a.)	-- in order to 為了 (conj.)
-- prolifically 多產地、豐富地 (adv.)	-- assure 向…保證、使放心 (v.)

213. Rising fruit and vegetable prices are **prohibitive**, said the government, **in order to prolifically** grow fruits and **assure** farmers' right.	政府表示為了大量的生產水果以及確保農民的權益，抬高水果與蔬菜價格是被禁止的。

答案： **(D)**

解析 句子已經非常完整有主要主詞和動詞等訊息時，空格處僅可能是副詞的選項，為常見的to+adv+V+N的架構，故要選D。

-- prolong 延長、拖延 (v.)	-- ruinous 招致破壞的 (a.)
-- program 程式化、規劃 (v.)	-- preserve 保護、保存 (v.)

214. This scheme is **prolonged** due to the fact that **ruinous** weather condition is **programmed** to reform the capital cities and **preserve** the ancient temples.	此計劃是用於改善首都以及保存古廟宇，因為破壞性的氣候狀況而延後。

答案： **(F)**

 空格中要填入形容詞來修飾weather，表示招致破壞的，故答案為F。

-- protect 保護 (v.)	-- remaining 剩餘的、剩下的 (a.)
-- pristine 原始的、質樸的 (a.)	-- priority 優先 (n.)

215. We are supposed to put "**protecting** the world's **remaining pristine** forests" in our top **priority**.	我們應該要把保護世界上剩餘的原始森林當作我們的第一優先。

答案： (K)

 解析 空格中要填入形容詞來修飾pristine forests，表示僅存的，故答案為K。

-- primitive 原始的 (a.)	-- prevalent 普遍的、流行的 (a.)
-- presumable 可推測的 (a.)	-- remarkable 卓越的、非凡的 (a.)

216. To live a **primitive** lifestyle is **prevalent** nowadays, such as camping, and the **presumable** reason why it is popular among families may be because children can learn the **remarkable** way of living.	過著原始的生活方式像是露營，在現今來說是很普遍的，且為什麼這樣的生活方式在家庭間很熱門其可能的原因為小孩子可以學到非凡卓越的生活方式。

答案： (A)

 解析 空格中要填入形容詞來修飾reason，表示可推測的原因，故答案為A。

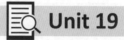

Questions 217-228 Complete the summary

The reputation of this historic store has been ruined by this drastic explosion assumed to be terrorist attack, and there is still **217.** _____ _____ oil spread all over the floor.

Even though this story is readily comprehensible, I would choose to follow all the **218.** _____ of the plot rather than scan and then directly skip to the conclusion.

This group of people regards the sort of interior design as refuse, while another group deems this refined work as adorned with **219.** _____ ____ decoration.

Relatively speaking, it is a lot urgent to strictly **220.** _____ the army for the sake of reinforcing our defense against attacks.

The downcast facial expression she had while reluctantly admitting to the truth constantly **221.** _____ through my mind.

The replica of the Eiffel Tower she made approximately two years ago has received an exceptional reputation for sophistication and its delicate **222.** _____.

The fragments of scraped wood and glasses scattered due to the **223.** _____ explosion have screened off part of the room.

He has been the **224.** _____ of his colleagues since they saw him carrying scores of goods in such a scorching day.

Having the mass production of scented dress is outside the scope of our ability, save for designing just few **225.** _____ of it.

I feel quite **226.** _____ using a scented soap for the shower, making me feel like roaming around the street full of roses in Paris - the most fanciful city in the world.

The **227.** _____ of religions is so philosophical and profound that makes me merely have a rudimentary grasp of Buddhism, for example that the cow is a sacred animal in India.

The president's **228.** _____ way of making a presentation leads to the deep ruptures within the party, making roughly 70% percent of the members unable to execute their power.

Boxes

A satisfied	**B** refreshing
C ramifications	**D** residual
E regulate	**F** roundabout
G scorn	**H** samples
I gargantuan	**J** realm
K recurs	**L** symmetry

-- reputation 聲譽、名譽 (n.)	-- historic 歷史上重要的、歷史性的 (a.)
-- drastic 激烈的 (a.)	-- residual 剩餘的、殘餘的 (a.)

217. The **reputation** of this **historic** store has been ruined by this **drastic** explosion assumed to be terrorist attack, and there is still **residual** oil spread all over the floor.	這間具歷史性意義的商店聲譽被這次推測為是恐怖攻擊的轟炸給摧毀了，而且還有殘餘的油漬遍布地上。

答案： **(D)**

 解析 空格中要填入形容詞來修飾oil，表示殘餘的，故答案為D。

-- readily 容易地、快捷地 (adv.)	-- comprehensible 可理解的 (a.)
-- ramifications 分支 (n.)	-- rather than 而不是 (conj.)

218. Even though this story is **readily comprehensible**, I would choose to follow all the **ramifications** of the plot **rather than** scan and then directly skip to the conclusion.	雖然這個故事可以很快速地被理解，我還是會選擇遵照故事情節的所有分支而不是掃過去然後直接跳到結局。

答案： **(C)**

 解析 空格中要填入名詞ramifications，表示情節的分支，故要選C。

-- refuse 拒絕 (v.) 廢物、殘渣 (n.)	-- refined 精緻的、精確的、優雅的 (a.)
-- adorn 使裝飾、使生色 (v.)	-- refreshing 清爽的 (a.)

219. This group of people regards the sort of interior design as **refuse**, while another group deems this **refined** work as **adorned** with **refreshing** decoration.	這群人認為這樣類型的室內設計根本是垃圾，然而其他的人卻認為這是個精緻的作品，因為其使用耳目一新的裝飾。

答案： **(B)**

 解析 空格中要填入形容詞（現在分詞當形容詞表示令人感到）來修飾表示耳目一新的裝飾，故答案為B。

-- relatively 相對地、比較而言 (adv.)	-- urgent 急迫的、緊急的 (a)
-- regulate 管理、為…制定規章 (v.)	-- reinforce 增強、加固 (v.)

220. **Relatively** speaking, it is a lot urgent to strictly **regulate** the army for the sake of **reinforcing** our defense against attacks.	相對來説，去嚴格的管理我們的軍隊來達到鞏固我們防線免於受到攻擊是更加地緊急。

答案： **(E)**

 解析 To後面要加上原形動詞regulate，表示嚴格的管制，故答案要選E。

-- reluctantly 不情願地 (adv.)	-- admit 承認 (v.)
-- constant 持續的、堅決的 (adv.)	-- recur 再發生、復發 (v.)

221. The downcast facial expression she had while **reluctantly admitting** to the truth **constantly recurs** through my mind.	她不情願承認這個事實時的悲哀表情一直在我腦海中反覆浮現。

答案： **(K)**

 解析 這題要選單數動詞且表示反覆出現的概念，故答案為K。

-- replica 複製品、複寫 (n.)	-- reputation 名聲、名譽 (n.)
-- delicate 細緻的、微妙的 (a.)	-- symmetry 對稱、調和 (n.)

222. The **replica** of the Eiffel Tower she made approximately two years ago has received an exceptional **reputation** for sophistication and its **delicate symmetry**.	她大約兩年前做的艾菲爾鐵塔的複製品，因為精細與細緻的對稱，贏得很好的聲譽。

答案： **(L)**

 解析 空格中要填入名詞symmetry，表示細緻的對稱，故要選L。

-- scrape 刮、擦 (v.)	-- scatter 散播、散佈 (v.)
-- gargantuan 巨大的、龐大的 (a.)	-- screen 隔離 (v.)

223. The fragments of **scraped** wood and glasses **scattered** due to the **gargantuan** explosion have **screened** off part of the room.	因為巨大爆炸而四射的這些有擦痕的木頭與玻璃的碎片遮蔽了這房間的一部分。

答案： **(I)**

 解析 空格中要填入形容詞來修飾explosion，表示巨大爆炸，故答案為I。

| -- scorn 輕蔑、奚落 (n.) | -- carry 攜帶 (v.) |
| -- score 大量、許多 (n.) | -- scorching 灼熱的、激烈的 (a.) |

224. He has been the **scorn** of his colleagues since they saw him **carrying scores** of goods in such a **scorching** day.

自從他同事看到他在烈日下提著大包小包的貨物後，他就成為他同事奚落的對象。

答案： **(G)**

 解析 空格中要填入名詞scorn，為常見的冠詞a/the其後加上名詞的架構，表示同事的奚落，故要選G。

| -- scented 有氣味的 (a.) | -- scope 範圍、廣度 (n.) |
| -- samples 樣品 (n.) | -- save for 除了 (preposition) |

225. Having the mass production of **scented** dress is outside the **scope** of our ability, **save for** designing just few **samples** of it.

大量製作有香氛的洋裝完全超出我們的可行範圍，除了只是設計出幾樣樣本以外。

答案： **(H)**

 解析 空格中要填入名詞samples，表示幾個樣本，故要選H。

| -- satisfied 感到滿足的 (a.) | -- scented 有氣味的 (a.) |
| -- roam 漫步、漫遊 (v.) | -- fanciful 想像的、奇怪的 (a.) |

226. I feel quite **satisfied** using a **scented** soap for the shower, making me feel like **roaming** around the street full of roses in Paris - the most **fanciful** city in the world.

使用有香氛的香皂洗澡讓我感到很滿意，感覺就像是漫步在開滿玫瑰的巴黎街道，而巴黎則是世界上最讓人充滿幻想的城市。

答案： **(A)**

 解析 Feel感官動詞後要加形容詞，故這題要選satisfied，答案為A。

| -- realm 領域、界 (n.) | -- profound 深奧的 (a.) |
| -- rudimentary 基本的、初步的 (a.) | -- sacred 宗教的、不可侵犯的 (a.) |

227. The **realm** of religions is so philosophical and **profound** that makes me merely have a **rudimentary** grasp of Buddhism, for example that the cow is a **sacred** animal in India.

宗教這個領域是非常哲學且深奧的，讓我只能大概知道佛教的基礎，像是牛是印度神聖的動物。

答案: **(J)**
空格中要填入名詞realm，表示宗教這個領域，故要選J。

-- roundabout 繞圈子的 (a.)	-- rupture 破裂、斷開 (n.)
-- roughly 概略地、粗糙地 (adv.)	-- execute 執行 (v.)

228.The president's **roundabout** way of making a presentation leads to the deep **ruptures** within the party, making **roughly** 70% percent of the members unable to **execute** their power.	總統兜圈子的報告方式導致了這個黨派的破裂，使得大約百分之70的成員無法執行他們的權力。

答案: **(F)**
空格中要填入形容詞來修飾**way**，表示兜圈子的報告方式，故答案為F。

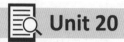

Questions 229-240 Complete the summary

The robust man plays a rather important role in our team because he can rotate the **229.** _____ handle gently.

Through rigorous examination, the distinguished scholar states that the speed of a patient's revival after having an operation represents the person's **230.** _____ capacity.

The old man finally **231.** _____ his suitcase ten years after he left it at the lobby of JFK international airport and appreciates the anonymous man retaining the original appearance of his suitcase.

She has acquired the **232.** _____ of handcraft, and the necklace she made is widely sought-after, making it the most meaningful moment in her life.

Myriad people solicit for planting more trees after knowing there is just one **233.** _____ tree growing on the mountainside, with its stem slightly and gradually sinking down into the mud.

In my case, since I am skeptical of the truthfulness of any telephone solicitation calls from banks, I reckon people must **234.** _____ themselves from information theft.

The branch he was standing on snapped off and a small **235.** _____ of it sank down into the shallow-end of the swimming pool.

The **236.** _____ of this event is that even though the spectators speculated that this man with a suspicious look murdered his mother, the police officer still believed that the young woman somewhat shivering on the floor did that.

After she switched to the department **237.** _____ concentrating on composing rather than singing, this singer finally got a chance to showcase her new songs.

The tiger mother has been exceedingly severe with her son, making him a **238.** _____ student who may have potential secreted problems.

In order to create a spectacular marble sculpture, the architect has to have the close **239.** _____ of people's preference to art and aesthetic attitude.

The language institute in which I was teaching English language was **240.** _____ for aiding immigrants and refugees subjected to verbal and physical abuse in acquiring required abilities to get a job.

Boxes

A sophistication	**B** scrutiny
C segment	**D** sedentary
E principally	**F** solitary
G singularity	**H** shield
I cumbersome	**J** resilient
K retrieves	**L** established

-- robust 強健的、結實的 (a.)	-- rotate 旋轉 (v.)
-- role 角色 (n.)	-- cumbersome 累贅的、沉重的 (a.)

229. The **robust** man plays a rather important **role** in our team because he can **rotate** the <u>cumbersome</u> handle gently.	這個強健的男人在我們的團隊中扮演著相當重要的角色，因為他可以輕鬆旋轉這個沉重的把手。

答案： (I)

 空格中要填入形容詞來修飾handle，表示沉重的把手，故答案為I。

-- rigorous 嚴格的、苛刻的 (a.)	-- distinguished 卓越的、著名的 (a.)
-- revival 再生、復活 (n.)	-- resilient 彈回的、迅速恢復精力的 (a.)

230. Through **rigorous** examination, the **distinguished** scholar states that the speed of a patient's **revival** after having an operation represents the person's <u>resilient</u> capacity.	在經歷過嚴苛的檢查後，這位卓越的學者陳述，一位病人在手術過後甦醒的速度代表著一個人的復原能力。

答案： (J)

 空格中要填入形容詞來修飾capacity表示復原的能力，故答案為J。

-- retrieve 重新得到、收回 (v.)	-- international 國際的 (a.)
-- anonymous 作者不詳的 (a.)	-- retain 保持、保留 (n.)

231. The old man finally <u>retrieves</u> his suitcase ten years after he left it at the lobby of JFK **international** airport and appreciates the **anonymous** man **retaining** the original appearance of his suitcase.	十年後，這位老人終於取回他十年前丟失在紐約JFK國際機場的皮箱，並且對於那位不知道名字，卻幫他保留行李箱原貌的那位先生感到很感激。

答案： (K)

 這句的主詞為man故空格要選單數動詞且句意為取回的意思，故答案為K。

-- acquire 取得、獲得 (v.)	-- sophistication 複雜、精密 (n.)
-- sought-after 很吃香的、受歡迎的 (a.)	-- meaningful 有意義的 (a.)

232. She has **acquired** the <u>**sophistication**</u> of handcraft, and the necklace she made is widely **sought-after**, making it the most **meaningful** moment in her life.	她已經獲取了做手工藝的精隨,而且她親手製作的項鍊非常受歡迎,這成為她人生中最有意義的時刻。

答案: (A)

 空格中要填入名詞sophistication,表示手工藝的精隨,故要選A。

-- myriad 大量的、無數的 (a.)　　　　-- solicit 請求、乞求 (v.)
-- solitary 獨居的、孤獨的 (a.)　　　　-- sink 沉入 (v.)

233. **Myriad** people **solicit** for planting more trees after knowing there is just one <u>**solitary**</u> tree growing on the mountainside, with its stem slightly and gradually **sinking** down into the mud.	當民眾知道只有一棵孤獨的樹生長在山上,它的莖漸漸地且輕輕地沉入泥土中,無數的民眾乞求說要種植更多的樹。

答案: (F)

 空格中要填入形容詞來修飾tree,表示一棵孤獨的樹,故答案為F。

-- reckon 估計、認為、猜想 (v.)　　　　-- shield 保護、遮蔽 (v.)
-- solicitation 懇請、懇求 (n.)　　　　-- skeptical 懷疑性的 (a.)

234. In my case, since I am **skeptical** of the truthfulness of any telephone **solicitation** calls from banks, I **reckon** people must <u>**shield**</u> themselves from information theft.	以我的例子來說,因為我對於任何銀行推銷電話的真實性感到懷疑,因此我認為人們必須要保護自己免於資訊遭竊取。

答案: (H)

 空格前方為must,其為助動詞後方要加上原形動詞shield,在此指保護自己免於,故答案為H。

-- snap 咬斷、拉斷 (v.)　　　　-- segment 分割 (n.)
-- sank 沉入 (v.)　　　　-- shallow 淺的 (a.)

235. The branch he was standing on **snapped** off and a small <u>**segment**</u> of it **sank** down into the **shallow**-end of the swimming pool.	他剛剛站在上面的樹枝斷掉了,且小部分的枝幹沉入泳池中較淺的部分。

答案： **(C)**

 解析 空格中要填入名詞segment，（為常見的冠詞+形容詞+名詞的架構），表示小部分的枝幹，故要選C。

-- singularity 奇異、奇妙 (n.)　　　　-- spectator 觀眾、目擊者 (n.)
-- speculate 推測 (v.)　　　　　　　-- shiver 顫抖 (v.)

236. The **singularity** of this event is that even though the **spectators speculated** that this man with a suspicious look murdered his mother, the police officer still believed that the young woman somewhat **shivering** on the floor did that.	這件事情奇妙的地方在於，雖然目擊者推測說這個擁有可疑外型的男子殺了他的母親，警察方面還是認為是那位在地上顫抖的年輕小姐做的。

答案： **(G)**

 解析 空格中要填入名詞singularity，表示事情奇妙的地方，故要選G。

-- switch 主換、切換 (v.)　　　　　-- principally 原理的、原則的 (adv.)
-- concentrate 集中、集結 (v.)　　　-- showcase 陳列 (v.)

237. After she **switched** to the department **principally concentrating** on composing rather than singing, this singer finally got a chance to **showcase** her new songs.	在被調去著重創作歌曲而非歌唱的部門之後，這位歌手最終有機會可以展現她的新歌了。

答案： **(E)**

 解析 句子已經非常完整有主要主詞和動詞等訊息時，空格處僅可能是副詞的選項，故要選E。

-- exceedingly 極端的 (adv.)　　　　-- severe 嚴厲的 (a.)
-- sedentary 久坐的 (a.)　　　　　　-- secreted 分泌的 (a.)

238. The tiger mother has been **exceedingly severe** with her son, making him a **sedentary** student who may have potential **secreted** problems.	這位虎媽對她的兒子極端嚴厲，使她的兒子成為習慣於久坐，且可能會有潛在內分泌方面問題的學生。

答案： **(D)**

 解析 空格中要填入形容詞來修飾student，表示慣於久坐，故答案為D。

-- scrutiny 仔細檢查、監視 (n.)	-- aesthetic 美學的 (a.)
-- sculpture 雕刻 (n.)	-- spectacular 驚人的 (a.)

239.In order to create a **spectacular** marble **sculpture**, the architect has to have the close **scrutiny** of people's preference to art and **aesthetic** attitude.	為了要創造出不凡的大理石雕刻，這位建築師必須要仔細觀察人們對於美的喜好與審美觀。

答案： **(B)**

 解析 空格中要填入名詞scrutiny，表示仔細觀察，故要選B。

-- establish 創立 (v.)	-- aid 幫助 (v.)
-- subjected to 使…遭受 (v.)	-- abuse 侮辱、虐待 (n.)

240.The language institute in which I was teaching English language was **established** for **aiding** immigrants and refugees **subjected to** verbal and physical **abuse** in acquiring required abilities to get a job.	我以前任教的語言機構之所以創立，是基於幫助遭受言語與肢體虐待的移民跟難民能夠獲取找工作必備的能力。

答案： **(L)**

 解析 建立於要選be established for，故要選L才正確。

Questions 241-252 Complete the summary

He has sturdy resistance to believe that our country is encountering a stringent economic climate that has been **241.** _____ growing in other Asian countries for a few years.

Experts predict that there will be drastic thunderstorms striking at least twice in the following two weeks, so people have to start **242.** _____ foods and water.

Even though we are stripped of our right to vote for international affairs, our **243.** _____ allies are still there with us, no matter what would happen ensuing this adversity.

The way our government chooses to **244.** _____ the price of fruits is to spur people's willingness to spontaneously go purchasing discounted fruits.

There have been **245.** _____ pieces of gunfire taking place for a long spell of time between a group of students and a group split away from its source.

The pet frog I have had a short span of time just **246.** _____ in the pool, which is the splendor I have ever seen in my whole life so far.

The opinions he raised have sparked off sparse arguments and **247.** _____ bursts of anger between these two parties.

A full body massage is such a tempting way to **248.** _____ relieve the tension in your muscles.

I tend to go to bed early in a day teeming with rain in that I am so **249.** _____ to bad weather condition that makes me feel like I am in a tailspin.

The question pertaining to **250.** _____ sensation has long been tantalizing the world's best scientists and experts in different realms of science for a long period of time.

Ancient people got a lot of their **251.** _____ from hunting to sustain life, but since then, buying and selling commodities have supplanted hunting as the substantial way to get food.

To prevent thieves from intruding this **252.** _____ feast, monitors have been set to safeguard our money and personal belongings under video surveillance.

Boxes

A sumptuous	**B** stabilize
C sporadic	**D** spawned
E susceptible	**F** tactual
G stockpiling	**H** staunch
I stealthily	**J** intermittent
K swiftly	**L** sustenance

-- sturdy 強健的（a.）	-- resistance 抵抗力（n.）
-- stringent 迫切的、嚴厲的（a.）	-- stealthily 悄悄地（adv.）

241. He has **sturdy resistance** to believe that our country is encountering a **stringent** economic climate that has been **stealthily** growing in other Asian countries for a few years.	他頑強抵抗不去相信我們的國家正面臨嚴峻的經濟情勢，且此經濟危機已悄悄地在亞洲其他國家蔓延好幾年了。

答案：(I)

 句子已經非常完整有主要主詞和動詞等訊息時，空格處僅可能是副詞的選項，故要選I。

-- predict 預測（v.）	-- drastic 激烈的（a.）
-- striking 攻擊、襲擊（v.）	-- stockpile 儲存（v.）

242. Experts **predict** that there will be **drastic** thunderstorms **striking** at least twice in the following two weeks, so people have to start **stockpiling** foods and water.	專家預測在接下來的兩週會有至少兩次激烈的雷暴雨襲擊我們，所以民眾必須要開始儲存食物與水。

答案：(G)

 Start後方要加上ving形式，選項中僅有G符合，故答案為G。

-- strip 剝奪、拆卸（v.）	-- staunch 堅固的、忠實的（a.）
-- ensue 接踵而至（v.）	-- adversity 災難、逆境（n.）

243. Even though we are **stripped** of our right to vote for international affairs, our **staunch** allies are still there with us, no matter what would happen en-**suing** this **adversity**.	雖然我們被剝奪我們對國際事務投票的權利，我們堅固的盟友們還是跟我們站在一起，不論在這個困境之後會發生什麼事情。

答案：(H)

 空格中要填入形容詞來修飾allies，表示我們堅固的盟友，故答案為H。

-- stabilize 使穩定（v.）	-- willingness 樂意（n.）
-- spur 刺激、鼓舞（v.）	-- spontaneously 自發地（adv.）

244. The way our government chooses to **stabilize** the price of fruits is to **spur** people's **willingness** to **spontaneously** go purchasing discounted fruits.	我們政府選擇使水果物價穩定的方法，就是刺激民眾自發性地去購買打折水果的意願。

答案： (B)

 解析 To後面要加上原形動詞stabilize，表示穩定價格，故答案要選B。

-- sporadic 偶爾發生的、零星的 (a.)　　-- spell 一段時間 (n.)
-- split 分割 (v.)　　　　　　　　　　-- source 來源 (n.)

245. There have been **sporadic** pieces of gunfire taking place for a long **spell** of time between a group of students and a group **split** away from its **source**.	學生與從源頭分裂出來的群組間一些零星的擦槍走火事件已經發生了好一長段時間了。

答案： (C)

 解析 空格中要填入形容詞來修飾sporadic，表示零星的，故答案要選C。

-- span 廣度、全長 (n.)　　　　　　-- spawn 產卵 (v.)
-- splendor 壯闊的景觀 (n.)　　　　-- so far 目前 (adv.)

246. The pet frog I have had a short **span** of time just **spawned** in the pool, which is the **splendor** I have ever seen in my whole life **so far**.	我養了一小段時間的寵物青蛙剛剛在池塘中產卵了，這是一幅我人生中從沒見過的壯闊震撼的景象。

答案： (D)

 解析 句子中少的主要動詞且要是過去式，故答案為D。

-- spark 閃爍 (v.)　　　　　　　　　-- sparse 稀稀疏疏的 (a.)
-- intermittent 間歇的、斷斷續續的 (a.) -- burst 爆裂 (n.)

247. The opinions he raised have **sparked** off **sparse** arguments and **intermittent** **bursts** of anger between these two parties.	他提出的見解使得兩派間稀稀落落的爭論以及斷斷續續的火藥味都被激活了起來。

答案： (J)

 解析 空格中要填入形容詞來修飾burst，表示斷斷續續的，故答案為J。

| -- tempting 誘人的 (a.) | -- swiftly 很快地、即刻地 (adv.) |
| -- relieve 釋放 (v.) | -- tension 緊繃、壓力 (n.) |

| 248. A full body massage is such a **tempting** way to **swiftly relieve** the **tension** in your muscles. | 全身按摩就是個非常誘人且可以快速釋放身體肌肉緊張壓力的方法。 |

答案: (K)

 句子已經非常完整有主要主詞和動詞等訊息時，空格處僅可能是副詞的選項，故要選K。

| -- tend 趨向 (v.) | -- susceptible 易受影響的 (a.) |
| -- teem with 充滿大量 (v.) | -- tailspin 混亂、困境 (n.) |

| 249. I **tend** to go to bed early in a day **teeming with** rain in that I am so **susceptible** to bad weather condition that makes me feel like I am in a **tailspin**. | 我傾向於在大雨的日子早點睡，因為我對於這種會讓我感到身陷混亂的壞天氣很敏感。 |

答案: (E)

 空格中要填入形容詞，so…that的句型表達如此...以致於，so後面加上形容詞，依語意要選E。

| -- tactual 觸覺的、觸覺感官的 (a.) | -- sensation 感覺、感情 (n.) |
| -- tantalize 逗弄 (v.) | -- realm 領域 (n.) |

| 250. The question pertaining to **tactual sensation** has long been **tantalizing** the world's best scientists and experts in different **realms** of science for a long period of time. | 有關觸覺的這個問題已經誘惑著世界上最好的幾個科學家以及在科學界不同領域的專家好一段時間了。 |

答案: (F)

 空格中要填入形容詞來修飾sensation，表示觸覺的感受，故答案為F。

| -- sustenance 生計、食物來源 (n.) | -- sustain 支援、忍受 (v.) |
| -- supplant 排擠掉、替代來源 (v.) | -- substantial 重要的 (a.) |

251. Ancient people got a lot of their **suste-nance** from hunting to **sustain** life, but since then, buying and selling commodities have **supplanted** hunting as the **substantial** way to get food.	古時候人們用打獵來維持生計，但從那時起，商品買賣就已取代狩獵成為人們獲取食物來源最重要的方式。

答案：**(L)**

 解析 空格中要填入名詞sustenance（所有格+名詞），表示生計，故要選L。

-- intrude 入侵 (v.)	-- sumptuous 奢侈的、華麗的 (a.)
-- safeguard 保障、保護 (v.)	-- surveillance 監督、監視 (n.)

252. To prevent thieves from **intruding** this **sumptuous** feast, monitors have been set to **safeguard** our money and personal belongings under video **surveil-lance**.	為了避免小偷們入侵這奢華的宴會，顯示器必須裝有監視器來保障錢財跟個人物品。

答案：**(A)**

 解析 空格中要填入形容詞來修飾feast，表示奢華的盛宴，故答案為A。

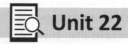

Questions 253-264 Complete the summary

The uncertainty of personal safety is subsidiary to this plan, meaning a **253.** _____ is required to get the plan approved.

I passed an uneasy night after undergoing the great hardship, and the sadness has been ultimately transformed into the **254.** _____ I would never recover from.

The **255.** _____ her father has been making have set a firm underpinning for this company, which is about to be undertaken by the new boss.

We have to ensure that there is unanimity on keeping this apartment **256.** _____.

The rebellion launched by turbulent factions was **257.** _____ by the series of police arrests.

The influential adventurer **258.** _____ wild and mountainous tracts of land, through which he thoroughly realized how hard it would be to tolerate large amounts of ultraviolet energy.

According to the unsurpassed project the scholar presented, we are about to enter the unprecedented prosperity; however, the **259.** _____ is still there denoting destiny is always subject to variation.

The plan of providing utilitarian student accommodation is appealing to everyone attending the meeting, but statistics is still needed to **260.** _____ the underlying merits the school will get.

The participant's behavior that he overlooked an **261.** _____ point that might invoke another set of problems, extremely outraged his administrator.

He attempts to incorporate other scholars' opinions into his paper and to blend **262.** _____ and modern thoughts together to elaborate his teaching practices, based on empirical evidence.

The government has imposed new restrictions on the Internet usage to ensure information security; it is, however, totally bizarre to see an **263.** _____ of alarming messages popping up on your computer screen.

Adherents of this city reform movement suggest **264.**_____ surrounding villages into the rapidly growing city.

Boxes	
A substitute	**B** absorbing
C overt	**D** triggered
E conservative	**F** traversed
G endeavors	**H** truism
I assemblage	**J** warrant
K trauma	**L** unadorned

-- uncertainty 不確定性（n.）	-- subsidiary 輔助的、次要的（a.）
-- approve 批准、贊成（v.）	-- substitute 替代方案（n.）

253. The **uncertainty** of personal safety is **subsidiary** to this plan, meaning a **substitute** is required to get the plan **approved**.	個人安全的不確定性是此計劃所附加的，因此代表必須要有一個替代方案，這個計畫才會被批准。

答案： **(A)**

 解析　空格中要填入名詞substitute，表示一個替代方案，故要選A。

-- uneasy 心神不寧的、不穩定的（a.）	-- undergo 經歷、忍受（v.）
-- ultimately 最終的（adv.）	-- trauma 外傷、損傷（n.）

254. I passed an **uneasy** night after **undergoing** the great hardship, and the sadness has been **ultimately** transformed into the **trauma** I would never recover from.	在經歷嚴重的苦難之後，我過了令人心神不寧的一夜，且這傷痛最終被轉換成我永遠也無法從中痊癒的創傷。

答案： **(K)**

 解析　空格中要填入名詞trauma，（且可由空格後的敘述協助判答）表示創傷，故要選K。

-- endeavor 努力、盡力（n.）	-- firm 堅固的（a.）
-- underpinning 支撐、支援（n.）	-- undertake 承擔（v.）

255. The **endeavors** her father has been making have set a **firm underpinning** for this company, which is about to be **undertaken** by the new boss.	他父親所做的努力為這個即將有新老闆接管的公司立下了堅固的基礎。

答案： **(G)**

解析　空格中要填入名詞endeavors，表示所做的努力，故要選G。

-- ensure 確保（v.）	-- unanimity 無異議（n.）
-- keep 保留（v.）	-- unadorned 未經裝飾的、樸素的（a.）

256. We have to **ensure** that there is **unanimity** on **keeping** this apartment **unadorned**.	我們必須要確認大家對於維持這棟公寓未經裝修是無異議的。

答案：**(L)**

解析 空格中要填入形容詞來修飾（keep連綴動詞後加形容詞當補語），表示未經裝修的狀態，故答案為L。

-- rebellion 謀反、叛亂 (n.)	-- turbulent 狂暴的 (a.)
-- trigger 引發 (v.)	-- arrest 逮捕 (v.)

257. The **rebellion** launched by **turbulent** factions was **triggered** by the series of police **arrests**.	那些狂暴的小派系引起的謀反是因一連串的警察逮捕行動所引發的。

答案：**(D)**

解析 這題的結構為被動語態的架構，依句意要選triggered，表達小派系所引起的謀反。

-- traverse 旅遊、經過 (v.)	-- tracts 遼闊的土地 (n.)
-- thoroughly 徹底地 (adv.)	-- tolerate 寬容、容忍 (v.)

258. The influential adventurer **traversed** wild and mountainous **tracts** of land, through which he **thoroughly** realized how hard it would be to **tolerate** large amounts of ultraviolet energy.	這位有影響力的冒險家旅行過大片曠野山林，他從這趟旅行中深刻領悟到要忍受大量的紫外線是非常困難的。

答案：**(F)**

解析 空格要填入過去式動詞，這點可以從後面的敘述中得知，最後根據語意要選**traversed**。

-- unsurpassed 非常卓越的 (a.)	-- unprecedented 空前的 (a.)
-- truism 眾所周知的事、自明之理 (n.)	-- variation 變動 (n.)

259. According to the **unsurpassed** project the scholar presented, we are about to enter the **unprecedented** prosperity; however, the **truism** is still there denoting destiny is always subject to **variation**.	根據這位學者所提出的卓越計畫，我們正要進入空前的繁榮，但是大家都知道命運永遠是充滿著變數的。

答案：**(H)**

解析 空格中要填入名詞truism，表示眾所周知的事，故要選H。

-- utilitarian 實用的 (a.)	-- appealing 吸引人的 (a.)
-- warrant 批准、證明 (v.)	-- underlying 潛在的、根本的 (a.)

260. The plan of providing **utilitarian** student accommodation is **appealing** to everyone attending the meeting, but statistics is still needed to **warrant** the **underlying** merits the school will get.	提供實用的學生住宿對所有來參與會議的人來說都是很吸引人的，但這還是需要數據來證明學校方面可能會因此得到的好處。

答案： **(J)**

 解析 To後面要加上原形動詞warrant，表示證明，故答案要選J。

-- participant 參與者 (n.)	-- overlook 沒注意到 (v.)
-- overt 明顯的 (a.)	-- outrage 凌辱、觸犯 (v.)

261. The **participant**'s behavior that he **overlooked** an **overt** point that might invoke another set of problems, extremely **outraged** his administrator.	這位參與者忽略了一個很明顯且會導致其他問題產生的一點，這樣的行為嚴重的惹怒了他的負責人。

答案： **(C)**

 解析 空格中要填入形容詞overt來修飾point，表示明顯的，故答案為C。

-- incorporate 合併 (v.)	-- blend 使混合 (v.)
-- conservative 保守的 (a.)	-- empirical 以經驗為依據的 (a.)

262. He attempts to **incorporate** other scholars' opinions into his paper and to **blend conservative** and modern thoughts together to elaborate his teaching practices, based on **empirical** evidence.	他嘗試著合併其他學者的意見並放入他的論文中，並且試著混合保守與現代的想法進一步以經驗主義為基礎來闡釋他的教學實踐。

答案： **(E)**

 解析 空格中要填入形容詞來修飾thoughts，表示保守的，故答案為E。

-- impose 施加影響、把...強加於 (v.)	-- restrictions 限制、約束 (n.)
-- bizarre 奇異的 (a.)	-- assemblage 集合、裝配 (n.)

263.	The government has **imposed** new **re-strictions** on the Internet usage to ensure information security; it is, however, totally **bizarre** to see an <u>**assemblage**</u> of alarming messages popping up on your computer screen.	政府頒布並實施網路使用的限制來確保資訊安全，然而看到一堆警告視窗在你的電腦螢幕上跳出來時，是一件令人感到很奇怪的事。

答案： (I)

 空格中要填入名詞assemblage，表示一堆警告訊息，故要選I。

-- adherent 擁護者、追隨者 (n.)	-- absorb 吸收 (v.)
-- surrounding 附近的 (a.)	-- rapidly 快速地 (adv.)

264.	**Adherents** of this city reform movement suggest <u>**absorbing**</u> **surrounding** villages into the **rapidly** growing city.	城市改良運動的擁護者建議把周圍的鄉村都給吸進這個快速成長的城市。

答案： (B)

 Suggest後加上一段描述，依句意要選absorbing，故答案為B。

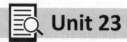

Questions 265-276 Complete the summary

The erratic schedule thoroughly **265.** _____ the transient happiness I have ever had since I started working in this company.

The examination drastically reveals that this is just a **266.** _____ rather than the original one, and the exact cause of this accident is still in dispute.

The two best friends are so alike that no one can even distinguish one from the other, yet their parents can still tell the distinction from their discrepant **267.** _____.

Due to the lack of ability to cope with **268.** _____ interruptions, the project was doomed from the start without any countervailing advantages.

A **269.** _____ of talented carpenters converted the room from a walk-in closet to a kitchen with its design being consistent with the interior design of the entire apartment.

The architect is standing there contemplating how delicate this deluxe chandelier is but simultaneously thinking that how come there are still **270.** _____ debating about the truthfulness of this magnificent work.

The inveterate sculptor **271.** _____ the regular stone into an exquisite statue that has a certain degree of resemblance to another work.

She beckons to me asking me to cautiously carry the bags because the grapes she got in bulk are as **272.** _____ as thin glasses.

Even though we all know every member **273.** _____ their energies into this project, he is still inclined to boast of his success focusing on how "he", rather than the whole team, boosts up the productivity of the team.

Knowing the chaotic situation in developing countries beforehand can reduce the risk of having a business in these **274.** _____ nations.

275. _____ creatures, such as owls are widely appealing to some zoologists because it is even more effortless for them to withstand attacks and wind.

The emperor agilely and flexibly **276.** _____ authority and power to push the country to an unprecedented level of excellence.

Boxes	
A eradicates	**B** detractors
C brittle	**D** duplicate
E dispositions	**F** chiseled
G channels	**H** continual
I constellation	**J** nocturnal
K wielded	**L** burgeoning

-- erratic 不穩定的、奇怪的（a.）	-- thoroughly 徹底地（adv.）
-- eradicate 根除、滅絕（v.）	-- transient 短暫的、瞬間的（a.）

265. The **erratic** schedule **thoroughly eradicates** the **transient** happiness I have ever had since I started working in this company.	這個不穩定的行程徹底地毀了自從我進這公司以來所擁有的短暫快樂。

答案： **(A)**

 句子主詞為schedule，空格處要填入單數動詞，依句意要選A。

-- drastically 激烈地、徹底地（adv.）	-- duplicate 複製品（n.）
-- reveal 透露、顯示（v.）	-- dispute 爭論（n.）

266. The examination **drastically reveals** that this is just a **duplicate** rather than the original one, and the exact cause of this accident is still in **dispute**.	這檢查全然地揭露這只是一個複製品而不是原作，並且造成這個意外的確切原因還在爭論當中。

答案： **(D)**

 空格中要填入名詞duplicate，表示一個複製品，故要選D。

-- distinguish 識別、辨認出（v.）	-- distinction 區別、差別（n.）
-- discrepant 有差異的（a.）	-- dispositions 性情（n.）

267. The two best friends are so alike that no one can even **distinguish** one from the other, yet their parents can still tell the **distinction** from their **discrepant dispositions**.	這兩個好朋友實在是太相似了，以致於沒有人可以區分他們兩個，但是他們的父母親還是可以從他們不相同的性情看出差別。

答案： **(E)**

 空格中要填入名詞disposition，表示性情的差異，故要選E。

-- continual 持續不斷的（a.）	-- interruptions 阻礙、打擾（n.）
-- doom 末日（v.）	-- countervailing 補償、抵銷（a.）

268. Due to the lack of ability to cope with **continual interruptions**, the project was **doomed** from the start without any **countervailing** advantages.	由於缺乏處理持續不斷的阻礙的能力，這個計畫從一開始就註定失敗且沒有任何可以補償的優勢。

答案： (H)

解析 空格中要填入形容詞來修飾advantages，表示一直被打斷，故答案為H。

-- constellation 燦爛的一群；星座 (n.)　　-- convert 轉變、轉換 (v.)
-- consistent 一致的 (a.)　　　　　　　　-- interior 室內的 (a.)

269. A **constellation** of talented carpenters **converted** the room from a walk-in closet to a kitchen with its design being **consistent** with the **interior** design of the entire apartment.	一群天才般的工匠們把這個房間從一個可走進的衣櫥轉變為廚房，其設計與整棟公寓的室內設計相一致。

答案： (I)

解析 空格中要填入名詞constellation，表示一群...，故要選I。

-- contemplate 沉思、深思熟慮 (v.)　　-- deluxe 豪華的 (a.)
-- detractor 誹謗者 (n.)　　　　　　　-- debate 辯論 (v.)

270. The architect is standing there **contemplating** how delicate this **deluxe** chandelier is but simultaneously thinking that how come there are still **detractors debating** about the truthfulness of this magnificent work.	這位建築師站著，靜靜的沉思這個如此細緻豪華的吊燈，但也同時想著為什們還會有誹謗者對於這個傑作的真實性做辯論。

答案： (B)

解析 空格中要填入名詞detractors，表示性情的差異，故要選B。

-- inveterate 根深的、成癖的 (a.)　　-- chisel 雕 (v.)
-- exquisite 精緻的、敏銳的 (a.)　　-- resemblance 相似處 (n.)

271. The **inveterate** sculptor **chiseled** the regular stone into an **exquisite** statue that has a certain degree of **resemblance** to another work.	雕刻成癖的雕刻師把這個平凡無奇的石頭雕刻成一個精緻且有一定程度上與其他作品相似的雕像。

答案： (F)

解析 空格中要填入一個動詞，表示雕刻家雕刻平凡無奇的石頭，故要選F。

-- beckon 向…示意、召喚 (v.)　　　-- cautiously 小心地 (adv.)
-- bulk 大批 (n.)　　　　　　　　　-- brittle 易碎的 (a.)

272. She **beckons** to me asking me to **cautiously** carry the bags because the grapes she got in **bulk** are as **brittle** as thin glasses.	她示意我過來要我小心地提著袋子，因為她買的一大袋葡萄就跟玻璃一樣的脆弱。

答案： **(C)**

 解析 空格中（as...as的句型）要填入形容詞或副詞，故要選C。

-- channel 引導、付出 (v.) -- boost up 增加、推進 (v.)	-- be inclined to 傾向於 (a.) -- boast 吹牛 (v.)

273. Even though we all know every member **channels** their energies into this project, he **is** still **inclined to boast** of his success focusing on how "he", rather than the whole team, **boosts up** the productivity of the team.	縱使我們都清楚每一個成員都對這個計畫付出了很多的心力，這位先生還是傾向於吹噓他的成功且關注在「他」如何促進團隊的生產力，而不是整個團隊。

答案： **(G)**

 解析 空格前的主詞為ｍｅｍｂｅｒ，其後要加單數動詞，最後根據語意選 channels。

-- chaotic 混亂的 (a.) -- reduce 降低 (v.)	-- beforehand 預先、事先 (adv.) -- burgeon 萌芽、急速成長 (v.)

274. Knowing the **chaotic** situation in developing countries **beforehand** can **reduce** the risk of having a business in these **burgeoning** nations.	事先了解開發中國家的凌亂情勢可以降低在這些急速成長國家中做生意的風險。

答案： **(L)**

 解析 空格中要填入形容詞來修飾nations，表示正急速成長的，故答案為L。

-- nocturnal 夜的 (a.) -- zoologist 動物學家 (n.)	-- widely appealing 有吸引力的 (a.) -- withstand 抵抗、經得起 (v.)

275. **Nocturnal** creatures, such as owls are **widely appealing** to some **zoologists** because it is even more effortless for them to **withstand** attacks and wind.	夜行性動物例如貓頭鷹，對於動物學家來說是非常有吸引力的，因為對貓頭鷹來說，抵抗攻擊及強風是輕而易舉的事。

答案： **(J)**

空格中要填入形容詞來修飾creatures，表示夜行性動物，故答案為J。

-- agilely 靈活地、敏捷地 (adv.)	-- wield 運用 (v.)
-- unprecedented 空前的 (a.)	-- excellence 優秀、卓越 (n.)

276. The emperor **agilely** and flexibly **wielded** authority and power to push the country to an **unprecedented** level of **excellence**.	這國王靈活及彈性地運用他的權威跟權力把這個國家推到一個空前的盛世。

答案： (K)

 空格處要填入動詞，前方有兩個副詞修飾此動詞，最後根據語意選 wielded。

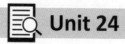 **Unit 24**

Questions 277-288 Complete the summary

The fateful decision has caused an **277.** _____ harm to this country, and no one can possibly disguise the fall of the empire.

She has a liberal attitude to relationships, thinking that a man's **278.** _____ worth arises from how ingenious and genuine he is, rather than how much he owns.

The States urges us to work even harder to preserve our architectural **279.** _____ in that the heritage protection project we presented was found wanting.

The little boy is attempting to **280.** _____ himself from domestic violence because he refuses to be dictated by his parents anymore.

Faced with **281.** _____ environmental issues, experts have been attempting to delve into the latest research to find out possible ways to combat these threatening phenomena.

282. _____ crowds and parents rush into the Franklin arena in which the commencement of the year of 2015 is held; however, it completely interrupts students who have been unceasingly diligent in the pursuit of their future in the nearby library.

It is so hard for this **283.** _____ scholar to endure discrete opinions and thoughts raised by other researchers in that he does not think people are equivalent.

Indulging in a virtual world can **284.** _____ deprive your contact from the real world unless you are willing to take a determined step.

These changes, conforming to the requirements and the plan we set, were **285.** _____ and could comprehensively enhance our productivity at work.

The contemporary world is a race-conscious society in which people, such as humanitarians and any other types of volunteers are **286.** _____ _____ trained to understand the discrepancies between races and to make individuals accept the differences between themselves and others.

Those pretentious governors soon regreted the **287.** _____ reactions they have had at the earlier of significance international conference, and no one could possibly help them escape from the coming debate.

The commercial propaganda eventually **288.** _____ industrialized reforms, giving rise to exponential population growth.

Boxes	
A precipitous	**B** temporarily
C invigorated	**D** intrinsic
E irreparable	**F** heritage
G rigid	**H** disentangle
I cogent	**J** deliberately
K exuberant	**L** pedantic

-- fateful 宿命的、重大的 (a.)	-- irreparable 不能修補的 (a.)
-- disguise 假裝、隱藏 (v.)	-- empire 帝國 (n.)

277. The **fateful** decision has caused an **irreparable** harm to this country, and no one can possibly **disguise** the fall of the **empire**.	這個重大的決定已經對這個國家造成不可挽回的傷害，沒有人可以隱藏這個國家即將衰亡的事實。

答案： (E)

 解析 空格中要填入形容詞來修飾harm表示不可挽回的傷害，故答案為F。

-- liberal 慷慨的、寬大的 (a.)	-- intrinsic 本質的 (a.)
-- ingenious 聰明、靈敏的 (a.)	-- genuine 真誠的、誠懇的 (a.)

278. She has a **liberal** attitude to relationships, thinking that a man's **intrinsic** worth arises from how **ingenious** and **genuine** he is, rather than how much he owns.	她對於情感關係保持著寬容的態度，並認為説一個男人的自身價值不在於他有多富有，而在於他聰明與誠懇的態度。

答案： (D)

 解析 空格中要填入形容詞來修飾worth，表示寬容的態度，故答案為G。

-- urge 催促 (v.)	-- preserve 保存 (v.)
-- heritage 遺產、傳統 (n.)	-- found wanting 需要改進的 (a.)

279. The States **urges** us to work even harder to **preserve** our architectural **heritage** in that the heritage protection project we presented was **found wanting**.	美國方面催促我們要在保存我們的建築遺產上多下點功夫，因為我們對遺產保護的計畫並不夠周全。

答案： (F)

 解析 空格中要填入名詞heritage，表示建築遺產，故要選K。

-- disentangle 解開 (v.)	-- domestic 家庭的 (a.)
-- refuse 拒絕 (v.)	-- dictate 命令 (v.)

280. The little boy is attempting to **disentangle** himself from **domestic** violence because he **refuses** to be **dictated** by his parents anymore.	這個小男孩試圖把他自己從家暴中抽離出來，因為他拒絕再被他的父母所命令了。

答案： **(H)**

 解析 To後面要加上原形動詞disentangle，表示從家暴中抽離出來，故答案要選 L。

-- rigid 堅硬的 (a.)	-- attempt 嘗試 (v.)
-- delve 探究、搜索、挖掘 (v.)	-- combat 戰鬥 (v.)

281. Faced with **rigid** environmental issues, experts have been **attempting** to **delve** into the latest research to find out possible ways to **combat** these threatening phenomena.	面對生硬難解決的環境議題時，專家已經嘗試去探究最新的研究來找出可能的方法去打擊這些有威脅性的現象。

答案： **(G)**

 解析 空格中要填入形容詞來修飾issues，表示生硬難解決的環境議題，故答案為 A。

-- exuberant 繁茂的 (a.)	-- commencement 畢業典禮 (n.)
-- interrupt 打斷、妨礙 (v.)	-- diligent 勤奮的 (a.)

282. **Exuberant** crowds and parents rush into the Franklin arena in which the **commencement** of the year of 2015 is held; however, it completely **interrupts** students who have been unceasingly **diligent** in the pursuit of their future in the nearby library.	歡騰的群眾們及家長們擁入舉辦2015畢業典禮的富蘭克林運動場，這同時打斷了正在附近圖書館不停地用功、追求他們未來的學生們。

答案： **(K)**

 解析 空格中要填入形容詞來修飾crowds and parents，表示歡騰的群眾們及家長們，故答案為C。

-- pedantic 學究式的、迂腐的 (a.)	-- endure 忍受 (v.)
-- discrete 不連續的、離散的 (a.)	-- equivalent 相等的 (a.)

283. It is so hard for this **pedantic** scholar to **endure discrete** opinions and thoughts raised by other researchers in that he does not think people are **equivalent**.	對於這賣弄學問、迂腐的學者來說，要忍受來自其他研究者的不同意見跟想法是非常困難的，因為他不認為人是相等的。

答案： (L)

 空格中要填入形容詞來修飾scholar，表示迂腐的學者，故答案為L。

-- indulge 沉溺 (v.)　　　　　　-- virtual 虛擬的 (adj.)
-- temporarily 暫時地 (adv.)　　-- deprive 剝奪、使喪失 (v.)

284. **Indulging** in a **virtual** world can **temporarily deprive** your contact from the real world unless you are willing to take a determined step.	沉溺在虛擬世界可能使你暫時剝奪你與現實世界的接觸，除非你願意採取堅決的措施。

答案： (B)

 句子已經非常完整有主要主詞和動詞等訊息時，空格處僅可能是副詞的選項選項中還有其他副詞選項，但依句意可以知道是暫時剝奪，故要選B。

-- conform 符合、使一致 (v.)　　-- cogent 世人信服的 (a.)
-- comprehensively 全面地 (adv.)　-- enhance 增高 (v.)

285. These changes, **conforming** to the requirements and the plan we set, were **cogent** and could **comprehensively enhance** our productivity at work.	這個有符合我們所設定的要求與計畫的改變，是可以使人信服且可以全面提升我們的工作生產力的。

答案： (I)

 空格中要填入形容詞當補語，表示改變是可使人信服的，故答案為I。

-- contemporary 當代的 (a.)　　-- conscious 有意識的、知覺的 (a.)
-- deliberately 刻意地 (adv.)　　-- discrepancy 差異 (n.)

286. The **contemporary** world is a race-**conscious** society in which people, such as humanitarians and any other types of volunteers are **deliberately** trained to understand the **discrepancies** between races and to make individuals accept the differences between themselves and others.	現在的世界是個有種族意識的社會，其中人們例如人道主義者及其他的自願者被刻意的訓練要去了解不同種族間的差異，並且要讓個人接受他們與其他人的不同處。

答案： **(J)**

 解析 句子已經非常完整有主要主詞和動詞等訊息時，空格處僅可能是副詞的選項，故要選J。

-- pretentious 自命不凡的 (a.)   -- precipitous 陡峭的、急躁的 (a.)
-- significance 重要性 (n.)   -- debate 爭論、辯論 (n.)

287. Those **pretentious** governors soon regreted the **precipitous** reactions they have had at the earlier of **significance** international conference, and no one could possibly help them escape from the coming **debate**.	我們那些自命不凡的政府官員們馬上就後悔他們在早先重要的國際會議中所做的那些急躁的回應，並且沒有人可以幫助他們逃離即將到來的爭論。

答案： **(A)**

 解析 空格中要填入形容詞來修飾reactions，表示急躁的回應，故答案為H。

-- commercial 商業化的 (a.)   -- propaganda 宣傳活動 (n.)
-- invigorate 賦予精神 (v.)   -- exponential 快速增長的 (a.)

288. The **commercial propaganda** eventually **invigorated** industrialized reforms, giving rise to **exponential** population growth.	這商業化的宣傳活動最後鼓舞了工業化的改革，並導致了如快速成長的人口。

答案： **(C)**

 解析 空格處要填入一個過去式動詞且僅有C選項符合，故答案要選**C**。

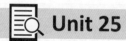

Questions 289-300 Complete the summary

Even though we all know that Industrial Revolution has already caused appalling living conditions because of the **289.** _____ changes, it still contributes to an acceleration of the population growth.

The fundamental assumption to the population growth in human history is that the increasing raise of food supply led to the **290.** _____ population growth.

This system can discriminate any micro differences, even colors of eyes, but somehow it may **291.** _____ children with certain optical diseases.

This reward is an impetus that has movie makers come and share their creations and whomever the best director goes to, no one could **292.** _____ the decision and keep flourishing movie industry and their career.

Students now have a chance to **293.** _____ a cave painting depicting a formidable and historic moment.

Obviously, those questions are quite confusing, and the given instructions **294.** _____ all the students even more, letting them hardly infer the meanings.

Even though all required information has been thoroughly and accurately gathered, we still cannot judge whether or not he was able to **295.** _____ most part of America back in 1800s.

Before making any decision, you definitely have to ensure what you intend to gain from this and, conversely, what you might **296.** _____ ____ from this.

Changes that uncertainties contribute to may affect the way you deal with the **297.** _____.

The innovative medical therapy can be harnessed specifically for patients to **298.** _____ adjust their breathing rates and further, regulate the levels of carbon dioxide.

Two thousand years ago, as intruders moved in, our ancestors were forced to move their fields to the lower **299.** _____ and then they; thus, formed the largest communal dwellings in this region.

Thousands of people dwelling in this town were traumatic and; thus, resisted to interact with people coming from other towns who were extremely willing to assist them in restoring **300.** _____ with the world.

Boxes

A witness	**B** dilemma
C perplex	**D** dominate
E subconsciously	**F** rampant
G escalating	**H** elevations
I discard	**J** connections
K disparage	**L** debunk

-- revolution 革命（n.）	-- acceleration 加速、促進（n.）
-- appalling 駭人可怕的（a.）	-- rampant 猛烈的、猖獗的（a.）

289. Even though we all know that Industrial **Revolution** has already caused **appalling** living conditions because of the **rampant** changes, it still contributes to an **acceleration** of the population growth.	即使我們都知道工業革命是因為過於猛烈的改變導致可怕的生活環境，其依舊有助於促進人口快速成長。

答案： **(F)**

 空格中要填入形容詞來修飾rampant，表示猛烈的改變，故答案為F。

-- fundamental 基本的（a.）	-- assumption 推測（n.）
-- supply 提供（n.）	-- escalating 逐步擴大（a.）

290. The **fundamental assumption** to the population growth in human history is that the increasing raise of food **supply** led to the **escalating** population growth.	對於人類歷史上人口成長基本的推測是，因為食物供給的增加導致人口加速成長。

答案： **(G)**

 雖然在定冠詞後，但要選擇形容詞來修飾population growth，答案要選G最符合句意。

-- discriminate 區別（v.）	-- difference 不同（n.）
-- disparage 貶低、毀謗（v.）	-- optical 視覺的（a.）

291. This system can **discriminate** any micro **differences**, even colors of eyes, but somehow it may **disparage** children with certain **optical** diseases.	這個系統可以區別任何些微的差異，甚至是眼睛的顏色，但是可能或多或少它會貶低患有視覺疾病的孩童們。

答案： **(K)**

 空格前方為may，其為助動詞後方要加上原形動詞，此處指的是貶低患有視覺疾病的孩童們，故要選K。

-- impetus 推動力、衝力 (n.)	-- reward 獎賞、報酬 (n.)
-- debunk揭穿；暴露 (v.)	-- flourish 繁榮、興盛 (v.)

292. This **reward** is an **impetus** that has movie makers come and share their creations and whomever the best director goes to, no one could **debunk** the decision and keep **flourishing** movie industry and their career.	這獎賞是作為一個推動力去讓電影工作者分享他們的創意，不論最佳導演獎落誰家，沒有人會指出這個決定的不對，並且會繼續使電影產業以及他們的事業蓬勃發展。

答案： **(L)**

 解析 空格前方為could，其為助動詞後方要加上原形動詞，此處指的是揭露這項不對之處，故答案為L。

-- witness 目擊到 (v.)	-- depict 描繪 (v.)
-- formidable 強大的、艱難的 (a.)	-- historic 有歷史性的 (a.)

293. Students now have a chance to **witness** a cave painting **depicting** a **formidable** and **historic** moment.	學生現在有機會目睹洞穴壁畫所描繪的艱難和歷史性時刻。

答案： **(A)**

 解析 To後面要加上原形動詞witness，表示目睹，故答案要選A。

-- obviously 明顯地 (adv.)	-- confusing 令人困惑地 (a.)
-- perplex 使困惑 (v.)	-- infer 推論 (v.)

294. **Obviously**, those questions are quite **confusing**, and the given instructions **perplex** all the students even more, letting them hardly **infer** the meanings.	很明顯地，這些問題令人感到困惑，加上所給的指示使所有的學生更加疑惑，讓大家都很難去推測意思。

答案： **(C)**

 解析 句子中缺少主要動詞且必須要是複數動詞，答案要選perplex。

-- even though 縱使 (conj.)	-- gather 集合、聚集 (v.)
-- judge 評論 (v.)	-- dominate 支配、控制 (v.)

295. **Even though** all required information has been thoroughly and accurately **gathered**, we still cannot **judge** whether or not he was able to **dominate** most part of America back in 1800s.	即使所有必需的資訊都已經完全且準確地收集好了，我們還是無法評論他是否能在19世紀支配大部分的美洲。

答案： **(D)**

 To後面要加上原形動詞dominate，表示支配，故答案要選D。

-- ensure 確保 (v.)	-- gain 取得 (v.)
-- conversely 相反地 (adv.)	-- discard 拋棄 (v.)

296. Before making any decision, you definitely have to **ensure** what you intend to **gain** from this and, **conversely**, what you might **discard** from this.	在做任何決定之前，你一定要確定你想要從中取得的東西，並且相反的來說，你有可能會因此而拋棄的東西。

答案： **(I)**

 空格前方為might，其為助動詞後方要加上原形動詞discard，此處指的是拋棄，故答案要選I。

-- affect 影響 (v.)	-- deal with 處理 (v.)
-- dilemma 困境 (n.)	-- uncertainty 不確定 (n.)

297. Changes that **uncertainties** contribute to may **affect** the way you **deal with** the **dilemma**.	在不確定下造成的改變可能會影響你處理困境的方式。

答案： **(B)**

 這題要選名詞dilemma來表達處理困境的意思，故答案為B。

-- harness 使用 (v.)	-- subconsciously 下意識地 (adv.)
-- adjust 調整 (v.)	-- regulate 管理 (v.)

298. The innovative medical therapy can be **harnessed** specifically for patients to **subconsciously adjust** their breathing rates and further, **regulate** the levels of carbon dioxide.	這個創新的醫學治療法可特別使用於讓病人潛意識地自行調整他們的呼吸頻率，並且進一步的管理二氧化碳的程度。

答案： **(E)**

句子已經非常完整有主要主詞和動詞等訊息時，空格處僅可能是副詞的選項，故要選E。

-- intruder 入侵者 (n.)	-- ancestor 祖先 (n.)
-- elevation 海拔 (n.)	-- dwellings 居住地 (n.)

299. Two thousand years ago, as **intruders** moved in, our **ancestors** were forced to move their fields to the lower **ele-vations** and then they; thus, formed the largest communal **dwellings** in this region.	兩千年前，當入侵者移來時，我們的祖先就被迫把他們的家園移到低海拔的區域並且建造了那個地區中最大的公有居住地。

答案： (H)

 空格中要填入名詞elevation，表示低海拔的區域，故要選H。

-- traumatic 創傷的 (a.)	-- resist 抵抗 (v.)
-- interact 相互作用 (v.)	-- connections 關聯 (n.)

300. Thousands of people dwelling in this town were **traumatic** and; thus, **resist-ed** to **interact** with people coming from other towns who were extremely willing to assist them in restoring **con-nections** with the world.	住在這個城鎮的數千民眾受到創傷，因此不願意與從其他城鎮來幫助他們恢復跟這個世界做連結的人交流。

答案： (J)

 空格中要填入名詞connections，表示恢復跟這個世界的連結，故要選J。

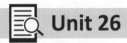 **Unit 26**

Questions 301-312 Complete the summary

Mr. Chen, considered to be a tremendously influential push to the financial and economic situations in China, has been attempting to the **301.** _____ of the current state to a new page in the following few years.

Cooperation among people has been a goal hard to achieve, but quite **302.** _____ for the upcoming challenge.

The information was incorrect, so the file needs to be modified and then **303.** _____ again for a further review.

The teacher hands out a piece of **304.** _____ and then has students do the comprehension questions, to ensure students are all familiar with the geographical features of Southern Europe.

Audiences are now suspecting that information regarding the extinction of large mammals in North Africa might be **305.** _____.

The assistant professor is demonstrating how this hypothesis was formed and how arduous it was for scholars to accomplish it, but still, **306.** _____ controversy is there presenting the opposite thoughts.

No matter what each candidate says in this forum, there are always opponents **307.** _____ the options they present.

We need someone **308.** _____ to evidence that large mammals indeed had migrated from inner lands to coastal areas for the purpose of gaining water sources and that they had the ability to survive in a variety of habitats.

However we treat our environment, or saying, the Earth, will end up forcing us to accept the **309.** _____ temperatures and to endure the reducing variety of foods available.

The instruction is asking you to infer what the article actually means and then to **310.** _____ your viewpoints and perspectives associated with climate change and global warming.

The reporter is asked to briefly summarize the solutions the president **311.** _____ to the nuclear crisis.

This documentary film **312.** _____ how the extinction of dinosaurs happened and how this ancient city disappeared, offering opportunities for people to know more about the history of the Earth.

Boxes	
A interpreted	**B** diagram
C exposes	**D** submitted
E false	**F** pivotal
G considerable	**H** transition
I contradicting	**J** unstable
K qualified	**L** elaborate

-- consider 考慮、認為 (v.)	-- influential 有影響力的 (a.)
-- financial 財政 (a.)	-- transition 過度、轉變 (n.)

301. Mr. Chen, **considered** to be a tremendously **influential** push to the **financial** and economic situations in China, has been attempting to the **transition** of the current state to a new page in the following few years.	陳先生被認為是對中國經濟財政有影響力的推手，他嘗試著要在接下來的幾年把現況轉變為新的一頁。

答案：**(H)**

 空格中要填入名詞transition，表示把現況轉變為新的一頁，故要選H。

-- cooperation 合作 (n.)	-- achieve 達成 (v.)
-- pivotal 樞軸的、關鍵的 (a.)	-- challenge 挑戰 (n.)

302. **Cooperation** among people has been a goal hard to **achieve**, but quite **pivotal** for the upcoming **challenge**.	因為人們已經達成對於食物與水供給的目標，人們與外在世界的合作將會是下個即將到來的挑戰，這個挑戰對於人類生存也至關重要。

答案：**(F)**

 空格中要填入形容詞pivotal，表示至關重要的，故答案為F。

-- incorrect 不正確的 (a.)	-- modified 修正 (v.)
-- submitted 提交 (v.)	-- review 考察、評論 (n.)

303. The information was **incorrect**, so the file needs to be **modified** and then **submitted** again for a further **review**.	因為資訊不正確，所以文件必須要修正，然後再次提交作進一步地評論。

答案：**(D)**

 這題要選過去式動詞，快速檢視選項後在四個符合的之中選擇D。

-- hand out 分發 (v.)	-- diagram 圖表 (n.)
-- ensure 確保 (v.)	-- familiar 熟悉的 (a.)

304. The teacher **hands out** a piece of <u>**diagram**</u> and then has students do the comprehension questions, to **ensure** students are all **familiar** with the geographical features of Southern Europe.	老師發下一張圖表並讓學生作答，來確保學生都熟悉南歐的地理特色。

答案： (B)

 空格中要填入名詞diagram，表示一張圖表，故要選B。

-- mammal 哺乳類動物 (n.)　　　　-- extinction 滅絕 (n.)
-- suspect 懷疑、猜想 (v.)　　　　-- false 錯誤的 (a.)

305. Audiences are now **suspecting** that information regarding the **extinction** of large mammals in North Africa might be <u>**false**</u>.	觀眾現在懷疑關於北非大型哺乳類動物絕跡的資訊可能是錯誤的。

答案： (E)

 空格中要填入形容詞，表示可能是錯誤的，故答案為E。

-- demonstrate 展示、論證 (v.)　　-- accomplish 完成 (v.)
-- considerable 大量的、可觀的 (a.)　　-- controversy 爭論(n.)

306. The assistant professor is **demonstrating** how this hypothesis was formed and how arduous it was for scholars to **accomplish** it, but still, <u>**considerable controversy**</u> is there presenting the opposite thoughts.	這位助理教授正在展示這個假說是如何建構的，以及對於學者來說有多難去完成這項工作。但是，不少持相反想法的爭論依舊存在。

答案： (G)

 空格中要填入形容詞來修飾controversy，表示仍存有大量爭議，故答案為G。

-- no matter 不論 (conj.)　　　　-- candidate 候選者 (n.)
-- opponent 對手、反對者 (n.)　　-- contradict 反駁、牴觸 (v.)

307. **No matter** what each **candidate** says in this forum, there are always **opponents** <u>**contradicting**</u> the options they present.	不論每一位候選人在這場論壇中說了什麼，總是會有反對者牴觸他們的言論。

答案： (I)

 這題也是形容詞子句省略，要用Ving形式的表達，故答案為I。

-- qualified 有資格的 (a.)	-- evidence 證明 (v.)
-- migrate 遷移 (v.)	-- survive 存活 (v.)

308. We need someone **qualified** to **evidence** that large mammals indeed had **migrated** from inner lands to coastal areas for the purpose of gaining water sources and that they had the ability to **survive** in a variety of habitats.	我們需要有資格的人士來證明大型的哺乳類動物的確曾經為了獲取水資源從內陸地區遷移至沿海地區，並且去證明牠們有能力可以存活在各類型的棲息地。

答案： (K)

 這題為形容詞子句的省略，省略的who is，而根據語法要選qualified，故答案為K。

-- treat 對待 (v.)	-- force 強迫 (v.)
-- unstable 不穩定的 (a.)	-- endure 忍受 (v.)

309. However we **treat** our environment, or saying, the Earth, will end up **forcing** us to accept the **unstable** temperatures and to **endure** the reducing variety of foods available.	我們如何對待我們的地球，終究會使我們必須要被迫去接受這樣不穩定的氣溫，並且忍受種類越來越少的食物。

答案： (J)

 空格中要填入形容詞來修飾temperatures，表示對待，故答案為J。

-- infer 作推論 (v.)	-- elaborate 闡述 (v.)
-- viewpoints 觀點 (n.)	-- associated 使有關連 (v.)

310. The instruction is asking you to **infer** what the article actually means and then to **elaborate** your **viewpoints** and perspectives **associated** with climate change and global warming.	這個指示要求你對於這篇文章的內容作推論，並且闡述氣候變遷與全球暖化相關的觀點及看法。

答案： (L)

To後面要加上原形動詞elaborate，表示闡述氣候變遷與全球暖化相關的觀點及看法，故答案要選L。

-- summarize 總結、摘要 (v.)	-- interpret 闡釋 (v.)
-- solution 解決方法 (n.)	-- crisis 危機 (n.)

311. The reporter is asked to briefly **summarize** the **solutions** the president **interpreted** to the nuclear **crisis**.	記者被要求簡短地摘要總統所闡述的有關核子危機的解決方法。

答案： **(A)**

 解析 Solutions後省略了that，子句中缺少一個主要動詞，最後根據語意選 interpreted。

-- documentary 紀錄的 (a.)	-- expose 揭露、曝光 (v.)
-- disappear 消失 (v.)	-- opportunity 機會 (n.)

312. This **documentary** film **exposes** how the extinction of dinosaurs happened and how this ancient city **disappeared**, offering **opportunities** for people to know more about the history of the Earth.	這部紀錄片揭露出恐龍滅絕是如何發生的，還有古城市是如何消失的，並提供機會給民眾來更加地了解地球的歷史。

答案： **(C)**

 解析 空格中要填入單數動詞，（選項中的單數動詞也只有C），依句意要選C，這部紀錄片揭露出恐龍滅絕。

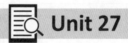

Questions 313-324 Complete the summary

The examination set for the purpose of knowing why some people would get the **313.** _____ diseases reveals that their blood contains certain types of chemical materials that may lead to some disorders of the heart and blood vessels ....

The expert is conveying how extraordinary the theory is and how **314.** _____ energy sources may affect Earth's atmosphere.

She has been trying to surpass her sister in any aspects in that she has always been regarded as the **315.** _____ one, while her sister has always been the fantastic one.

He got a prescript which is having him analyze how long it would take for a rock to decompose and float into the ocean, by **316.** _____ this statistics application.

He presented a **317.** _____ indicating that if people are sedentary all the time, chronic diseases will come and dry skin will become sensitive through changing of the seasons.

To increase your nutrient absorption, experts suggest cultivating good eating habits and exploiting visual aids, such as changing plates into white or other light colors, are for nutrient **318.** _____ to occur.

He crouched down for the sake of **319.** _____ in details why plane wrecks from an aviation accident had vanished in the defensive trench.

The chapter that you have to pay more attention to is chapter four, the procedures for a scientific project, steps of water cycle-the primary mechanism for transporting water from the air to the surface of the Earth- types of **320.** _____, and the geographical features of Southern Europe.

My professor is **321.** _____ on the progress of intelligence from childhood to maturity; ... the professor is making a prediction to when food and fruits will be getting less due to soil depletion.

Psychologists claim that there are ways instrumental for you to develop patience, for instance the following two ways: mounting that takes patience and **322.** _____, and not responding to provocation.

This didactic song is set out to unveil the **323.** _____ memories the singer had in her childhood and to expose the misleading thoughts people might have pertaining to racial discrimination.

This organization is established for the purpose of **324.** _____ death penalty, whereas the rest of the people with divergent interpretations about it in this country stand on the side of using death penalty to deter crime.

Boxes

A schema	**B** problematic
C uptake	**D** alternative
E respiratory	**F** scrutinizing
G discordant	**H** manipulating
I expounding	**J** persistence
K deprecating	**L** precipitation

-- examination 檢查（n.）	-- respiratory 呼吸的（a.）
-- reveal 透露（v.）	-- contain 包含（v.）

313. The **examination** set for the purpose of knowing why some people would get the **respiratory** diseases **reveals** that their blood **contains** certain types of chemical materials that may lead to some disorders of the heart and blood vessels and further affect transport of oxygen in our blood.	這個檢查主要是要了解為什麼有一些民眾會得到呼吸方面的疾病，其檢查發現他們的血液中還有一些特定會導致心臟功能運作失常，以及血液輸送氧氣不順的化學物質。

答案： **(E)**

 空格中要填入形容詞來修飾diseases，表示呼吸方面的疾病，故答案為E。

-- convey 傳遞（v.）	-- extraordinary 非凡的（a.）
-- alternative 替代的（a.）	-- affect 影響（v.）

314. The expert is **conveying** how **extraordinary** the theory is and how **alternative** energy sources may **affect** Earth's atmosphere.	這位專家正傳達這個理論有多特別，以及替代能源如何能影響地球大氣。

答案： **(D)**

 空格中要填入形容詞來修飾energy sources，表示替代能源，故答案為D。

-- surpass 凌駕、超越（v.）	-- aspects 面向（n.）
-- problematic 有問題的（a.）	-- fantastic 幻想的、奇妙的（a.）

315. She has been trying to **surpass** her sister in any **aspects** in that she has always been regarded as the **problematic** one, while her sister has always been the **fantastic** one.	她已試圖要在各方面超越她姊姊，因為她總是被認為是有問題的那個，而她姊姊總是被認為是好的那個。

答案： **(B)**

 空格中要填入形容詞，表示有問題的，故答案為B。

-- prescript 命令、法規 (n.)	-- manipulate 操作 (v.)
-- decompose 分解 (v.)	-- float 漂浮 (v.)

316. He got a **prescript** which is having him analyze how long it would take for a rock to **decompose** and **float** into the ocean, by <u>manipulating</u> this statistics application.	他接獲一個命令要讓他使用統計軟體分析岩石要多久時間會分解並浮流到大海。

答案：**(H)**

 介係詞後方要加上名詞或Ving形式的字，符合句意的只有manipulating，故要選H。

-- schema 輪廓、概要 (n.)	-- sedentary 久坐的 (a.)
-- chronic 慢性的 (a.)	-- sensitive 敏感的 (a.)

317. He presented a <u>schema</u> indicating that if people are **sedentary** all the time, **chronic** diseases will come and dry skin will become **sensitive** through changing of the seasons.	他提出一個概要，其中指出如果久坐的話慢性病會找上你，且乾性肌膚會因為季節變化而變得敏感。

答案：**(A)**

 空格中要填入名詞schema，表示一個概要，故要選A。

-- uptake 攝取 (n.)	-- cultivate 培養 (v.)
-- exploit 利用 (v.)	-- visual 視覺的 (a.)

318. To increase your nutrient absorption, experts suggest **cultivating** good eating habits and **exploiting visual** aids, such as changing plates into white or other light colors, are for nutrient <u>uptake</u> to occur.	為了能夠增加養分的攝取，專家建議要培養良好的飲食習慣，並且可利用視覺上的幫助，例如改變盤子的顏色為白色或是其他淡色系。

答案：**(C)**

 空格中要填入名詞uptake，表示養分的攝取，故要選C。

-- crouch 捲曲、蹲 (v.)	-- scrutinize 詳細檢查 (v.)
-- wreck 殘骸 (n.)	-- vanish 消失不見 (v.)

319. He **crouched** down for the sake of <u>**scrutinizing**</u> in details why plane **wrecks** from an aviation accident had **vanished** in the defensive trench.	他蹲下來為了能夠更仔細地檢查為什麼飛機失事的殘骸在防護溝渠中會不見。

答案：**(F)**

 解析 介係詞後方要加上名詞或Ving形式的字（**of**後加上名詞當作受詞，包含動名詞），符合句意的只有scrutinizing，故要選F。

-- procedure 過程（n.）   -- precipitation 降水（n.）
-- primary 主要的（a.）   -- features 特色（n.）

320. The chapter that you have to pay more attention to is chapter four, the **procedures** for a scientific project, steps of water cycle-the **primary** mechanism for transporting water from the air to the surface of the Earth- types of <u>**precipitation**</u>, and the geographical **features** of Southern Europe.	你需要花多一點心思在第四章，其有關科學專題的製作流程、水循環的過程（把水從空中運輸到地球表面的主要機制）、降水的種類以及南歐的地理特色。

答案：**(L)**

 解析 空格中要填入名詞precipitation，表示降水的種類，故要選L。

-- expound on 解釋、詳細述説（v.）   -- maturity 成熟（n.）
-- prediction 預測（n.）   -- depletion 消耗、用盡（n.）

321. My professor is <u>**expounding on**</u> the progress of intelligence from childhood to **maturity**; on the other hand, that the professor is making a **prediction** to when food and fruits will be getting less due to soil **depletion**.	我的教授正在詳述從小時候到成熟階段智力的發展狀況；另一方面來看，另一位教授正在預測食物與水果何時會因為土壤的耗盡而越來越少。

答案：**(I)**

 解析 Be expounding on為一個慣用搭配，表示正詳述某件事情，故答案要選I。

-- instrumental 可作為手段的、儀器的（a.） -- mount 上升（v.）
-- persistence 堅持、持續（n.）   -- provocation 激怒、挑撥（n.）

322. Psychologists claim that there are ways **instrumental** for you to develop patience, for instance the following two ways: **mounting** that takes patience and **persistence**, and not responding to **provocation**.	心理學家指出現在有很多方法可以幫助你去培養你的耐心，例如以下兩種方法： 需要耐心與堅持的爬山，以及對於他人的挑釁不做出回應。

答案：**(J)**

 解析 空格中要填入名詞persistence，表示堅持，故要選J。

-- didactic 教誨的、說教的 (a.)	-- discordant 不調和的 (a.)
-- misleading 誤導 (adj.)	-- discrimination 差別、歧視 (n.)

323. This **didactic** song is set out to unveil the **discordant** memories the singer had in her childhood and to expose the **misleading** thoughts people might have pertaining to racial **discrimination**.	這個富教育意義的歌曲是為了要揭開他在小時候有的一些不好的回憶，且暴露出人們可能會對種族歧視有些誤解。

答案：**(G)**

 解析 空格中要填入形容詞來修飾memories，表示一些不好的回憶，故答案為 G。

-- establish 創建、制定 (v.)	-- deprecate 反對、抨擊 (v.)
-- divergent 分歧的 (a.)	-- deter 制止、使斷念 (v.)

324. This organization is **established** for the purpose of **deprecating** death penalty, whereas the rest of the people with **divergent** interpretations about it in this country stand on the side of using death penalty to **deter** crime.	這個團體創建的目的是要抨擊死刑，然而這個國家內持不同意見的其他人卻站在使用死刑來制止犯罪的立場。

答案：**(K)**

 解析 介係詞後方要加上名詞或Ving形式的字（**of**後加上名詞當作受詞，包含動名詞），符合句意的只有deprecating，故要選K。

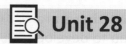

Questions 325-336 Complete the summary

The rumor that he attempts to detach himself from the political party he belongs to has already been widely **325.** _____ throughout the nation.

The top property agent is introducing the **326.** _____ interior design painted with meticulous care to her prospective client.

This optimistic business woman is trying very badly to expand her business connection, just as how the railway system was reformed to **327.** _____ throughout the States.

To achieve the integration, having people of different racial and religious groups gather together, we have to **328.** _____ the bright side people already had instead of the dark side.

He tends to figure out a solution using his **329.** _____ instead of invoking aids of people mastering in this field, indicating that he is a person not willing to collaborate and compromise.

Feeling isolated by their government, villagers living nearby the biggest volcano protest that they must receive a statement of **330.** _____ regarding when and to what extent the volcano will erupt.

Politicians are supposed to be sincere and execute plans with **331.** _____, or both the people and country will be pushed to a perilous situation.

Investigators are inquiring why the cabinet members were forced to **332.** _____ their positions because they thought probably someone had instigated them to perform this action.

Having a rhetorical speech is a part of this traditional ritual and the access to the stage at which the captain is addressing his thanks to his people will be **333.** _____ then.

He undertakes the responsibility that is strengthening her **334.** _____ of reaching an ultimate success she wants in her career.

Teachers have to **335.** _____ students the importance of keeping their behavior and judgment ethical as people would expect.

My mother can tell the subtle differences between these two tables, even the **336.** _____ scratch in that she attentively sweeps every furniture, stairway, and appliance every day.

Boxes

A restricted	**B** intuition
C resolution	**D** estimation
E evoke	**F** inform
G ramify	**H** integrity
I magnificent	**J** resign
K propagated	**L** superficial

-- rumor 謠言（n.）	-- detach 分離（v.）
-- propagate 傳播（v.）	-- throughout在所有各處（adv.）

325. The **rumor** that he attempts to **detach** himself from the political party he belongs to has already been widely **propagated throughout** the nation.	有關於他嘗試要自己脫離整個黨派的這個謠言已經廣泛地傳播至整個國家了。

答案：**(K)**

 這題要填入p.p形式的字才符合語法，表示傳播至...，故要選G。

-- property 財產、所有權（n.）	-- agent 仲介人（n.）
-- magnificent 華麗的、高尚的（a.）	-- meticulous 一絲不苟的（a.）

326. The top **property agent** is introducing the **magnificent** interior design painted with **meticulous** care to her prospective client.	這位頂尖的房屋仲介正在向她的預期客戶介紹這美輪美奐且作工精細的室內設計。

答案：**(I)**

 空格中要填入形容詞來修飾interior design，表示美輪美奐的，故答案為F。

-- optimistic 樂觀的（a.）	-- expand 擴大（v.）
-- reform 改革、改良（v.）	-- ramify 分支、分派（v.）

327. The **optimistic** business woman is trying very badly to **expand** her business connection, just as how the railway system was **reformed** to **ramify** throughout the States.	這位樂觀的女商人非常努力地嘗試要擴張她的商業交流，這就像是鐵路系統改良成能夠於全美縱橫交錯著。

答案：**(G)**

 To後面要加上原形動詞ramify，表示鐵路分支，故答案要選C。

-- integration 整合性（n.）	-- racial 種族的（a.）
-- religious 宗教性的（a.）	-- evoke 喚起、引起（v.）

328. To achieve the **integration**, having people of different **racial** and **religious** groups gather together, we have to **evoke** the bright side people already had instead of the dark side.	為了達成整合，也就是說讓不同種族及宗教的人民能夠聚集在一起，我們必須要喚起人們已擁有的光明面而不是黑暗面。

答案：(E)

 解析 To後面要加上原形動詞evoke，表示喚起人們已擁有的光明面，故答案要選I。

-- intuition 直覺 (n.)	-- invoke 祈求、懇求 (v.)
-- tend 趨向 (v.)	-- compromise 妥協、折衷 (v.)

329. He **tends** to figure out a solution using his **intuition** instead of **invoking** aids of people mastering in this field, indicating that he is a person not willing to collaborate and **compromise**.	他傾向靠他的直覺去解決問題，而不是向這行的專家尋求幫助，也就是說他不是個願意合作與妥協的人。

答案：(B)

 解析 空格中要填入名詞，表示直覺intuition，故要選E。

-- isolated 孤立的 (a.)	-- protest 主張、抗議 (v.)
-- estimation 預計 (n.)	-- erupt 爆發 (v.)

330. Feeling **isolated** by their government, villagers living nearby the biggest volcano **protest** that they must receive a statement of **estimation** regarding when and to what extent the volcano will **erupt**.	感覺到被政府隔離，居住在這最大的火山旁的村民們抗議說，他們必須要收到預測聲明，得知火山何時噴發，以及噴發會到什麼程度。

答案：(D)

 解析 空格中要填入名詞estimation，為of+N的架構，表示預測聲明，故要選B。

-- sincere 真誠的 (a.)	-- execute 執行 (v.)
-- integrity 正直 (n.)	-- perilous 危險的 (a.)

331. Politicians are supposed to be **sincere** and **execute** plans with **integrity**, or both the people and country will be pushed to a **perilous** situation.	政治家必須要真誠且正直的去執行計畫，否則人民以及國家將會被推向一個危險的局面。

答案：**(H)**

 解析 空格中要填入名詞integrity，表示正直，故要選H。

-- investigator 調查者 (n.)	-- inquire 詢問 (v.)
-- resign 辭職 (v.)	-- instigate 唆使、煽動 (v.)

332. **Investigators** are **inquiring** why the cabinet members were forced to **resign** their positions because they thought probably someone had **instigated** them to perform this action.	調查者正在查詢為什麼內閣成員會被強迫辭掉他們的職位，因為他們覺得之前可能有人唆使他們這麼做。

答案：**(J)**

 解析 To後面要加上原形動詞resign，表示辭掉他們的職位，故答案要選J。

-- rhetorical 符合修辭學的 (a.)	-- ritual 儀式 (n.)
-- address 致詞、演説 (v.)	– restrict 限制 (v.)

333. Having a **rhetorical** speech is a part of this traditional **ritual** and the access to the stage at which the captain is **addressing** his thanks to his people will be **restricted** then.	有個符合修辭學的演講是傳統儀式的一部分，而那個有個將軍正在致詞感謝他的人民的舞台是被限制通行的。

答案：**(A)**

 解析 此題為被動語態的考點，要填入過去分詞，符合語意的只有A。

-- undertake 承擔、接受 (v.)	-- strengthen 加強、變堅固 (v.)
-- resolution 決心 (n.)	-- ultimate 終極的 (a.)

334. He **undertakes** the responsibility that is **strengthening** her **resolution** of reaching an **ultimate** success she wants in her career.	他接受了加強這位小姐想要達到她事業最終成功的決心這樣的責任。

答案：**(C)**

解析 空格中要填入名詞resolution，表示決心，故要選C。

-- inform 告知 (v.)	-- judgment 審判、判決 (n.)
-- ethical 倫理的 (a.)	-- expect 期待 (v.)

335. Teachers have to **inform** students the importance of keeping their behavior and **judgment** ethical as people would **expect**.	老師必須要告知學生們做出合乎道德的行為與批判的重要性，就像社會上人們所期待的一樣。

答案： **(F)**

 解析 To後面要加上原形動詞inform，表示告知學生們，故答案要選F。

-- subtle 微妙的、敏感精細的 (a.)	-- superficial 表面的 (a.)
-- scratch 抓、刮痕 (n.)	-- sweep 掃除、肅清 (v.)

336. My mother can tell the **subtle** differences between these two tables, even the **superficial** **scratch** in that she attentively **sweeps** every furniture, stairway, and appliance every day.	我媽媽可以察覺出這兩張桌子間些微差異，即使是很表面的刮痕，因為她每天都仔細的擦拭家裡每一件家具、階梯以及家電用品。

答案： **(L)**

 解析 空格中要填入形容詞來修飾scratch，表示表面的刮痕，故答案為L。

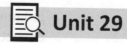

Questions 337-348 Complete the summary

This genius **337.** _____ a thematic tactic to his boss for successfully achieving a particular goal he set a few years ago.

Symmetrical design was not dominant during the period of the Renaissance due to the fact that people thought of it as being **338.** ____ _____ and dull.

Even though some witnesses **339.** _____ that they had seen a man with a knife wandering around the array of scooters, the suspect still insisted that he was in a store remote from the spot.

Her body starts having an **340.** _____ response due to transplant rejection, meaning the transplanted tissue is rejected by the recipient's immune system.

This product would immediately make this company dominant in the computer exhibition of the year, but it is still a **341.** _____.

Scholars acknowledge that there were **342.** _____ cultural activities taking place during the Middle Ages that basically concentrated on classical literature.

People would place their signatures in a rather not **343.** _____ spot, making it imperceptible so that they can avoid certain responsibility; nonetheless, the Senate might not ratify the treaty.

His greatest concern is the fact that chemical wastes would be detrimental to our environment, and some decayed plants and animal matters might also be **344.** _____ harmful to our land.

The invading army, instigated by other gangs to **345.** _____ this village, has disrupted each family member's dream and right to live in the world.

Scientists can hardly find the **346.** _____ of life in deserts where living conditions are hostile and inhospitable for most forms of creatures.

This national park has a relatively scant portion of forests, indicating that it cannot completely block the ultraviolet **347.** _____ the Sun emits.

It is an **348.** _____ argument that the child who has suffered through iniquitous bully that may be injurious to one's cognitive development can become a psychologically mature grown-up.

Boxes

A obviously	**B** considerable
C testified	**D** radiation
E hypothesis	**F** redundant
G renders	**H** presence
I inflammatory	**J** plunder
K discernible	**L** untenable

| -- render 給予、歸還 (v.) | -- thematic 主題的 (a.) |
| -- tactic 戰術、戰略 (n.) | -- achieve 達成 (v.) |

| 337. This genius **renders** a **thematic tactic** to his boss for successfully **achieving** a particular goal he set a few years ago. | 這個天才給予他的老闆一個富有主題性的戰略，為了能成功地達成他幾年前所設立的目標。 |

答案： (G)

 句子中要填入現在式單數動詞，故要選G。

| -- symmetrical 對稱的 (a.) | -- dominant 主要支配的 (a.) |
| -- renaissance 文藝復興 (n.) | -- redundant 多餘的、過多的 (a.) |

| 338. **Symmetrical** design was not **dominant** during the period of the **Renaissance** due to the fact that people thought of it as being **redundant** and dull. | 對稱的設計並沒有稱霸文藝復興時期是因為當時人們認為對稱不必要而且很無聊。 |

答案： (F)

 空格中要填入形容詞redundant，表示多餘的，故答案為F。

| -- witness 證人、目擊者 (n.) | -- testify 證明、作證 (v.) |
| -- insist 堅持 (v.) | -- remote 遙遠的 (a.) |

| 339. Even though some **witnesses** **testified** that they had seen a man with a knife wandering around the array of scooters, the suspect still **insisted** that he was in a store **remote** from the spot. | 一些目擊者作證説他們有看到一名持刀的男人在一排機車附近晃蕩，但這名嫌疑犯堅稱説他當時在離案發現場很遠的一間商店裡。 |

答案： (C)

 副詞子句中要填入過去式動詞，故要選C。

| -- inflammatory 煽動性的、發炎的 (a.) | -- response 回應 (n.) |
| -- rejection 拒絕 (n.) | -- immune 免疫的、不受影響的 (a.) |

| 340. Her body starts having an **inflammatory response** due to transplant **rejection**, meaning the transplanted tissue is **rejected** by the recipient's immune system. | 這個女孩的身體因為移植排斥開始有發炎反應，移植排斥也就是指移植過來的組織被接受移植者自身的免疫系統所拒絕。 |

答案：**(I)**

 解析 空格中要填入形容詞來修飾response，表示發炎反應，故答案為I。

-- immediately 立即地（adv.）
-- exhibition 展覽（n.）
-- dominant 佔優勢的（a.）
-- hypothesis 假說（n.）

| 341. This product would **immediately** make this company **dominant** in the computer **exhibition** of the year, but it is still a **hypothesis**. | 這個產品會使這家公司成為今年電腦展上的主角，但這還只是假設而已。 |

答案：**(E)**

 解析 空格中要填入名詞hypothesis，表示還只是假設，故要選E。

-- acknowledge 承認（v.）
-- concentrations 濃縮、集中（v.）
-- considerable 相當的、可觀的（a.）
-- literature 文學（n.）

| 342. Scholars **acknowledge** that there were **considerable** cultural activities taking place during the Middle Ages that basically **concentrated** on classical **literature**. | 學者承認在中世紀時曾經有大量的文化活動發生且大量集中於古典文學。 |

答案：**(B)**

 解析 空格中要填入形容詞來修飾cultural activities，表示有大量的文化活動，故答案為B。

-- signatures 簽名（n.）
-- nonetheless 然而（adv.）
-- discernible 可識別的（a.）
-- ratify 批准、認可（v.）

| 343. People would place their **signatures** in a rather not **discernible** spot, making it imperceptible so that they can avoid certain responsibility; **nonetheless**, the Senate might not **ratify** the treaty. | 人們會將名字簽在較不容易識別的區域，讓它變得不易辨識，他們就能避開特定責任，然而，議院可能不會批准這個條約。 |

答案：**(K)**

 解析 空格中要填入形容詞來修飾spot，表示不易辨識，故答案為K。

-- waste 浪費（n.）
-- decayed 腐朽（v.）
-- detrimental 有害的（a.）
-- obviously 明顯地（adv.）

344. His greatest concern is the fact that chemical **wastes** would be **detrimental** to our environment, and some **decayed** plants and animal matters might also be **obviously** harmful to our land.	他對於化學廢棄物有可能會對環境造成危害，以及一些腐朽的植物與動物也明顯對我們的土地有害存有很大的顧慮。

答案： **(A)**

 解析 句子已經非常完整有主要主詞和動詞等訊息時，空格處僅可能是副詞的選項（且obviously修飾harmful），故要選A。

-- invade 闖入 (v.)	-- plunder 搶奪、掠奪 (v.)
-- instigate 教唆 (v.)	-- disrupt 破壞 (v.)

345. The **invading** army, **instigated** by other gangs to **plunder** this village, has **disrupted** each family member's dream and right to live in the world.	被其他幫派教唆闖入並掠奪這個村莊的闖入者，已經破壞了住在這個村莊的每一個家庭的夢，跟生存在這個世界上的權力。

答案： **(J)**

 解析 To後面要加上原形動詞plunder，表示掠奪這個村莊，故答案要選J。

-- presence 存在、現存 (n.)	-- hostile 敵對的 (a.)
-- inhospitable 不適合居住的 (a.)	-- creatures 生物 (n.)

346. Scientists can hardly find the **presence** of life in deserts where living conditions are **hostile** and **inhospitable** for most forms of **creatures**.	學者指出對於最近發現的，因為其嚴酷且不適合任何生物居住的生存條件，位於非洲最大沙漠中的盆地是否有生命的存在依舊缺乏令人信服的相關證據。

答案： **(H)**

 解析 空格中要填入名詞presence，表示生命的存在，故要選H。

-- relatively 相對地 (adv.)	-- scant 少的 (a.)
-- ultraviolet 紫外線 (n.)	-- radiation 輻射 (n.)

347. This national park has a **relatively scant** portion of forests, indicating that it cannot completely block the **ultraviolet radiation** the Sun emits.	這個國家公園擁有相對少量的森林，也就是說它無法完全阻擋來自太陽光照射的紫外線輻射。

答案： (D)

解析 空格中要填入名詞radiation，表示來自太陽光照射的紫外線輻射，故要選 D。

| -- injurious 有害的 (a.) | -- suffer 受痛苦 (v.) |
| -- iniquitous 不正的、不法的 (a.) | -- untenable 不能維持的 (a.) |

| 348. It is an **<u>untenable</u>** argument that the child who has **suffered** through **iniquitous** bully that may be **injurious** to one's cognitive development can become a psychologically mature grown-up. | 關於遭受過不法且認知發展霸凌的孩子，其心靈會變成熟的論調是站不住腳的。 |

答案： (L)

解析 空格中要填入形容詞來修飾argumen，表示論調是站不住腳的，故答案為 L。

 **Unit 30**

Questions 349-360 Complete the summary

At the incipient stage of the final election, speeches resembling from elected mayors can prevent you from being too **349.** _____ and reassuring.

It's still a controversial issue regarding the biological **350.** _____ of the carbon element found in this meteorite and whether the element has been contaminated by Earth.

The collection of Egyptian antiquities assorted according to their geographical origins was placed in a very **351.** _____ spot in this museum, attempting to drive more attention to it.

The newly-found planet is believed to be **352.** _____ smaller than Earth and consists of the spinning, condensing cloud of gas the Sun is composed of as well.

This secrete creature is known for its capability to **353.** _____ color itself, called camouflage, meaning it is able to blend into the surrounding environment.

There are other feasible actions, such as singing, dancing, other special gestures, or wearing ritual costumes that can be relied on to **354.** _____ the prayer's human identity.

His bad eating habit triggers his headache and stomach problems; hence, living a routine lifestyle and having **355.** _____ sleeping are quite necessary.

The effect of Humanism assists people to break free from the mental strictures imposed by certain religions, **356.** _____ free inquiry, and further motivates people to have their own thoughts and creations.

Attacks, such as small-scale robberies or highlyorganized hijacking are deemed as major threats to our society so that there are **357.** _____ proposed to restrain those illegal crimes.

Accordingly, the government announces that military service could be **358.** _____ if you have foreign passports or any chronic disease.

The biggest desert in the world used to be a desolated **359.** _____ of land situated in the inner Asia continent, is now thriving under the reign of emperor.

The effect of Urban Heat Island normally and **360.** _____ occurs in tandem with metropolitan development and rapidly develops in densely populated centers.

Boxes	
A primarily	**B** strategies
C origin	**D** slightly
E cryptically	**F** conceal
G conspicuous	**H** chunk
I exempted	**J** pompous
K sufficient	**L** inspires

-- incipient 初期的 (a.)
-- resemble 相似 (v.)

-- election 選舉的 (n.)
-- pompous 傲慢的、自大的 (a.)

349. At the **incipient** stage of the final **election**, speeches **resembling** from elected mayors can prevent you from being too **pompous** and reassuring.

在最終選舉的初期階段，與獲選的市長相仿的演講能使你免於自大且讓人放心。

答案： **(J)**

 空格中要填入形容詞pompous表示自大的（too...後面加上形容詞表示太過於...），故答案為J。

-- meteorite 隕石 (n.)
-- origin 來源 (n.)

-- controversial 有爭議的 (a.)
-- contaminate 汙染 (v.)

350. It's still a **controversial** issue regarding the biological **origin** of the carbon element found in this **meteorite** and whether the element has been **contaminated** by Earth.

關於在這個隕石中所發現的碳元素來源，以及是否這元素有被地球所污染依舊是個富爭議的議題。

答案： **(C)**

 空格中要填入名詞origin，表示碳元素來源，故要選C。

-- assort 分類、配合 (v.)
-- attempt 嘗試 (v.)

-- conspicuous 顯著的 (a.)
-- attention 注意力 (n.)

351. The collection of Egyptian antiquities **assorted** according to their geographical origins was placed in a very **conspicuous** spot in this museum, **attempting** to drive more **attention** to it.

依照地理來源所分類的古埃及系列被放置在很明顯的區域，以嘗試取得更多的注意力。

答案： **(G)**

 空格中要填入形容詞來修飾spot，表示明顯的區域（very修飾該形容詞），故答案為G。

-- planet 星球 (n.)
-- spin 旋轉 (v.)

-- slightly 一點點地 (adv.)
-- condense 使濃縮、縮短 (v.)

352. The newly-found **planet** is believed to be **slightly** smaller than Earth and consists of the **spinning**, **condensing** cloud of gas the Sun is composed of as well.	這個新發現的星球被認為體積稍小於地球，而且是由跟組成太陽一樣的旋轉與壓縮的氣體與塵埃所組成的。

答案：(D)

 解析 句子已經非常完整有主要主詞和動詞等訊息時，空格處僅可能是副詞的選項，，且slightly修飾smaller，故要選D。

-- cryptically 神秘地 (adv.)	-- blend into 調和、滲入 (v.)
-- surrounding 周圍的 (a.)	-- camouflage 偽裝 (n.)

353. This secrete creature is known for its capability to **cryptically** color itself, called **camouflage**, meaning it is able to **blend into** the **surrounding** environment.	這個神祕的生物是因為牠可以神秘地以顏色來偽裝牠自己而有名，也就是說牠可以把牠自己與周遭的環境融合在一起。

答案：(E)

 解析 句子已經非常完整有主要主詞和動詞等訊息時，空格處僅可能是副詞的選項，故要選E。

-- feasible 可行的 (a.)	-- gestures 姿態、手勢 (n.)
-- ritual 因儀式而行的 (a.)	-- conceal 隱藏 (v.)

354. There are other **feasible** actions, such as singing, dancing, other special **gestures**, or wearing **ritual** costumes that can be relied on to **conceal** the prayer's human identity.	其他可行的動作像是唱歌、跳舞以及其他的手勢，或是穿著儀式的服飾可被用來隱藏祈禱者的人類身分。

答案：(F)

 解析 To後面要加上原形動詞conceal，表示隱藏祈禱者的人類身分，故答案要選F。

-- trigger 觸發、引起 (v.)	-- headache 頭痛 (n.)
-- routine 例行的 (a.)	-- sufficient 足夠的 (a.)

355. His bad eating habit **triggers** his **headache** and stomach problems; hence, living a **routine** lifestyle and having **sufficient** sleeping are quite necessary.	他不好的飲食習慣觸發了他的頭痛及一些腸胃問題，因此規律的生活型態跟充足的睡眠是非常必要的。

答案： **(K)**

 空格中要填入形容詞來修飾sleeping，表示充足的睡眠，故答案為K。

-- strictures 狹窄 (n.)   -- impose 強加 (v.)
-- inspire 鼓舞、使啟發 (v.)   -- inquiry 查詢、調查 (n.)

| 356. The effect of Humanism assists people to break free from the mental **strictures imposed** by certain religions, **inspires** free inquiry, and further motivates people to have their own thoughts and creations. | 人道主義幫助人民從特定宗教造成的心理限制走出來，鼓舞自由的詢問且激勵人們有他們自己的想法與創意。 |

答案： **(L)**

 句子中的主詞為effect，要迅速分辨出句子中的三個動詞V1, V2, V3，挖空的地方是V2，要填入單數動詞，故答案要選L。

-- deem 認為 (v.)   -- strategies 策略 (n.)
-- restrain 限制 (v.)   -- illegal 非法的 (a.)

| 357. Attacks, such as small-scale robberies or highly organized hijacking are **deemed** as major threats to our society so that there are **strategies** proposed to **restrain** those **illegal** crimes. | 小型的攻擊像是搶奪或高組織性的劫機都被認為對我們社會有很大的威脅，所以有策略被提出來抑制非法的犯罪。 |

答案： **(B)**

 空格中要填入名詞strategies，表示策略被提出，故要選B。

-- accordingly 因此 (adv.)   -- military 軍隊的 (a.)
-- exempt 免除 (v.)   -- chronic 慢性的 (a.)

| 358. **Accordingly**, the government announces that **military** service could be **exempted** if you have foreign passports or any **chronic** disease. | 因此，政府發聲明説如果你持有外國護照或是有慢性疾病的話，兵制是可以被免除的。 |

答案： **(I)**

 空格處要填入p.p，依句意要選免除的，故答案要選I。

-- desolated 荒蕪的 (a.)	-- chunk 塊 (n.)
-- continent 大陸 (n.)	-- thrive 使欣欣向榮 (v.)

359. The biggest desert in the world used to be a **desolated** <u>chunk</u> of land situated in the inner Asia **continent**, is now **thriving** under the reign of emperor.	在亞洲大陸內陸這個世界最大的沙漠，之前是個荒蕪的大陸，現在因為皇帝的統治，已經變得欣欣向榮。

答案： **(H)**

 解析 空格中要填入名詞，（為冠詞+形容詞+名詞的架構），表示chunk，故要選H。

-- primary 主要的 (a.)	-- in tandem with 同…合作 (adv.)
-- metropolitan 大都市的 (a.)	-- rapidly 快速地 (adv.)

360. The effect of Urban Heat Island normally and <u>**primarily**</u> occurs **in tandem with metropolitan** development and **rapidly** develops in densely populated centers.	熱島效應主要與都市發展相呼應，且快速發展於主要都市及人多的中心。

答案： **(A)**

 解析 句子已經非常完整有主要主詞和動詞等訊息時，空格處僅可能是副詞的選項，故要選A。

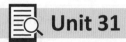

Unit 31

Questions 361-372 Complete the summary

The organ, tongue is capable of doing various muscular movements, for instance that in some animals, such as frogs, it can be **361.** _____ __ and can be adapted to capturing insect prey.

Through the examination of a fossil of a **362.** _____ plant, scientists have gotten some interesting findings even though the soft parts of it were slightly fragile.

Geothermal energy can mostly be perceived in areas where tectonic plates **363.** _____, and where the earth crust is thinner than it is in other regions.

Algae are ubiquitous throughout the world, being the most common in aquatic habitats, and are categorized based on the diversified light wavelengths the seawater **364.** _____.

People living in this ancient village have developed an elaborate and exceptional tradition of sculpture and **365.** _____ carving.

This vase, known as a political and religious symbol, shows the **366.** _____ sense of design and the power of the king.

This creative invention that could be conducive to transport both in water and on land is widely known for its **367.** _____ structures and being light-weight.

This program accelerates the process of editing text and images and **368.** _____ boosts up your working efficiency and accuracy.

The most distinctive aspect of the earth is the **369.** _____ between its polar zones and the dry deserts.

Most second language learners speak halting English with a heavy accent, so people can barely understand them; however, they will be ended up figuring out a way to perfectly pronounce words and **370.** ___ _____ it.

Try to **371.** _____ the way people use their languages and there are abundant learning materials online that can be tremendously helpful for you to master a new language.

The music critic **372.** _____ this album as the worst album of the year with hindering the singer's plan of releasing her new songs.

Boxes	
A contrast	**B** relief
C conjoin	**D** conquering
E elongated	**F** thickened
G mimic	**H** carnivorous
I absorbs	**J** exquisite
K deprecates	**L** incrementally

-- muscular 肌肉強壯的、有利的 (a.)	-- elongate 使延長 (v.)
-- adapted to 適應於 (v.)	-- prey 被捕食者 (n.)

361. The organ, tongue is capable of doing various **muscular** movements, for instance that in some animals, such as frogs, it can be **elongated** and can be **adapted to** capturing insect **prey**.	舌頭這個器官可以做很多項的肌肉運動，例如有些動物的舌頭像是青蛙，是可以被延長且適於捕食昆蟲。

答案：**(E)**

 解析　空格處要填入p.p，依句意要選可以被延長，故答案要選E。

-- fossils 化石 (n.)	-- carnivores 食肉類的 (a.)
-- fragile 脆弱的 (a.)	-- slightly 輕微、一點點 (adv.)

362. Through the examination of a **fossil** of a **carnivorous** plant, scientists have gotten some interesting findings even though the soft parts of it were **slightly fragile**.	經過檢查食肉類植物化石後，雖然這些化石比較軟的部分有一點點脆弱，科學家還是有得到一些有趣的發現。

答案：**(H)**

 解析　空格中要填入形容詞來修飾plant，表示食肉類植物化石，故答案要選H。

-- geothermal 地熱的 (adj.)	-- tectonic plates 板塊 (n.)
-- conjoin 使結合、使連接 (v.)	-- crust 殼 (n.)

363. **Geothermal** energy can mostly be perceived in areas where **tectonic plates conjoin**, and where the earth **crust** is thinner than it is in other regions.	地熱的能量通常可以在板塊相接的地方，以及地球板塊相較於其他地方較薄的部分被發現。

答案：**(C)**

 解析　Tectonic plates後方要加上複數動詞，符合地科主題的只有conjoin，故答案為C。

-- ubiquitous 普及的、到處存在的 (a.)	-- aquatic 水生的 (a.)
-- habitats 棲息地、居住地 (n.)	-- absorb 吸收 (v.)

364. Algae are **ubiquitous** throughout the world, being the most common in **aquatic habitats**, and are categorized based on the diversified light wavelengths the seawater **absorbs**.	藻類普及於全世界且最常見於水生棲息地,並且以受水體吸收的多樣光波長來做分類的基礎。

答案: **(I)**

 解析 空格處要填入單數動詞,且表吸收的字,故答案要選I。

-- elaborate 精緻的 (a.)   -- exceptional 非凡的 (a.)
-- sculpture 雕塑 (n.)   -- relief 浮雕 (n.)

365. People living in this ancient village have developed an **elaborate** and **exceptional** tradition of **sculpture** and **relief** carving.	住在這古老村莊的人民發展出雕塑與浮雕這樣精緻又非凡的傳統。

答案: **(B)**

 解析 空格中要填入名詞relief,表示浮雕,故要選B。

-- exquisite 精緻的、細膩的 (a.)   -- political 政治的 (a.)
-- religious 宗教的 (a.)   -- symbol 象徵 (n.)

366. This vase, known as a **political** and **religious symbol**, shows the **exquisite** sense of design and the power of the king.	這個花瓶被認為是政治與宗教的象徵,展現了細膩的設計與這個國王的權力。

答案: **(J)**

 解析 空格中要填入形容詞來修飾sense,表示細膩的設計,故答案為J。

-- invention 創作 (n.)   -- thicken 加厚 (v.)
-- conducive to 有益於、有助於 (a.)   -- transport 運輸 (n.)

367. This creative **invention** that could be **conducive to transport** both in water and on land is widely known for its **thickened** structures and being lightweight.	這個充滿創作感的發明因為他厚實的結構,且極度輕盈,並有助於陸上與水上的運輸,而廣為人知。

答案: **(F)**

-- accelerate 加速、加快 (v.)	-- incrementally 增量地 (adv.)
-- boost up 增強 (v.)	-- efficiency 效率 (n.)

368. This program **accelerates** the process of editing text and images and **incrementally boosts up** your working **efficiency** and accuracy.	這個程式加快了文字與圖片的修正，且增量地升高你的工作效率與準確性。

答案：**(L)**

 句子已經非常完整有主要主詞和動詞等訊息時，空格處僅可能是副詞的選項，故要選L。

-- distinctive 有區別性的 (a.)	-- contrast 對比 (n.)
-- polar 極的 (a.)	-- dry 乾的 (a.)

369. The most **distinctive** aspect of the earth is the **contrast** between its **polar** zones and the **dry** deserts.	地球極區與乾燥沙漠區的對比是地球與眾不同的一面。

答案：**(A)**

 空格中要填入名詞contrast，表示對比，故要選A。

-- halting 使停止 (v.)	-- barely 幾乎不 (adv.)
-- figure out 想出 (v.)	-- conquer 征服 (v.)

370. Most second language learners speak **halting** English with a heavy accent, so people can **barely** understand them; however, they will be ended up **figuring out** a way to perfectly pronounce words and **conquering** it.	大部分的第二語言學習者說英文時會停頓，並伴隨著很重的口音，導致聽的人幾乎無法理解他們，但是這些學習者最後還是會悟出可以完美發音的方法並征服它。

答案：**(D)**

解析 從ended up後可以看到，以and連接兩個ving形式的字，第一個為figuring另一個為挖空的部分，故要選ving形式的答案，答案為D。

-- mimic 模仿 (v.)	-- abundant 豐富的 (a.)
-- tremendously 異常的、巨大的 (adv.)	-- master 駕馭 (v.)

371. Try to **mimic** the way people use their languages and there are **abundant** learning materials online that can be **tremendously** helpful for you to **master** a new language.	試著去模仿人們使用這個語言的方式,而且網路上有很多豐富的資源可以用來幫你去駕馭這個語言。

答案: **(G)**

 解析 To後面要加上原形動詞mimic,表示模仿人們,故答案要選G。

-- critics 評論家 (n.)	-- deprecate 抨擊、反對 (v.)
-- hinder 阻止 (v.)	-- release 釋放 (v.)

372. The music **critic** **deprecates** this album as the worst album of the year with **hindering** the singer's plan of **releasing** her new songs.	這位音樂評論家砲轟這個專輯是今年最爛的專輯,並阻撓這位歌手要出新歌的計畫。

答案: **(K)**

 解析 空格處要填入單數動詞(主要子句缺少一單數動詞),故答案為K。

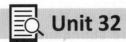
Questions 373-384 Complete the summary

He made efforts to convince his friends not to spend too much time on playing games but that was futile and completely **373.** _____.

As time went by, the government inevitably had to contend with those people who thought they had the right to talk to the president, giving rise to the **374.** _____ of such peace in the country.

Eventually, those people were strongly entrenched by the power of government and **375.** _____ yielded their powers to it.

Apparently, this apartment contains a **376.** _____ storage space that makes it an extraordinary choice for families with children.

People living here are hostile to technological innovations that may threaten their traditions and are restricted to communicate with outsiders for the sake of **377.** _____ the safety system.

Due to the intricate process of obtaining the membership, candidates were particularly confined to stay in **378.** _____ rooms and then take ludicrous tests.

This young man said he was attacked and arrested by an unknown intruder and was **379.** _____ how the intruder looked like with a portrait.

People were facing imminent death after the earthquake even though emergency funds were being provided to **380.** _____ the effect of the disaster.

It is such an **381.** _____ fact that human civilization has emerged into the light of history approximately three thousand years ago.

The origin of this civilization remains **382.** _____ because the languages they use are not quite related to any other known tongues in the world.

For about twenty years, although the two rival centers in the Middle East region had contacted with each other from their earliest beginning, they still retained their **383.** _____ characters.

About five thousand years ago, plow that oxen can pull was **384.** _____ by Egyptian and Mesopotamian farmers, enabling more and more people to give up farming and then move to cities.

Boxes

A mitigate	**B** obscure
C ineffective	**D** elimination
E distinct	**F** capacious
G frequently	**H** consolidating
I designated	**J** astonishing
K delineating	**L** invented

-- efforts 努力（n.）	-- convince 使信服（v.）
-- futile 細瑣的、無用的（a.）	-- ineffective 無效的（a.）

373. He made **efforts** to **convince** his friends not to spend too much time on playing games but that was **futile** and completely <u>ineffective</u>.	他努力地說服他朋友別花太多時間在玩遊戲上面，但卻徒勞無功。

答案：（C）

 空格中要填入形容詞ineffective，（adv+adj結構），表示結果完全無效，故答案為C。

-- inevitably 不可避免的（adv.）	-- contend 鬥爭、競爭（v.）
-- giving rise to 引起、導致（v.）	-- elimination 消除（n.）

374. As time went by, the government **inevitably** had to **contend** with those people who thought they had the right to talk to the president, **giving rise to** the <u>elimination</u> of such peace in the country.	隨著時間的流逝，政府無可避免地必須要和這些認為有權利跟總統講話的人民鬥爭，這導致了這個國家的和平被抹滅掉。

答案：（D）

 空格中要填入名詞elimination，表示這個國家的和平被抹滅掉，故要選D。

-- eventually 最終地（adv.）	– entrench 防護、保護（v.）
-- frequently 頻繁地（adv.）	-- yield 被迫放棄（v.）

375. **Eventually**, those people were strongly **entrenched** by the power of government and <u>frequently</u> **yielded** their powers to it.	最終這些人受到政府強力地保護，並且屢次地放棄並將權力轉交給政府。

答案：（G）

 句子已經非常完整有主要主詞和動詞等訊息時，空格處僅可能是副詞的選項，故要選G。

-- apparently 明顯地（adv.）	-- contain 含有（v.）
-- capacious 寬廣的（a.）	-- extraordinary 非凡的（a.）

376. **Apparently**, this apartment **contains** a <u>**capacious**</u> storage space that makes it an **extraordinary** choice for families with children.	很明顯地因為這個公寓包含一個很大的儲藏空間，所以對有小孩的家庭來説是個不錯的選擇。

答案： **(F)**

 解析 空格中要填入形容詞來修飾storage，表示很大的儲藏空間，故答案為F。

-- hostile 有敵意的 (a.)	-- innovations 創新 (n.)
-- restricted 限制 (v.)	-- consolidate 鞏固、使聯合 (v.)

377. People living here are **hostile** to technological **innovations** that may threaten their traditions and are **restricted** to communicate with outsiders for the sake of <u>**consolidating**</u> the safety system.	為了鞏固他們的安全系統，居住在這裡的人們對於會危及他們傳統的科技創新帶有敵意，而且被限制不能與外來者交流。

答案： **(H)**

 解析 介係詞後方要加上名詞或Ving形式的字，符合句意的只有consolidating，故要選H。

-- intricate 錯綜複雜的 (a.)	-- confine to 限制於 (v.)
-- designate 指派 (v.)	-- ludicrous 可笑的、荒唐的 (a.)

378. Due to the **intricate** process of obtaining the membership, candidates were particularly **confined** to stay in <u>**designated**</u> rooms and then take **ludicrous** tests.	因為取得會員的這個步驟很複雜，所以候選人必須要待在一個指定的房間，然後進行很荒唐的測試。

答案： **(I)**

 解析 空格中要填入形容詞來修飾rooms，表示指定的房間，故答案為I。

-- attack 攻擊 (v.)	-- arrest 逮捕 (v.)
-- intruder 入侵者 (n.)	-- delineate 描繪 (v.)

379. The young man said he was **attacked** and **arrested** by an unknown **intruder** and was <u>**delineating**</u> how the intruder looked like with a portrait.	這個年輕人説他被一位不知名的入侵者攻擊並逮捕，他正描繪這個入侵者的長相。

答案： **(K)**

 解析 這題要選過去進行式且句意符合的選項，故要選K。

-- imminent 逼近的、即將到來的 (a.)　　-- emergency 緊急事件 (n.)
-- mitigate 減輕 (v.)　　　　　　　　-- disaster 災害 (n.)

380. People were facing **imminent** death after the earthquake even though **emergency** funds were being provided to **mitigate** the effect of the **disaster**.	在地震過後，人們面臨了立即的死亡，即使已提供緊急的資金協助來減輕災害的傷亡。

答案： **(A)**

 解析 To後面要加上原形動詞mitigate，表示減輕災害的傷亡，故答案要選A。

-- astonishing 令人驚喜的 (a.)　　　-- civilization 文明 (n.)
-- emerge 出現 (v.)　　　　　　　　-- approximately 大約 (adv.)

381. It is such an **astonishing** fact that human **civilization** has **emerged** into the light of history **approximately** three thousand years ago.	人類文明始於約三千年前的歷史中，是個令人驚喜的事實。

答案： **(J)**

 解析 空格中要填入形容詞來修飾fact，表示令人驚喜的事實，故答案為J。

-- origin 起源 (n.)　　　　　　　-- remain 保留 (v.)
-- obscure 難解的、含糊的 (a.)　　-- related 相關的 (a.)

382. The **origin** of this civilization **remains** **obscure** because the languages they use are not quite **related** to any other known tongues in the world.	這個文明的起源依舊很模糊，因為他們所使用的語言跟其他世界上所知的語言並沒有關聯。

答案： **(B)**

解析 空格中要填入形容詞obscure，（remain後要加形容詞當補語）表示依舊很模糊，故答案為B。

-- rival 對手 (n.)　　　　　　　-- contact 接觸 (v.)
-- retain 保留 (v.)　　　　　　　-- distinct 清楚的、不同的 (a.)

383. For about twenty years, although the two **rival** centers in the Middle East region had **contacted** with each other from their earliest beginning, they still **retained** their <u>distinct</u> characters.	雖然這競爭的兩方於大約二十年前在中東地區就開始相互接觸，他們還是保有他們清楚且明顯不同的特性。

答案： (E)

 空格中要填入形容詞來修飾characters，表示明顯不同的特性，故答案為E。

-- plow 犁 (n.) -- invent 發明 (v.)	-- oxen 公牛 (n.) -- enable 使⋯成為可能 (v.)

384. About five thousand years ago, **plow** that **oxen** can pull was <u>invented</u> by Egyptian and Mesopotamian farmers, **enabling** more and more people to give up farming and then move to cities.	大約五千年前，牛所拉的犁田工具是被美索布達米雅以及埃及農夫所發明的，使得更多的人放棄農耕朝大都市發展。

答案： (L)

 這題是被動語態的考點，且be動詞後要加上過去分詞，最後選擇符合句意的L。

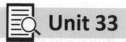

Questions 385-396 Complete the summary

Darwin assumed that it would not have been possible to **385.** _____ natural selection due to the fact that it was too slow and gradual in general.

This study claims that this pervasive painting is widely recognized in European countries, **386.** _____ the drawing skill of human beings may share the same root.

387. _____ may evolve into a new language if they are restrained in a particular area for a long time, especially isolated districts or islands.

The **388.** _____ of the nutrients may not be formed because of the constant mixing of the shallow sea.

Due to the natural protection from certain types of fungi living in co-existence, some reefs remain healthy under damage and appear to be more resilient to coral **389.** _____ than others.

There are **390.** _____ styles of clothing in China related to the Asian history with their texture and accessories having unique meanings.

Some buildings and **391.** _____ made of marble and granite are more likely to be damaged by acid rain than those made by others.

Chemical weathering may be more likely to take place and be more effective in **392.** _____ tropical climate, while mechanical weathering may occur in sub-Arctic climates.

Scientists have announced that the surface of the planet Mars manifests evidence of having ancient water and volcanoes, and it has an **393.** _____ with seasons and weather changing.

We are still not sure whether life could start in such a harsh environment as on Mars even though **394.** _____ Martian microorganisms could have adapted to the environment with high acidity and saltiness.

The canal has been a national-scale irrigation project carrying water from the wet **395.** _____ areas to the dry central deserts.

One of the reasons why it might be quite difficult for huge sized animals to live is that they need to **396.** _____ a great amount of food to maintain the sizable figure.

Boxes

A atmosphere	**B** preexisting
C connoting	**D** humid
E bleaching	**F** coastal
G numerous	**H** dialects
I perceive	**J** consume
K sculptures	**L** stratification

| -- assume 推測 (v.) | -- perceive 察覺 (v.) |
| -- natural selection 自然選擇 (n.) | -- gradual 逐漸的 (a.) |

| 385. Darwin **assumed** that it would not have been possible to **perceive natural selection** due to the fact that it was too slow and **gradual** in general. | 達爾文推測説自然選擇是不容易被察覺的，因為一般來説它太慢而且是逐漸變化的。 |

答案：(I)

 To後面要加上原形動詞perceive，表示察覺，故答案要選I。

| -- pervasive 廣泛的，普遍的 (a.) | -- recognize 認識 (v.) |
| -- connote 暗示、表示 (v.) | -- Root 根 (n.) |

| 386. This study claims that this **pervasive** painting is widely **recognized** in European countries, **connoting** the drawing skill of human beings may share the same **root**. | 此項研究指出這普遍流傳的畫作在歐洲國家廣為人知，表示説人類的繪畫技巧是有相同來源的。 |

答案：(C)

 這題要選connoting，其為省略and connots變化而來的，故要選C。

| -- dialect 方言 (n.) | -- evolve 演化 (v.) |
| -- restrain 限制 (v.) | -- isolate 隔離 (v.) |

| 387. **Dialects** may **evolve** into a new language if they are **restrained** in a particular area for a long time, especially **isolated** districts or islands. | 如果方言長期被限制於特定的區域，特別指被隔離的區域或是島嶼，它們可以演化成新的語言。 |

答案：(H)

 空格中要填入名詞dialects（名詞當主詞），表示方言，故要選H。

| -- stratification 階層化 (n.) | -- nutrients 養分 (n.) |
| -- constant 不斷的 (a.) | -- shallow 淺的 (a.) |

| 388. The **stratification** of the **nutrients** may not be formed because of the **constant** mixing of the shallow sea. | 因為淺海水體不斷的混合，養分的階層化可能不容易形成。 |

答案： **(L)**

 空格中要填入名詞stratification，表示階層化，故要選L。

-- fungi 真菌類 (n.)　　　　　　　　　-- reef 礁 (n.)
-- resilient 有回復力的 (a.)　　　　　-- bleach 漂白 (v.)

389.Due to the natural protection from certain types of **fungi** living in co-exis-tence, some **reefs** remain healthy un-der damage and appear to be more **resilient** to coral **bleaching** than oth-ers.	因為受到特定共存的菌類的天然的保護，一些礁可以在損害下維持健康，而且可以在珊瑚白化中，相較於其他未受到菌類保護的，更有復原力。

答案： **(E)**

 這題要選動名詞或名詞且要符合珊瑚白化這個句意，故要選E。

-- numerous 廣大的 (a.)　　　　　　-- texture 質地 (n.)
-- accessories 飾品 (n.)　　　　　　-- unique 獨有的 (a.)

390.There are **numerous** styles of clothing in China related to the Asian history with their **texture** and **accessories** having **unique** meanings.	中國存有大量不同形式且關於亞洲歷史的服飾，其中他們的質地與飾品都有的獨特的意義。

答案： **(G)**

 空格中要填入形容詞來修飾styles，表示大量不同形式，故答案為G。

-- sculptures 雕刻 (n.)　　　　　　　-- marble 大理石 (n.)
-- granite 花崗岩 (n.)　　　　　　　-- acid 酸 (a.)

391.Some buildings and **sculptures** made of **marble** and **granite** are more likely to be damaged by **acid** rain than those made by others.	使用花崗岩與大理石所製成的建築物與雕刻，相較於用其他材料製造的，比較容易被酸雨所毀壞。

答案： **(K)**

空格中要填入名詞sculptures，表示建築物，故要選K。

-- weathering 風化 (n.)　　　　　　-- humid 潮濕的 (a.)
-- tropical 熱帶的 (a.)　　　　　　　-- mechanical 機械的 (a.)

392. Chemical **weathering** may be more likely to take place and be more effective in **humid tropical** climate, while **mechanical** weathering may occur in sub-Arctic climates.	化學風化可能更易發生於潮濕的熱帶氣候，而機械性風化比較容易發生在亞北極區。

答案： **(D)**

 解析 空格中要填入形容詞來修飾climate，表示潮濕的熱帶氣候，故答案為D。

-- planet 星球（n.）　　　　　　-- manifest 顯現（v.）
-- evidence 證據（n.）　　　　　-- atmosphere 大氣（n.）

393. Scientists have announced that the surface of the **planet** Mars **manifests evidence** of having ancient water and volcanoes, and it has an **atmosphere** with seasons and weather changing.	科學家指出火星的表面顯現了曾有水與火山存在的證據，火星的大氣有季節與氣候的變換。

答案： **(A)**

 解析 空格中要填入名詞atmosphere，表示火星的大氣有季節與氣候的變換，故要選A。

-- harsh 嚴苛的（a.）　　　　　-- preexisting 先前存在的（a.）
-- microorganisms 微生物（n.）　-- adapted to 適應於（v.）

394. We are still not sure whether life could start in such a **harsh** environment as on Mars even though **preexisting** Martian **microorganisms** could have **adapted** to the environment with high acidity and saltiness.	雖然先前就存在過火星微生物可以適應的高酸性、高鹽分的惡劣環境，我們現在始終不太確定到底火星上嚴酷的環境能否有生命的存在。

答案： **(B)**

 解析 空格中要填入形容詞來修飾microorganisms，表示先前存在的，故答案為B。

-- canal 運河、渠道（n.）　　　-- irrigation 灌溉（n.）
-- coastal 海岸的（a.）　　　　-- deserts 沙漠（n.）

395. The **canal** has been a national-scale **irrigation** project carrying water from the wet **coastal** areas to the dry central **deserts**.	這個貫通國家的灌溉渠道把水從潮濕的沿海區域帶進乾燥的中部沙漠。

答案: **(F)**

 解析 空格中要填入形容詞來修飾areas，表示潮濕的沿海區域，故答案為F。

-- consume 消耗 (v.)	-- a great amount 大量
-- maintain 維持 (v.)	-- figure 體型 (n.)

396. One of the reasons why it might be quite difficult for huge sized animals to live is that they need to **consume a great amount** of food to **maintain** the sizable **figure**.	大型動物比較不容易生存的其中一個原因是他們需要消耗大量的食物去維持牠們相對大的體型。

答案: **(J)**

 解析 To後面要加上原形動詞consume，表示消耗大量的食物，故答案要選J。

01 人、人體器官
anthrop-ped ▶ MP3 034

❶ anthrop
與人類相關的

源自古希臘文，有「人、人類」之義。

- **anthropology** *n.* 人類學
- **anthropocentric** *adj.* 人類中心的
- **misanthropic** *adj.* 厭世的、不與人交往的

anthropomorphism [ˌænθrəpəˈmɔrfɪzəm] *n.* 擬人化

Children's stories, such as *Charlotte's web* and *Paddington Bear* are examples for preference of using anthropomorphism.
《夏綠蒂的網》和《派丁頓熊》是兒童故事偏好使用擬人法的例子。

❷ ethno
人種

源自希臘文，通常指社會文化方面相關的詞彙。

- **ethnocentric** *adj.* 種族中心的、有民族優越感的
- **ethnicity** *n.* 種族
- **ethnic** *adj.* 民族的、種族的；具有異國風味的

ethnology [εθˈnɑlədʒɪ] *n.* 民族學

Ethnology is a study which focuses on human societies and cultures.
民族學是一門專精於人類社會與文化的學問。

❸ vir
男，男性的

源自於拉丁文男性、男人的意思，於英文衍生為人類的意思。

- **virilization** *n.* 男性化，變成男人的過程
- **virility** *n.* 陽剛氣息、男性魅力
- **virile** *adj.* 有男子氣概的、陽剛的

virilescent [ˌvɪrɪˈlɛsənt] *adj.* 擁有男性特質的

The strict and unreasonable female principal Agatha in the fiction *Matilda* is a very virilescent character. 小說《瑪蒂達》中，嚴格又不講理的女校長阿格莎是一個非常陽剛的角色。

4 fem
女，女性的，陰性的

源自於拉丁文，具有「女性的」或「非男性的」意思。

- **feminism** *n.* 女權主義
- **feminine** *adj.* 女性氣質的
- **female** *n.* 女性、雌性 *adj.* 女性的、雌性的

femininity [ˌfɛməˈnɪnətɪ] *n.* 女性氣質、女人味

In *The Danish Girl*, artist Einar first found his femininity when his wife asked him to dress like a woman and to be her painting model.
電影《丹麥女孩》中的藝術家艾納在妻子要求他裝扮成女人以當她的繪畫模特兒時，第一次發現他的女性特質。

5 pater-, patri-
父，祖

源自於拉丁文，「父親」的意思。

- **expatriate** *n.* 僑民、旅居國外者
  （ex外；patri祖國）
- **patriot** *n.* 愛國者
- **paternal** *adj.* 父親的、如父親般的

patriarchy [ˈpetrɪɑrkɪ] *n.* 父權社會（patri父；arch首腦，長）

Most of the Aboriginal tribes in Taiwan are patriarchy, but a few of them are matriarchy.
臺灣原住民大多是父系社會，但有少數是母系社會。

6 mater, matr
母

源自於拉丁文，「母親」的意思。

- **matriarchy** *n.* 母系社會、母權社會
- **matriarch** *n.* 女族長、女首領
- **maternal** *adj.* 母親（般）的；母系的

maternity [məˈtɜnətɪ] *n.* 母親身分

Judgement of the real maternity of a child is one of the most famous stories about King Solomon's wisdom.
判定誰是孩子真正的母親，是有關所羅門王的智慧中最有名的故事之一。

7 her, heir
繼承人

源自於拉丁文，代表取走剩下之物的人。

- **heritable** *adj.* 可遺傳的、可繼承的
- **heredity** *n.* 遺傳
- **heir / heiress** *n.* 繼承人、女繼承人

inherit [ɪnˋhɛrɪt] *v.* 繼承

The lonely businessman decided to let his sole pet inherit his large amount of heritage after his death.

這位孤單的商人決定死後要讓他唯一的寵物繼承巨額的財產。

8 capit
頭

源自於拉丁文「頭、首、第一」的意思。

- **per capita** *ph.* 平均每人（的）（per- 每一）
- **decapitate** *v.* 把...砍頭；去除首領
  （de-去除）
- **capital** *n.* 首都；柱頭；大寫

recapitulate [ˏrikəˋpɪtjʊlet] *v.* 概括（re-再）

You have to recapitulate your findings and main ideas in the abstract of a thesis so that readers can have a general picture before reading the content.

你必須在論文的摘要中概括你的發現和主旨，如此讀者才能在閱讀全文前有大略的了解。

9 barb
鬍鬚

拉丁文「鬍鬚」、或「像鬍鬚形狀的突起物」。

- **barber** *n.* （專為男性服務的）理髮師
- **barb** *n.* （箭或魚鉤的）倒刺；帶刺的話語

barbule [ˋbɑrbjul] *n.* 羽毛上的羽小支

Shifts, barbs, and barbules can form various kinds of feathers of birds.

羽軸、羽支和羽小支可以組合成各式各樣的鳥類羽毛。

10 dent

牙齒

源自拉丁文,「牙齒」的意思。

- **indent** v. 縮排、在...邊緣留下空間（in-裡面,dent於此有牙齒般大小的空間,合起來有往裡縮一點空間的意思。）
- **dentist** n. 牙醫
- **dental** n. 牙齒的

dentures [ˋdɛntʃɚ] n. 假牙

Catherine needs a new pair of dentures because the old ones are overused.

凱薩琳需要一副新的假牙因為舊的已經使用太久了。

11 chiro

手

源自於希臘文,「手」或和手有關的意思。

- **chiromancy** n. 手相術（mancy-占卜）
- **chiropractor** n. 指壓按摩師
- **chiropractic** n. 脊椎指壓療法（practic(al)-有「做」的意思）

chirography [kaɪˋragrəfɪ] n. 手寫體、筆跡（和電腦字體相對）

Her beautiful chirography is derived from her long term practice since childhood.

她漂亮的字是來自從小長期的練習。

12 manu, mani

手

拉丁文「手」的意思。

- **manuscript** n. 手稿、原稿（script-書寫）
- **manual** adj. 手做的；手動的
- **manipulate** v. 操控、玩弄、掌握（pulate源自拉丁文,pulu- 充滿、完全）

manufacture [mænjʊˋfæktʃɚ] v. 製造、大批生產

Once the medicine is proved effective, it will be manufactured on a large scale immediately.

只要藥物證明有效,其將會馬上被大量生產。

13 cord, cordi, cour
心

源自於拉丁文「心臟」的意思，衍伸出和「心靈」有關之意。

- **accordingly** *adv.* 依照、做相對應地；因此
- **accordance** *n.* 依照（ac-朝向，ance-名詞結尾，合起來有朝向內心，衍生為依心裡想法的意思。）

cordial [`kɔrdɪəl] *adj.* 誠摯的、友好的（al-和...相關的特質因此合起來有溫暖的特質；cordially *adv.*）

I've never thought that I could receive such warm and cordial welcomes in foreign countries.

我從沒想過能在國外受到如此溫暖且友好的歡迎。

14 corp
身體

從拉丁文、法文演化而來，跟人類身體有關。

- **corpulent** *adj.* 肥胖的（ulent-拉丁字尾，大量的）
- **corpse** *n.* （人的）屍體
- **corporal** *adj.* 肉身的、身體的

corporeal [kɔr`pɔrɪəl] *adj.* 身體的；物質有形的

In many religions, spiritual improvement is more important than corporeal stuff.

許多宗教信仰裡，心靈上的進步比物質的東西還重要。

15 carn, carni
肉

源自拉丁文「肉體」、「肉」意思。

- **carnival** *n.* 嘉年華（val-源自義大利文；-levare 提升、展現，整個字原有展現肉體之意）
- **carnal** *adj.* 肉慾的；性慾的
- **carnage** *n.* 大屠殺（-age過程。全字有取肉過程之意）

carnivore [`kɑrnɪvɔr] *n.* 肉食動物

Carnivores, herbivores, and omnivores are conducive to balancing the natural food chain.

肉食動物、草食動物和雜食動物有助於平衡自然食物鏈。

16 neur (o)

神經

源自於古希臘文，代表
「神經、神經系統」。

- **neurosis** *n.* 精神官能症、精神病【複】neuroses
- **neurotic** *adj.* 神經質的、神經過於敏感的
- **neuron** *n.* 神經元、神經細胞

neurology [ˌnjʊˋrɑlədʒɪ] *n.* 神經（病）學

Neurology is a branch of medicine and biology, and it is a study about our brain and nerve system.

神經學是醫學和生物學的一支，它是一門關於我們大腦和神經的學問。

17 face, fici

臉；面

源自拉丁文，「臉」、
「面容」的意思。

- **efface** *v.* 消除、塗抹掉、擦掉
- **surface** *n.* 表面、外層
- **superficial** *adj.* 膚淺的、表面上的

deface [dɪˋfes] *v.* 破壞⋯外觀

Graffiti is not allowed in this region because it will deface the walls.

這塊區域不可以亂塗鴉，因為這會破壞牆壁的外觀。

18 ped, pede

足

拉丁文「腳」、「足」的
意思，通常衍生為雙腳的
運動如「走、跑」等。

- **pedestrian** *n.* 行人（即用腳走路之人）
- **pedal** *n.* 踏板 *adj.* 腳踏的 *v.* 騎、踩踏板（前進）
- **impede** *v.* 阻止、妨礙（im-否定。否定足部，延伸為妨礙之意）

centipede [ˋsɛntəpid] *n.* 蜈蚣（俗稱百足蟲；cent-百）

Most centipedes like wet places such as bathrooms in the city, but few of them are really poisonous.

大部分的蜈蚣喜歡潮濕的環境，如都市中的浴室，但很少真正有劇毒。

人、人體器官-心理感覺

carn-cur ▶ MP3 035

---

19 gen
生

源自於傳到拉丁文的希臘文，有「源頭」、「創新」、「繁殖」等意思。

- **generation** *n.* 一代、同輩人；產生
- **genetic** *adj.* 基因的、遺傳的
- **genesis** *n.* 起源、創新（Genesis-《聖經》中的〈創世紀〉篇）

---

generate [ˋdʒɛnəret] *v.* 造成、產生、引起

A small new step could generate a huge change in the end. You never know!

小小一步創新可能最後會產生巨大的轉變。你永遠無法預測！

---

20 par
生

於自希臘文，「帶來」、「產生」、「生產」之意。

- **parturition** *n.* 分娩、生產
- **parental** *adj.* 父母的、父（母）親的
- **parentage** [ˋpɛrəntɪdʒ] *n.* 家世、出生

---

viviparous [vaɪˋvɪpərəs] *adj.* 胎生的（vivi-活生生的，胎生的定義是寶寶在母體內已經有生命的）

Most mammals are viviparous animals. 大部分的哺乳類都是胎生動物。

---

21 nat, nasc
生

拉丁文「出生」、「生產」的意思。

- **nationwide** *adj. adv.* 全國性的（地）
- **native** *adj.* 土生土長的、與生俱來的；原住民的
- **innate** *adj.* 天生的、原有的

---

nascent [ˋnæsənt] *adj.* 新生的、剛萌芽的、剛開始發展的

Look at those nascent green leaves on the branches! 看樹枝上新生的綠葉！

22 vit, vita

生命

拉丁文「生命」或「生活」的意思。

· **vital** *adj.* 生命的、生氣勃勃的；非常重要的
· **vitality** *n.* 生命力、活力
· **curriculum vitae** *n.* 簡歷、履歷（=CV）

revitalize [rɪ`vaɪtəlaɪz] *v.* 復興、使...獲得生機

Revitalizing the national economy should be the top priority of the new elected president.

振興國家經濟應該是新當選總統的首要任務。

23 juven-

年輕

源自拉丁文，「青年」、「年輕的」等意思。

· **juvenility** *n.* 不成熟；青少年期
　（juvenile *adj.*）
· **juvenescent** *adj.* 年輕的；變年輕的

rejuvenate [rɪ`dʒuvənet] *v.* 使年輕、使...恢復活力

Enough rest, regular exercise, balanced diet as well as a relaxed mind can rejuvenate any person who is tortured by heavy works.

充足的睡眠、固定的運動和均衡飲食，加上輕鬆的心境會使一個飽受繁重工作的人恢復活力。

24 sen, seni

老

拉丁文「年老的」、「年長的」或「老年」的意思。

· **senior** *adj.* 年長的、經歷較多的
· **seniority** *n.* 資歷、排行較長
· **senate** *n.* 參議院（從法文傳來的拉丁文，原指「長老聚集的地方」，現指美、澳等國會一部份）

senile [`sinaɪl] *adj.* 老化的、老態龍鍾的

What all senile parents want is just more care and some caring actions from their children.

所有年邁的父母們所要的，不過是他們子女多一點的關心和關懷的舉動。

25 morb

病

拉丁文「疾病」的意思。

- **morbidly** *adv.* 病態地
- **morbidity** *n.* 病態、發病率
- **morbific** *adj.* 引起疾病的

morbid [ˋmɔrbɪd] *adj.* 病態的、病態般著迷的

His imaginary paintings are full of morbid interest of death and love.
他奇幻的作品充滿了對死亡和愛的病態般興趣。

26 mort, mori

死

拉丁文字根，跟「死亡」、「瀕死」等狀態有關。

- **mortality** *n.* 必死性；死亡率
- **mortal** *adj.* 會死的；致命的
- **immortal** *adj.* 永生的、不朽的

moribund [ˋmɔrɪbʌnd] *adj.* 垂死的、奄奄一息的；無生氣的、停滯不前的

He has to send his moribund grandfather into the hospice for the rest of his life.
他必須將垂死的祖父送進安寧病房以度餘生。

27 am, amor, amat

愛

拉丁字源，「愛」、「愛情」或「喜愛」的意思。

- **amorous** *adj.* 示愛的、情色的
- **amatory** *adj.* 戀愛的；性愛的
- **amateur** *n.* 業餘愛好者 *adj.* 業餘愛好的
  （eur- 源自法文「…者」）

enamor [ɪˋnæmɚ] *v.* 迷上、使迷戀

At her first visit, she was enamored by the beauty of North England.
在她第一次拜訪，她就迷上了北英格蘭的美。

28 phil 愛 源自希臘文，有「愛」的意思，另有「對...特別偏愛、瘋狂喜愛」之意，多用在學術或專業用語。	· **philology** *n.* 語言學 · **philosopher** *n.* 哲學家（希臘文，愛智者之意） · **philharmonic** *adj.* 愛好音樂的（harmonic-和音樂、旋律有關的）

bibliophile [`bɪblɪəfaɪl] *n.* 愛書者；圖書收藏家（biblio-書）

Miss Jong is an ancient book bibliophile; therefore, she is a regular at book auctions.

鍾小姐是古書收藏家，因此她也是圖書拍賣會的常客。

29 mis (o) 恨 希臘文「憎恨」、「厭惡」或「鄙視」的意思。	· **misogyny** *n.* 厭女（症） （gyn(o)-希臘文，女性） · **misanthrope** *n.* 厭惡人類者，遁世者 · **misandrist** *n.* 厭惡男性者（andr-希臘文，男性）

misogamy [mɪ`sɑɡəmɪ] *n.* 厭惡婚姻、恐婚

（gamy- 希臘文，婚姻、結合）

The failure of her parents' marriage only deepens her misogamy.

她父母婚姻失敗只更加深她的恐婚症。

30 dol, dolor 悲 源自於拉丁文，「哀傷」、「疼痛」、「悲傷」之意。	· **indolent** *adj.* 懶散的；【醫】無痛的（in-否定；整個字意思由「脫離痛苦」之意轉化而來） · **doleful** *adj.* 悲傷的、哀傷的 · **condole** *v.* 弔唁

dolorous [`dolərəs] *adj.* 憂傷的、極度傷感的

Many Russian folk tales have a dolorous atmosphere.

許多俄國民間故事有著憂傷的氣氛。

31 mir
驚奇

拉丁文字源，有「驚嘆」、「驚奇」的意思。

- **miraculous** *adj.* 如奇蹟般的、不可思議的（miracle- 奇蹟）
- **admirable** *adj.* 令人欽佩的、值得讚賞的
- **admire** *v.* 欣賞、欽佩、讚賞（ad-傾向、對於）

mirage [mɪrɑʒ] *n.* 海市蜃樓、幻景；妄想

Winning the lottery for a better life is just a mirage.
中樂透然後過好生活不過是妄想。

32 sper, spair
希望

源自拉丁文spere，「希望」的意思，spair為其變體。

- **prosper** *v.* 成功；經濟繁榮（pro- 正面的，贊成的）
- **desperate** *adj.* （絕望所以）拚命的、冒險的；非常需要的；非常嚴重的
- **despair** *n. v.* 絕望、失去希望（de-沒有）

prosperous [`prɑspərəs] *adj.* 繁榮的、富裕的

It is amazing to realize that the ghetto is actually very near to the prosperous area of this big city.
我很驚訝地了解到，貧民區其實離大城市繁榮的地區很近。

33 cred
相信

拉丁文「相信」、「信仰」、「信心」或「信任」的意思。

- **incredible** *adj.* 難以置信的
- **discredit** *n.* 喪失信譽 *v.* 使信譽受損
- **creditor** *n.* 債主、債權人

credibility [krɛdə`bɪlətɪ] *n.* 可信度、可靠性

The credibility of politicians seems lower nowadays.
現在政治人物的可信度似乎較低了。

34 latry
崇拜

希臘文「崇拜」或「極其投入」的意思，通常接在崇拜對象的後面。

- **Mariolatry** *n.* 聖母瑪利亞崇拜
- **herolatry** *n.* 英雄崇拜
- **bardolatry** *n.* 莎士比亞崇拜（bard-詩人）

idolatry [aɪˋdɑlətrɪ] *n.* 偶像崇拜

True idolatry is not blind because the behavior is after doing some serious thinking.
真正的偶像崇拜不是盲目的，因為這是幾經思考後的行為。

35 sent, sens
感覺

源自拉丁文「感覺」，也指源自身體感官的感受。

- **sentimental** *adj.* 多愁善感的、感情用事的；感傷的
- **sensation** *n.* 感覺、知覺；轟動的事件
- **resentment** *n.* 憤怒、不滿、厭惡

sensational [sɛnˋseʃənəl] *adj.* 聳動的、引起轟動的

The social responsibility of a journalist is not writing sensational gossip but reporting ignored humane issues for instance.
記者的社會責任不是撰寫八卦新聞，而是報導被忽視的人道議題。

36 cur
關心

拉丁文「關心、關照或特別注意」之意，衍生為「治療、照顧」。

- **curiosity** *n.* 好奇心（形容詞 curious在拉丁原文中有「仔細的、注意的」意思）
- **curable** *adj.* 可治癒的
- **accurate** *adj.* 準確的、精確的（拉丁文原意指「小心做事或完成」）

insecure [ˌɪnsəˋkjʊɚ] *adj.* 缺乏把握的、不安全的、沒有自信心的（in- 否定，se- 不須、沒有；secure- 不需關心）

People who feel insecure and are very dependent on others need autonomy.
沒有安全感且非常依賴別人的人最需要的是自主性。

37 sci
知

拉丁文「知道」、「學習」的意思，也衍生為「知識」之意。

- **scientific** *adj.* 科學的、用科學方法的、有科學根據的
- **conscientious** *adj.* 盡責的、認真的；有良心意識的（con- 一起、scienc- 科學、準則）
- **consciousness** *n.* 意識、感覺、知覺

prescient [`prɛsɪənt] *adj.* 預知的、有先見之明的

It is not a bad thing to accept the prescient warnings from elder people because they usually have more experience.
接受長者的事先警告不是件壞事，因為他們通常比較有經驗。

38 cogn（i）
知

源自於拉丁文，「學習」、「認知」的意思。

- **recognize** *v.* 識別、認出
- **cognitive** *adj.* 感知的、認知的
- **cognition** *n.* 認知、認識

incognito [ɪn`kɑgnɪˌto] *adj. adv.* 隱姓埋名的（地）

The famous actress enjoyed her freedom by going abroad incognito for a break.
著名的女演員隱姓埋名出國享受她的自由假期。

39 memor
記憶

拉丁文「回憶」、「記憶」或「回想」的意思。

- **memorize** *v.* 記住；熟記
- **memorial** *adj.* 紀念性的、悼念的 *n.* 紀念物、紀念碑
- **memoir** *n.* 回憶錄、自傳

commemorate [kə`mɛməret] *v.* 紀念、緬懷

The British government released a Peter Rabbit coin to commemorate 150th birthday of its author, Beatrix Potter.
英國政府發行一款彼得兔的硬幣以紀念其作者碧雅翠絲‧波特女士的 150 年冥誕。

40 mne
記憶

源自希臘文，「記憶」、「記得」的意思，也表示對於過去與現在的時間性有所察覺。

- **amnesty** *n.* 特赦、赦免
- **amnesia** *n.* 失憶症、健忘症

---

mnemonic [nɪˋmɑnɪk] *n.* （幫助記憶的）順口溜、詩歌 *adj.* 有助記憶的

The creative teacher revealed that the secret to writing so many mnemonics like him is to be imaginative.

富有創意的老師説出讓他寫出這麼多順口溜的祕密就是要有聯想力。

---

41 vol
意志、意願

拉丁文「自由意志」、「自由選擇」的意思，或「個人希望」的涵義。

- **volunteer** *n.* 志願者、志工 *v.* 自願做、主動做
- **voluntary** *adj.* 自願的；公益的
- **benevolent** *adj.* 仁慈的、和藹的；慈善的（bene-好的，benevol- 好心的）

---

malevolence [məˋlɛvələns] *n.* 惡毒、惡意（male- 邪惡）

His hatred creates a layer of malevolence around him, and therefore no one wants to be close to him.

他的恨意在他身邊建造出一層惡意，因此沒有人想靠近他。

---

42 dox, dogma
意見

源自於希臘文「相信」，衍生為「相信是對的想法」、「信條」、「律令」等。

- **dogmatic** *adj.* 教條的、固執己見的
- **orthodox** *adj.* 正統的、傳統的

---

dogma [ˋdɔgmə] *n.* （宗教或政治的）信條、教條

Dogma is actually a set of beliefs from certain people, so it should be flexible as the time passes by.

信條其實不過是某群人信仰的總和，所以其實應該要隨著時間更有彈性。

43 cept
拿

源自拉丁文，有「獲取」、「攫取」、「解受」或「抓住」的意思，通常會用在比較抽象的字詞中。

- **susceptible** *adj.* 能被理解的；易受感動的（sus-靠近，拉丁文suscept = take up for 支持）
- **perception** *n.* 洞察力、感知；看法、見解（per- 完全，percept- 完全接受）

conception [kən`sɛpʃən] *n.* 概念、觀念、看法（con- 一起，concept- 一起抓住，指統一的一個大略想法）

They decided not to go into a relationship due to their different conceptions of life. Friends can last longer and being more stable.
他們由於對於生活的觀念不同決定不要進入關係。朋友可以持續更久更穩定。

44 emp, empt
拿

拉丁文「拿取」、「購買」或「選擇」的意思。

- **preempt** *v.* 先發制人、搶先行動（pre- 先）
- **exempt** *v.* 豁免、免除 *adj.* 豁免的、免除義務的
- **exemplify** *v.* 舉例說明、作為典範

peremptory [pə`rɛmptərɪ] *adj.* 武斷的、霸道的、不容置喙的（per- 完全，perempt- 完全奪走）

Her peremptory attitude does not help her business at all.
她霸道的態度無濟於她的事業。

45 fer
拿

拉丁文「擁有」、「持有」或是「生產」、「帶來」的意思。

- **referendum** *n.* 公民投票（拉丁文，被提及的東西）
- **offering** *n.* 禮物；供品、（教會）捐獻；產品
- **confer** *v.* 賦予、授予

fertility [fə`tɪlətɪ] *n.* 土地的肥沃度、生產力；繁殖能力

This riverside park is just developed by the government, so its fertility cannot afford a small forest.
這座河濱公園是政府新開發的，所以這裡的土地肥沃度無法培育出一片小森林。

46 hibit

拿

源自拉丁文，有「擁有」、「容易掌握」或「居住」的意思。

- **prohibition** *n.* 禁止、禁令（pro-事先；prohibit，拉丁文，阻止）
- **inhibit** *v.* 限制、約束；抑制
- **exhibition** *n.* 展覽

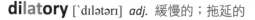

inhibited [ɪn`hɪbɪtɪd] *adj.* 約束的、拘謹的、受限的

He felt inhibited during the presentation because he thought he was not well-prepared.

他在報告中感覺放不開，因為他覺得自己沒有準備好。

47 lat (e)

拿

拉丁文「擁有」、「具有」的意思。

- **relate** *v.* 有聯繫、找到關聯
- **correlate** *v.* 相關、相互有關
- **collate** *v.* 整理；核對

dilatory [`dɪlətərɪ] *adj.* 緩慢的；拖延的

Proponents are not very happy with government's dilatory legislation to protect animals.

擁護者不是很滿意政府拖延立法保護動物。

48 port

拿

源自於拉丁文，「攜帶」、「擁有」或「帶來」的意思。

- **supportive** *adj.* 支持的
- **import** *v.* 進口、輸入、引進
- **export** *v.* 出口、輸出

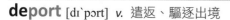

deport [dɪ`pɔrt] *v.* 遣返、驅逐出境

That foreigner was deported due to his illegal staying.

那名外國人因非法居留而被遣返。

49 **pel**
推

拉丁文「推開」、「打擊」或是「趕走」的意思。

- **compel** *v.* 強迫、逼迫；激發
- **expel** *v.* 驅逐、開除
- **propel** *v.* 推進、推動
- **repel** *v.* 排斥；擊退、逐回

compel [kəm`pɛl] *v.* 強迫、逼迫；激發

Adversity can compel a person's greatest potential.
逆境能激發一個人最大的潛能。

50 **trud, trus**
推

拉丁文「刺」、「推」和「推擠」的意思，通常用於動詞，改成形容詞或名詞時會變成。

- **intrude** *v.* 闖入、入侵
- **intrusive** *adj.* 打擾的、侵擾的
- **protrude** *v.* 突出

extrude [ɪk`strud] *v.* 擠壓；壓製

The strongest thread invented so far is the extruded spider silk.
至今發明最強韌的線是由蜘蛛絲壓製成的線。

51 **tract**
拉

源自於拉丁文「拖拉」、「拖放到一起」或「引出」的意思。

- **tractor** *n.* 牽引機、拖拉機
- **extract** *v.* 取出、萃取、拔出；壓榨
- **abstraction** *n.* 抽象、抽象概念（拉丁文，脫離現實）

distraction [dɪ`strækʃən] *n.* 令人分心的事物；心煩意亂（dis- 分離；disctract- 分心）

Experts warn that smartphones have become a distraction of the close relationship.
專家警告智慧型手機已成為親密關係不緊密的原因。

52 tort

扭

拉丁文「彎曲」、「扭曲」或「旋轉」的意思。

- **distort** v. 使變形、歪曲
- **torture** n. v. 虐待、折磨、煎熬
- **retort** v. 反駁、回嘴

contort [kən`tɔrt] v. 扭曲、變形

The reason why villains usually don't look pretty is that their faces were contorted by hatred or jealousy.

反派角色通常不太好看的原因是因為他們的臉因仇恨或嫉妒扭曲了。

53 miss

投，送

源自於拉丁文，「傳送」、「放出」或「投送」的意思。多用在名詞。

- **transmission** n. 傳遞、播送、傳送
- **missionary** n. 傳教士
- **dismissal** n. 解雇、解聘；請退

emission [ɪ`mɪʃən] n. 散發、排放；排放物

Long term emission of polluted water from the factories has already destroyed the ecology of the river.

長期從工廠排放出來的汙水已經破壞河流的生態。

54 mit

投，送

與miss同源，同樣具有「傳送、放出或投送」的意思。多用於動詞中。

- **submit** v. 投交、提交；屈服
- **vomit** v. 嘔吐
- **emit** v. 散發、射出（光、氣體或聲音）

intermittent [ɪntə`mɪtənt] adj. 間歇的、斷續的（inter- 之間）

The weather is great for hiking and a picnic. With intermittent sunshine, it will not be too warm, and it is not very windy!

這天氣十分適合健行和野餐，斷續的陽光不會太熱，而且風也沒有很大！

行為動作

pel-err ▶ MP3 037

---

55 pon
放置

拉丁文「擺放」、「建立」的意思，特別強調物體間的位置關係。

- **opponent** *n.* 對手；反對者
- **proponent** *n.* 支持者、擁護者；提倡者（pro- 支持）
- **postpone** *v.* 拖延、延期、延後

---

component [kəm`ponənt] *n.* 成分、零件（com- 一起；compon 放在一起，組成成分）

Every person is an important component of the society, so a well-functioning community needs everyone's involvement.
每個人都是社會中重要的組成成分，因此一個完善的社區需要每個人的投入。

---

56 pos
放置

pon的同源拉丁字根，一樣是「擺放」和「建立」的意思。

- **propose** *v.* 提出建議；求婚
- **depose** *v.* 罷免、使下台
- **composition** *n.* 作文；音樂作品；構圖

---

juxtapose [ˌdʒʌkstə`poz] *v.* 並列（對照）

Juxtaposing the traditional and the modern buildings makes this area a popular tourist destination.
傳統與現代建築的並列使這個區域成為受歡迎的觀光景點。

---

57 text
編織

拉丁文「編織」的意思，衍生為「組織、建造」之意。

- **textual** *adj.* 文本的、正文的、文章文字的
- **textile** *n.* 紡織品
- **pretext** *n.* 藉口、託詞

---

texture [`tɛkstʃɚ] *n.* 質感、質地；作品特色

He likes to wear clothes with a natural texture and believes it is healthier not to put on artificial fabrics.

他喜歡穿有自然質感的衣服，而且相信不穿人造纖維衣物比較健康。

58 lev
舉，升

源自拉丁動詞「提升」、「舉起」或「重量輕」的意思。

- **elevate** *v.* 抬高、上升；提升、改進
- **elevation** *n.* 晉升、提拔；海拔高度
- **lever** *n.* 把手；把柄 *v.* 撬開、用槓桿操縱

alleviate [ə`livɪet] *v.* 減輕、緩解

Many western medicines can only alleviate symptoms immediately, not really cure the illness.

許多西藥只能迅速減輕症狀，但不是真正治療疾病。

59 tain
握，持

源自拉丁文，「持有」、「緊握」等意思。

- **detain** *v.* 居留、扣押、留下；耽擱、拖延
- **retain** *v.* 保持、保有；保存、容納
- **sustain** *v.* 維持、使持續

abstain [əb`sten] *v.* 戒除（abs- 遠離）

He promised to abstain from smoking for their future baby.

他答應為了將到來的孩子戒菸。

60 scend
攀，爬

源自於拉丁文，「攀爬、往上」的意思。

- **transcend** *v.* 超越、越界、超出
- **descendant** *n.* 子孫、後代（de-往下）
- **ascend** *v.* 攀登、登上

transcendent [tran`sɛndənt] *adj.* 傑出的、卓越的；超出一切的

Two years of studying abroad was a transcendent experience for a university student.

在國外求學兩年對一個大學生來說是個無與倫比的經驗。

61 scrib, script
寫

源自於拉丁文，有英文「write」之意，有書寫、抄寫的含意。

- **transcript** *n.* 成績單、文字記錄
- **prescribe** *v.* 開藥
- **ascribe** [ə`skraɪb] *v.* 認為是…所創作；歸咎於

descriptive [dɪ`skrɪptɪv] *adj.* 描述性的；描寫的、描繪的

The analyst does not judge the situation for the employers; she just provides a descriptive passage for them to understand.

分析師不直接為雇主判斷情況，而是給予描述性的篇章讓他們理解。

62 pict
畫

源自拉丁文，「繪畫、描繪」或「圖畫」的意思。

- **picture** *v.* 以圖片呈現；想像、設想
- **pictorial** *adj.* 圖畫的、照片的
- **depict** *v.* 描繪、描述

picturesque [ˌpɪktʃə`rɛsk] *adj.* 美麗如畫的

He likes to visit his grandparents who live in a picturesque countryside.

他喜歡去拜訪住在美麗鄉村的祖父母。

63 ras, raz
擦，刮

源自於拉丁文，「刮去、擦」或「搓揉」的意思。

- **razor** *n.* 刮鬍刀
- **erase** [ɪ`rez] *v.* 抹去、擦掉
- **abrasive** *n.* （擦洗用）磨料 *adj.* 粗礪的、清潔用磨料的

abrasion [ə`breʒən] *n.* 磨損、擦傷（處）

He can't tolerate any abrasion on his precious car.

他無法忍受他的寶貝車子有一點刮傷。

64 dit

給

拉丁文字源，有「給予、提供」等意思。

- **extradite** v. 引渡
- **edition** n. 版本；第…版／期
- **edit** v. 編輯；剪輯（e=ex出，edit原指提供出版的意思）

rendition [rɛn`dɪʃən] n. 表演、表現、呈現

After listening to all the editions of this song, the original singer's rendition is still his favorite.

聽過這首歌所有的版本之後，原唱者的表演還是他的最愛。

65 capt

抓

拉丁文「抓住」、「緊握」或「被俘虜」的意思。

- **capture** v. 俘虜、捕捉、獲得
- **captivity** n. 囚禁、束縛、困住
- **captive** n. 俘虜 adj. 被俘的

captivate [`kæptɪvet] v. 著迷、吸引

His cuteness and humor plus great dancing skills captivate many young women.

他的可愛和幽默加上一級棒的舞姿吸引了許多年輕女性。

66 ambul

走

源自拉丁文「漫遊、流浪」的意思，衍生為「行走、移動」。

- **perambulator** n. 嬰兒車、手推車
- **ambulatory** adj. 能走動的、不需臥床的；可移動的
- **ambulance** n. 救護車

perambulate [pə`ræmbjʊlet] v. 徘徊、漫步（per- 穿越）

She enjoys perambulating along the lake on the weekends.

她週末喜歡在湖邊享受漫步。

67 **cede** 走 源自於拉丁文，「行動中」、「走動」或「離開」的意思。	· **precedent** *n.* 先例、前例；慣例 · **precede** *v.* 在…之前、先於 · **concede** *v.* 讓步、讓與；認輸、承認錯誤

unprecedented [ʌn`prɛsɪdəntɪd] *adj.* 史無前例的；空前的

Malala's achievement is unprecedented in Pakistan.
馬拉拉的成就在巴基斯坦是史無前例的。

68 **it** 走 拉丁文「走」、「離開」或「旅行」的意思。	· **exit** *n.* 出口 *v.* 離開 · **itinerant** *adj.* 移動的、巡迴的 · **transit** *n.* 運輸、運送

circuit [`sɝkɪt] *n.* 環形（道路）；巡迴

He decided to start a lecture circuit about a close relationship for communities all around the country.
他決定踏上全國各社區，進行關於親密關係的巡迴演講。

69 **gress** 走 源自於拉丁文，有「走動」、「四處移動」或「採取行動」的意思。	· **progressive** *adj.* 漸進的、逐漸的 · **digress** *v.* 離題、篇題 · **aggression** *n.* 攻擊；侵犯

regress [rɪ`grɛs] *v.* 退化、倒退

Not learning anything means you're regressing when everyone is progressing.
不學習就是在每個人進步時你退步了。

70 vad
走

源自拉丁文，「走入」、「走進」的意思。

- **invader** *n.* 入侵者
- **invade** *v.* 入侵、侵略；蜂擁而至
- **evade** *v.* 逃避、躲開

pervade [pə`ved] *v.* 滲透、充滿、瀰漫

She just finished cooking the lunch, so the smell of garlic pervaded the kitchen.

她剛煮完午飯，所以整個廚房充滿大蒜的味道。

71 vag, vaga
漫走

拉丁文「漫步」、「四處移動」或「居無定所」的意思。

- **vague** *adj.* 含糊的、不清楚的
- **vagabond** *n.* 流浪者 *adj.* 流浪的、無家的 *v.* 流浪
- **extravagant** *adj.* 奢侈的、浪費的；過度不切實際的

vagrant [`vegrənt] *n.* 無業遊民、流浪者

She prepared a meal for vagrants around this area and tried to think of a solution for them.

她為附近的遊民準備了一餐並試著想辦法幫他們解決問題。

72 err
漫步

源自於拉丁文，「漫步」、「流浪」的意思，衍生為「偏離」。

- **errant** [`ɛrənt] *adj.* 出軌的、離家犯錯的
- **erratic** [ɪ`rætɪk] *adj.* 不規則的、無法預測的
- **unerring** [ʌn`ɛrɪŋ] *adj.* 萬無一失的、永不出錯的

aberration [ˌæbə`reʃən] *n.* 反常行為、異常現象（ab- 脫離）

The doctor advised the relatives watch James carefully because he suspected his violent behavior might not be a temporary aberration.

醫生囑咐詹姆士的親屬好好看緊他，因為他懷疑他的暴力行為可能不是一時反常。

行為動作
cur-flic　▶ MP3 038

---

73 cur

跑

源自於拉丁文「跑動」的意思。

- **curriculum** *n.* 課程（古代指戰車競速的意思，為貴族課程）
- **incur** *v.* 招致、承受、自食惡果
- **recur** *v.* 反覆發生；再發生、再出現

---

currency [`kʌrənsɪ] *n.* 流通貨幣；流行、通用

The Euro became a widely used currency around the world since the establishment of the European Union. 歐元自歐盟成立後變成一項廣泛使用於全球的貨幣。

---

74 salt, sali

跳

源自於拉丁文，「飛躍」、「跳躍」、「往前彈跳」的意思。

- **saltatory** *adj.* 跳躍式的
- **saltation** *n.* 大躍進、突然改變；大幅度跳躍
- **salient** *adj.* 突出的、顯著的

---

saltatorial [sæltəˋtorɪəl] *adj.* （動物）會跳躍的、跳躍的

Rabbits are not saltatorial animals in zoology because they do not hop like grasshoppers. 兔子在動物學中不算是會跳躍的動物，因為牠們不像蚱蜢那樣可以高高跳起。

---

75 sist

站立

拉丁文「站立」、「留下」或「立定」的意思。

- **irresistible** *adj.* 無法抗拒的
- **persistence** *n.* 堅持、執意；持久性
- **subsist** *v.* 勉強度日、維持生計

---

insistent [ɪnˋsɪstənt] *adj.* 堅持的、堅決的

He is very insistent that desserts are served before the main course for better digestion. 他非常堅持為了更好的消化，甜點要在主菜之前上。

76 sta

站立

與sist同源，同樣有「站立」、「留下」或「立定」的意思。

- **statue** *n.* 雕像、雕塑
- **stance** *n.* 立場、公開觀點
- **status** *n.* 身分、地位；尊重程度

stature [ˋstætʃɚ] *n.* 身高；聲望

Her short stature becomes her mark and makes her easy to notice in this group.

她矮小的身高變成她的標誌，讓她在這團體中很容易被注意到。

77 ven

來

源自於拉丁文，「過來」、「來臨」的意思。

- **preventive** *adj.* 預防的
- **convene** *v.* 召開（會議）、集合
- **advent** *n.* 來臨、到來、出現

intervene [ˌɪntɚˋvin] *v.* 干涉、阻撓；調停

It is difficult for outsiders to intervene in the argument between a couple because they are the only people who know what really happened.

外人很難去干涉情侶間的爭執，因為只有他們才知道真正發生了什麼事。

78 sid

坐

源自於拉丁文「坐下」的意思，衍生為「穩定狀態」。

- **preside** *v.* 主持、掌管（pre- 在…前面，原指「坐在前面」）
- **residential** *adj.* 居住的、住宅的
- **subside** *v.* 趨於平緩、平息

insidious [ɪnˋsɪdɪəs] *adj.* 潛藏的、潛害的（in- 裡面的）

Hepatitis is an insidious disease which has almost no symptoms in the early stage.

肝炎是種潛伏性病症，在初期時幾乎沒有症狀。

79 **sed**

坐

與sid同源，拉丁文「坐下」的意思，衍生為「穩定狀態」。

- **sediment** *n.* 沉澱物、沉積物
- **supersede** *v.* 取代、代替（super- 在…之上）
- **sedate** *adj.* 平靜的、平穩的

---

sedentary [ˋsɛdəntɛrɪ] *adj.* 久坐的、缺乏運動的

A Sedentary lifestyle seems common for office workers, yet it is very unhealthy.

缺乏運動的生活方式似乎是上班族的一般現象，但卻非常不健康。

---

80 **sess**

坐

與sid同源，拉丁文「坐下」的意思，衍生為「穩定狀態」或「有」的意思。

- **dispossess** *v.* 剝奪、奪走（possess- 擁有）
- **obsessive** *adj.* 念念不忘的、無法擺脫的；迷戀的
- **assess** *v.* 評估、評價

---

repossess [ˏripəˋzɛs] *v.* 收回、重新擁有（房產）

The family repossessed their old house after paying off all their debts.

這家人付清所有的債務後，重新收回他們的舊家。

---

81 **cub, cumb**

躺

拉丁文「平躺」、「躺下」或「躺著睡著」的意思。

- **cubicle** *n.* 小房間、小隔間（拉丁文原指躺下，衍生為房間）
- **incubus** *n.* 夢魘（文言用法）
- **incumbent** *adj.* 在職的；須履行的（in- 在…之上）

---

incubate [ˋɪŋkjʊbet] *v.* 孵、孵化

Male penguins are responsible for incubating eggs, while the female ones search for food.

公企鵝在母企鵝去尋找食物時負責孵蛋。

82 dorm	· **dormer** *n.* 屋頂窗、老虎窗（斜屋頂上突出的天窗）
睡	· **dormitory** *n.* （學校）宿舍（-tory指「…地方」）
源自於拉丁文，「睡」、「睡著」的意思。	· **dormant** *adj.* 蟄伏的、休眠的、沉睡的

dormancy [`dɔrmənsɪ] *n.* 冬眠、休眠

Many insects need a period of dormancy during the winter.
許多昆蟲冬天時需要冬眠。

83 somn	· **insomnia** *n.* 失眠（in- 無法）
睡	· **somnolent** *adj.* 催眠的、令人昏昏欲睡的
源自於拉丁文「睡著」或是「做夢」的意思，通常用在比較學術或文雅的詞中。	· **somnambulism** *n.* 夢遊症（ambul- 走）

hypersomnia [ˌhaɪpəˋsɑmnɪə] *n.* 嗜睡症（hyper- 希臘文，超過）

Sleeping too long every day and feeling tired all the time may be hypersomnia, and it could also be a symptom of depression.
每天都睡很久又很累，可能是嗜睡症，也是憂鬱症的徵兆之一。

84 audi	· **auditorium** *n.* 聽眾席、觀眾席；（美）音樂廳、禮堂
聽	· **auditory** *adj.* 聽覺的
拉丁文「聆聽」的意思，衍生到和「聽覺」有關的詞彙。	· **audit** *v.* 旁聽；審計（舊時審查帳目是由口述的）

audible [`ɔdəbəl] *adj.* 可聽到的

The wall between these two rooms is not very thick, so every movement that makes sounds is audible.
這兩個房間的隔牆沒有很厚，所以任何會發出聲音的動作都聽得一清二楚。

85 habit
居住

源自於拉丁文，「居住」、「生活」的意思。

- **habitable** *adj.* 適合居住的
- **inhabit** *v.* 居住於、佔領
- **habitat** *n.* 棲息地、生長地

cohabitation [ko͵hæbɪˋteʃən] *n.* 同居；共存

In countries where marriage is invalid for homosexual couples, they can only choose cohabitation.
在同志結婚不被認可的國家裡，他們最多只能選擇同居。

86 migr
遷移

源自於拉丁文，「遷徙」、「搬移」或「移動」的意思。

- **immigrate** *v.* 移入（國外）、移民
- **migrate** *v.* 遷移、遷徙、移居
- **migration** *n.* 遷移、遷徙

emigrant [ˋɛmɪgrənt] *n.* （移居國外的）移民

Many countries, when encountering economic recession, will try to reduce emigrant workers to protect their local citizens.
許多國家遭逢經濟衰退時，會試圖減少移民工作者以保護當地居民。

87 oper
工作

源自於拉丁文「工作」、「運作」的意思。

- **operative** *adj.* 有效的、實施中的 *n.* 技工
- **operational** *adj.* 工作上（中）的、運作中的、實行上的
- **co-operation** *n.* 合作

inoperable [ɪnˋɑpərəbəl] *adj.* 不宜動手術的；行不通的、無法操作的

The idea he presents in this model is really great, but in reality it is inoperable.
他在這個模型中呈現的概念十分地好，但是現實中是行不通的。

88 pend
懸掛

拉丁文「懸掛」、「有重量」或「使...下垂」的意思。

- **pendant** *n.* 垂飾、有垂飾的項鍊 *adj.* 下垂的、懸垂的
- **dependent** *adj.* 依賴的;取決於
- **appendix** *n.* 盲腸;附錄(append- 掛在/加在後面)

pendulum [ˋpɛndʒʊləm] *n.* 鐘擺;搖擺不定的局面或觀點

The pendulum between total forbiddance and continuous development of nuclear power is never settled in the governmental policy.
政府政策總是在全面禁止和繼續發展核能這兩個選項中擺盪。

89 pens
懸掛

與pend同源,有「懸掛、有重量」或「使...下垂」的意思。

- **suspense** *n.* 懸念;焦慮、擔心
- **dispensable** *adj.* 非必要的、非強制的(dis- 不用的;dispense- 不用的重量,衍生為「省去」)
- **compensation** *n.* 補償金、賠償(物)(com- 一起;compensate- 一起秤重,衍生為「補償」)

pensive [ˋpɛnsɪv] *adj.* 沉思的

He was a pensive boy in school days, and now he has become a warm philosophy teacher.
在校時他曾是個愛沉思的男孩,現在他變成一個溫暖的哲學老師。

90 flic
打擊

拉丁文「擊倒」、「摧毀」或「損壞/害」的意思。

- **inflict** *v.* 使遭受、承受(不愉快的事)
- **conflict** *n.* 衝突、紛爭 *v.* 衝突、牴觸
- **afflict** *v.* 使痛苦、折磨

affliction [əˋflɪkʃən] *n.* 痛苦、苦惱

Searching for doctor's or friends' support is helpful to remove the afflictions in your mind, but you can only do it when you are open to yourself.
尋求醫生或朋友的支持對於去除心中的苦惱是很有幫助的,但只有你對自己誠實才能真正做到。

91 clud
關閉

源自於拉丁文，「關閉、封合」的意思。

- **preclude** *v.* 防止、杜絕
- **exclude** *v.* 阻止、排除、不包括
- **conclude** *v.* 結束、斷定、做出決定

---

occlude [əˋklud] *v.* 阻擋、阻攔、覆蓋

To prevent little children from walking into the small chink between the two buildings, they occluded the entrance with a wooden board.

為了避免小孩走入兩棟大樓間的小縫，他們用木板將其入口擋住。

---

92 tect
遮掩

源自於拉丁文「遮掩」、「掩蓋」的意思。

- **protective** *adj.* 防護的、對⋯呵護的
- **detection** *n.* 察覺、發現、偵破
- **detect** *v.* 發現、察覺；測出（原拉丁字義為揭開）

---

undetectable [ʌndɪˋtɛktəbəl] *adj.* 無法察覺的、探測不到的

With the improvement of technology, astronomers are able to explore the space in universe that was undetectable before.

隨著科學進步，天文學家現在可以探索以前無法探測的宇宙空間。

---

93 fic
製造

拉丁文「製作」、「建造」、「造成」或「形成」的意思。

- **fiction** *n.* 小說；虛構的事、謊言
- **unification** *n.* 統一、合併
- **proficient** *adj.* 精通的、熟練的

---

artificial [ɑrtɪˋfɪʃəl] *adj.* 人工的、人造的；虛假的

We can only decorate the room with artificial flowers because we don't have a garden. 我們只能用假花裝飾房間，因為我們沒有花園。

94 greg

聚集

源自於拉丁文，「群集」、「聚集」或「一起」的意思。

- **segregate** v. （種族）隔離、分隔
- **congregation** n. 信眾；集合
- **aggregate** v. 使聚集 n. 具集體、總數 adj. 合計的

gregarious [grɪˋgɛrɪəs] adj. 群居的、愛交際的

It is said that people who have a gregarious nature are suitable for jobs related to sales.

據說有愛交際天性的人適合銷售相關的工作。

95 damn, demn

傷害

源自於拉丁文，「傷害」、「損失」或「值得責罵」的意思。

- **damning** adj. 譴責的、（證據）確鑿的
- **condemnation** n. 指責、譴責、聲討
- **condemn** v. 指責、譴責

indemnify [ɪnˋdɛmnɪfaɪ] v. 賠償損失、保障

In the terms and conditions, it states clearly that the insurance indemnifies the travellers against belonging loss.

在條款和條件中有清楚說明，保險有包含保障旅客的隨身物品損失。

96 mens

測量

源自於拉丁文「測量」的意思，和空間大小有關。

- **dimension** n. 空間、維度、層面
- **immense** adj. 巨大的、無限的
- **commensurate** adj. 相稱的、相當的

immensity [ɪˋmɛnsətɪ] n. 巨大、廣大、大量

The researchers did not expect the immensity of data.

研究人員沒有預料到如此大量的資料。

97 **pol (y)** 賣 源自於希臘文，常出現於單字後半，「販賣」、「交易」等意思。	• **duopoly** *n.* 雙寡頭壟斷 • **monopolize** *v.* 壟斷、包辦、專售 • **monopoly** *n.* 壟斷、專賣

oligopoly [ˌɑlɪˈɡɑpəlɪ] *n.* 寡頭壟斷（oligo-少數）

TV broadcasting is no longer limited in control of government's oligopoly.
電視播映已經不在市政府寡頭壟斷的控制下了。

98 **pute** 思考 源自於拉丁文，「思考」、「考慮」或「推想」的意思。	• **dispute** *n.* 紛爭、爭執 *v.* 爭議、對…有異議 • **computing** *n.* 電腦學、資訊處理技術 • **computerize** *v.* 電腦化、用電腦處理

putative [ˈpjutətɪv] *adj.* 認定的、假定存在的

Atlantis is a putative land which sunk into the ocean before any other civilizations contacted it.
亞特蘭提斯是一個被認定存在的陸地，在其他文明抵達前就沉沒到海底了。

99 **fid** 相信 源自於拉丁文，帶有「相信」、「信任」或「忠貞」的含意。	• **fidelity** *n.* 忠誠、忠貞 • **confidential** *adj.* 機密的、祕密的 • **confidant** *n.* 知己、密友

perfidious [pəˈfɪdɪəs] *adj.* 背信的、不忠貞的

（per- 超過，perfid- 超過忠實的限制）
The electors are already tired of the perfidious candidates who never fulfill their campaign promises.
選民已經厭煩那些永遠不實現競選承諾的背信候選人。

100 reg

治理

拉丁文「指導」、「治理」或「統治」的意思。

- **regent** *n.* 攝政王
- **regime** *n.* 政府、政體；體系
- **regulator** *n.* 管理者、監管者；調節器

regal [ˋrɪgəl] *adj.* 帝王般（莊嚴）的

Regal clothes for men are out-of-date in the current fashion world.
如帝王般莊嚴的男性服飾已經在流行界退潮流了。

101 ori

升起

拉丁文「太陽升起」的含意，衍生為「源頭」、「東方」等意思。

- **aboriginal** *adj.* 土生土長的、原住民的（ab- 從）
- **oriental** *adj.* 東方的
- **originate** *v.* 起源、始於、開始於

disorientate [dɪsˋorɪɛnˌtet] *v.* 使迷失、使失去方向

We were totally disorientated when the heavy fog suddenly came.
突然起濃霧時我們完全迷失方向。

102 cid

墜落

源自於拉丁文「墜落」、「掉落」，後衍生為「降臨」。

- **recidivist** *n.* 慣犯、累犯
- **coincidence** *n.* 巧合、碰巧、偶而機遇（coincide- 同時發生）
- **incidental** *adj.* 附帶的、伴隨的

incidence [ˋɪnsɪdəns] *n.* 事件、發生率

（in- 臨、面對，incident- 降臨發生的事）
The local government wishes to decrease the incidence of the queries of parking place by revising the current policy.
地方政府希望藉由修改現行政策來降低停車糾紛的發生率。

103 merg
沉，浸

源自於拉丁文，「沉沒」、「潛入」或「跳進」的意思。

- **merge** v. 合併、融合
- **merger** n. 合併
- **submerge** v. 沉入水中、浸泡

emergence [ɪˋmɚdʒəns] n. 嶄露、出現

We need more translation experts for the emergence of markets in South East Asia.

我們需要更多翻譯人才以面對東南亞的新興市場。

104 clin
傾

原和拉丁文「床」有關，後延伸為「依靠」、「傾斜」的意思。

- **inclined** adj. 傾向於的
- **incline** v. 使傾向於
- **cling** v. 依附、緊貼著、緊抓住；堅持

recline [rɪˋklaɪn] v. 使斜倚、使向後靠

She made herself a cup of coffee and reclined on the sofa to enjoy her weekend afternoon.

她為自己沖泡一杯咖啡並斜倚在沙發上，享受她的週末午後。

105 vert
轉

源自於拉丁文，有「凹折」、「反轉」的意思。

- **obvert** v. 轉到對立立場、轉到反面
- **invert** v. 顛倒、使倒置
- **convert** v. 轉變、改變；改信

avert [əˋvɝt] v. 轉移；防止

The psychologist suggests the public avert their eye from sad but meaningless local news to more positive information.

心理學家建議大眾將視線從悲傷但無意義的地方新聞轉移到更正面的資訊。

106 flu
流

源自於拉丁文，含有「流動」、「流暢」的意思。

- **effluent** *n.* 汙水、廢水
- **fluency** *n.* 流利
- **fluid** *n.* 流體、液體 *adj.* 流暢的；不固定的、易變的

---

confluence [ˈkɑnˌfluəns] *n.* 合流點；匯合、集合

She decided to move from her old house because it was on an island standing at the confluence of two rivers.

她決定搬離她的舊家，因為舊家是在兩條河流匯合點的島嶼上。

---

107 fus
混合

從拉丁文轉成法文後才傳到英文的字根，有「傾倒」、「融化」或「混合」的意思。

- **diffuse** *v.* 傳播、擴散 *adj.* 擴散的、分散的
- **fuse** *v.* 融合、結合、融化 *n.* 保險絲
- **fusion** *n.* 融合、結合、合併

---

confusing [kənˈfjuzɪŋ] *adj.* 含糊不清的、令人困惑的

"The explanation in this manual is so confusing. Can you help me sort them out, please?"

「這手冊裡的說明好含糊不清，你能幫我理出個頭緒嗎？」

---

108 misc
混雜

源自於拉丁文，有「混合」、「混雜」等意思。

- **miscellaneous** *adj.* 各式各樣的、混雜的
- **miscellany** *n.* 混合物、大雜燴；合集
- **promiscuous** *adj.* 淫亂的、濫交的

---

immiscible [ɪˈmɪsəbəl] *adj.* 不能混合的、不相容的

Oil and water are immiscible in natural condition, but detergent makes this possible.

油水在自然情況下無法混合，但洗潔精卻讓這個變成可行的。

PART 2
07 性質狀態—實務器具
mut-libr ▶ MP3 040

---

109 mut
變化

來自拉丁文「變化」、「改變」或「可轉變的」的意思。

- **commute** v. 變成、折換、減刑；通勤
- **mutation** n. 突變、異變
- **transmute** v. 完全改變（成另一種物品）

---

immutable [ɪ`mjutəbəl] *adj.* 永不改變的

Nothing is immutable in the universe and that is why there are always surprises.
這宇宙中沒有永不改變的事，所以才總會有驚喜。

---

110 luc
光

源自於拉丁文，「光線」、「陽光」或「光明」的意思。

- **lucid** *adj.* 清晰明瞭的、頭腦清楚的
- **translucent** *adj.* 半透明的
- **pellucid** *adj.* 乾淨明亮的；明瞭的（pel=per-通過）

---

elucidate [ɪ`lusɪ,det] *v.* 闡明、解釋（e=ex- 出來，elucide- 將⋯清楚弄出來）

Scientists cannot totally elucidate global climate changes due to their complexity.
科學家因其複雜性還不能完全闡明全球氣候變遷。

---

111 lumin
光

拉丁文「陽光」、「火炬」或「燈光」的意思，與 意義相近。

- **luminous** *adj.* 發光的、夜光的
- **illumination** n. 光、照明、燈飾
- **illuminate** v. 照亮；闡明

---

luminescence [,lumə`nɛsəns] n. 弱光、冷光（escence- 表示一種狀態）

Luminescence of fireflies carries various meanings from mating to warning.
螢火蟲的冷光帶有許多含意，從求偶到警示都有。

112 son
聲音

源自於拉丁文，指「被聽到的聲音」或「噪音」。

- **sonar** *n.* 聲納
- **supersonic** *adj.* 超音速的
- **consonance** *n.* 和諧、一致同意；和音

resonant [ˋrɛzənənt] *adj.* 響亮的、共鳴的、回響的

He missed the days when he could hear the resonant voice of his nanny to wake him up in the morning.

他想念過往可以在早晨聽到保母喚醒他的宏亮聲音。

113 vac (u)
空

源自於拉丁文，有「空洞」或「將...淨空」的意思。

- **vacuum** *n.* 真空、空白；真空吸塵器
- **vacancy** *n.* 空缺、空位
- **evacuate** *v.* 撤離、疏散

vacuous [ˋvækjʊəs] *adj.* 空洞的、無知的

She could only hide her sadness of losing her parents with a vacuous smile.

她僅能以一個空洞的微笑隱藏她失去父母的悲傷。

114 nihil
空無

源自拉丁文「什麼都沒有」的意思。

- **annihilation** *n.* 全毀；一敗塗地
- **nihilism** *n.* 虛無主義
- **nihilistic** *adj.* 虛無的

annihilate [əˋnaɪəlet] *v.* 徹底摧毀、徹底擊敗

The little town near the seashore in Japan was annihilated by the tsunami.

日本沿海的小鎮被海嘯完全摧毀。

115 plic

摺疊，重

源自於拉丁文plicare，「折疊」、「重複」的意思。

- **explicit** *adj.* 清楚明白的、不含糊的
- **implicit** *adj.* 含蓄的、隱晦的
- **replicate** *v.* 重複、複製、再生

duplicate [ˋdjuplɪkət] *adj.* 複製的、一模一樣的 *n.* 複製品、副本 *v.* 複製、拷貝（du- 二，duplic- 折兩折）

The landlord asked the blacksmith to make a duplicate of the key for the new tenant.
房東請鎖匠打一把鑰匙給新來的房客。

116 ver（i）

真實

拉丁文「真實的」、「誠實的」或「事實」的意思。

- **verdict** *n.* 依事實做出的決定、判決（dict-說）
- **verify** *v.* 證實、證明
- **veritable** *adj.* 不折不扣的、名副其實的

veracity [vəˋræsətɪ] *n.* 真實性、誠實

New evidence destabilized the veracity of witness's testimony.
新證據動搖了證人證詞的真實性。

117 fals, fall

假，錯

源自於拉丁文，「欺騙」、「不實」或「錯誤的」。

- **fallacy** *n.* 謬見、謬論
- **falsely** *adv.* 錯誤地
- **falsify** *v.* 竄改、偽造；證實為錯

fallacious [fəˋleʃəs] *adj.* 謬誤的

He has to rewrite his dissertation because all his argument is based on a fallacious theory.
他必須重寫他的論文，因為他的論證都建立在謬誤的理論基礎上。

118 grav
重

源自於拉丁文，表示「沉重的」、「有重量的」。

- **grave** *adj.* 重大的、嚴重的
- **gravity** *n.* 重力；嚴重性
- **gravitate** *v.* 受吸引而轉向…

aggravate [ˋægrəˌvet] *v.* 加劇、加重、使更嚴重、惡化

The roadside construction aggravates the traffic congestion of this narrow road.
路旁的建設使這條窄路的交通壅塞更加惡化了。

119 val
強

源自於拉丁文，「強壯」、「有力」或「健康的」意思。

- **valor** *n.* 英勇、勇敢
- **valiant** *adj.* 英勇的、勇猛的、大膽的
- **prevalent** *adj.* （古）強勢的、有力的；流行的、普遍的

convalesce [ˌkɑnvəˋlɛs] *v.* 康復；療養（至恢復）

He has to spend longer time convalescing after the major operation because of his age.
因為他年紀較大，大手術後必須花較多的時間康復。

120 cart
紙

源自於希臘文「地圖」，後傳到拉丁文衍生為紙片的意思。

- **carton** *n.* 硬紙盒
- **cartographer** *n.* 繪製地圖者
- **cartogram** *n.* 統計地圖、單一主題地圖

cartridge paper [ˋkɑrtrɪdʒ ˋpepɚ] *n.* 厚繪圖紙

If you wish to participate in the illustration competition, please draw or paint your work on a cartridge paper and hand it in.
若你想要參加插畫比賽，請繪製於厚繪圖紙上並繳交作品。

| **121 fil**
線

源自於拉丁文「絲線」、「線狀物」等細長的意思。 | • **profile** *n.* 輪廓、側影;略傳、簡介
• **filament** *n.* 細絲、長絲;鎢絲
• **defile** *n.* 山中狹路 |

filigree [ˈfɪləgri] *n.* 金屬絲飾品

His vintage silver filigree earrings are stunning and shine in the handicraft exhibition.

他復古的銀絲耳環十分令人驚艷,並在手工藝展上發光。

| **122 fib (r)**
纖維

源自於拉丁文「纖維」或「纖維狀的」意思。 | • **fibrous** *adj.* 纖維構成的、纖維狀的
• **fiber optics** *n.* 光纖
• **fiber** *n.* 纖維、纖維組織 |

fibrosis [faɪˈbrosɪs] *n.* 纖維化

Pulmonary fibrosis is an incurable symptom. The medicine can only stop the situation from worsening.

肺部纖維化是無法治癒的症狀,藥物只能防止情況惡化。

| **123 bibli (o)**
書

源自於希臘文「書籍」的意思,也和聖經(Bible)有關。 | • **bibliography** *n.* 參考書目、文獻資料目錄
• **bibliolater** *n.* 熱情愛書者
• **biblical** *adj.* 有關聖經的 |

bibliotherapy [ˈbɪblɪоˌθɛrəpɪ] *n.* 讀書療法

The study shows that bibliotherapy is able to help children overcome their negative emotions.

研究顯示書目療法可以幫助孩童克服他們的負面情緒。

124 mur
牆

源自於拉丁文「圍牆」、「牆壁」的意思。

- **intramural** *adj.* 內部的、校內的
- **immure** *v.* 監禁、幽禁（常以被動態使用）
- **mural** *n.* 壁畫、壁上藝術 *adj.* 牆壁的

extramural [ˌɛkstrəˈmjʊrəl] *adj.* 校外的、機構或城鎮外面的；（大學）為非在校生設的

Academia Sinica subsidizes certain amount of funds for extramural researchers annually.
中研院每年補助固定額度經費給院外研究者。

125 clin
床

源自於拉丁文「床」的意思，衍生為「傾斜」等意思。

- **decline** *v.* 減少、降低、衰弱
- **clinical** *adj.* 臨床的、門診的
- **clinic** *n.* 診所

clinician [klɪˈnɪʃən] *n.* 臨床醫師

He suddenly decided to join Doctors Without Borders after being a clinician for ten years.
在成為一位臨床醫師十年後他突然決定要加入無國界醫生組織。

126 lib(e)r
天平

源自於拉丁文，衍生為「平衡」的意思。

- **deliberate** *adj.* 蓄意的；謹慎的
- **equilibrium** *n.* 平衡、均衡；平靜、安寧
- **librate** *v.* 保持平衡、（月球或其他星體）震盪

disequilibrium [dɪsˌikwəˈlɪbrɪəm] *n.* 不平衡、失去平衡

The disequilibrium between supply and demand in the vegetable and fruits market makes the price easily rise and fall quickly.
蔬果市場的供需失衡使價錢容易快速升降。

08 顏色溫度—動植物

rub-zoo ▶ MP3 041

---

127 rub

紅

源自於拉丁文「紅色」，亦指「帶有紅色的」意思。

- **ruby** *n.* 紅寶石
- **rubric** *adj.* （古）書中用紅色強調的標題；標題；指示、說明
- **rubicund** *adj.* 臉色紅潤的

---

rubricate [`rubrəˌket] *v.* 以紅色標記

Archaeologists found an ancient textbook rubricated with red ink.
考古學家發現一本古老的教科書，有用紅色墨水標記的痕跡。

---

128 verd

綠

源自於拉丁文「綠色」或「帶點黃的綠色」。

- **verdant** *adj.* 翠綠的、草木青翠的、蓊鬱的
- **verdigris** *n.* 銅綠、銅鏽
- **verdure** *n.* 翠綠的草木；青綠

---

verdancy [`vɝ-dənsɪ] *n.* 翠綠

The musician likes to hike on the hills and admires the verdancy of the forest which brings him tranquillity.
音樂家喜歡到小山丘健行，欣賞森林的翠綠和其帶來的平靜。

---

129 vir

綠

源自於拉丁文「綠色」的意思，也和草木有關。

- **viridescent** *adj.* 帶綠色的、淡綠的
- **viridian** *n.* 鉻綠、藍綠 *adj.* 藍綠色的
- **viridity** *n.* 青綠、草綠

---

virescence [vɪ`rɛsəns] *n.* 呈綠色；綠化、變綠

One of the goals in urban renewal plan is the virescence of central city.
都市更新計畫中的其中一個目標為市中心的綠化。

130 negr, nigr	· **negroid** *adj.* 具有黑人特質的
黑	· **negrophobia** *n.* 黑人恐懼症（phobia-恐懼症）
拉丁文中「黑色」的意思，有時和膚色有關。	· **nigrescent** *adj.* 發黑的、帶黑色的

denigrate [ˋdɛnəˏgret] *v.* 抹黑、詆毀

Winning the election by denigrating the opponents is not respectable at all.

藉由詆毀對手贏得的選舉一點也不值得尊敬。

131 scot	· **scotopia** *n.* 夜視力
黑	· **scotomize** *v.* 視而不見
源自於希臘文「黑暗的」的意思，在醫學上也有「盲」的意思。	· **scotoma** *n.* （醫）盲點、黑點

scotomatous [skəˋtomətəs] *adj.* 盲點的

With a glance of the sun, you can create a temporary scotomatous phenomenon.

只要瞥一眼太陽你就能製造出暫時的盲點現象。

132 blanc	· **carte blanche** *n.* 全權委任、完全自由
白	· **Mont Blanc** *n.* 白朗峰
源自於古法文「白色」的意思。	· **blanch** *v.* 變白、變蒼白

blancmange [bləˋmɑnʒ] *n.* 牛奶凍

You can make the delicious blancmange yourself.

你可以自己做美味的甜點牛奶凍。

133 alb
白

源自於拉丁文「白色」、「蒼白」的意思。

- **albinism** *n.* 白化症
- **albino** *n.* 白化症患者、白化變種
- **alb** *n.* 天主教白麻布衣

albescent [ˌælˋbɛsənt] *adj.* 變白的、帶白色的

I was amazed by the suddenly albescent landscape outside my window in the morning. There must have been snow last night.
早晨我對窗外突然變白的景色感到吃驚，昨晚一定下了一場雪。

134 frig
冷

拉丁文「寒冷」、「冷凍」或「冷酷」的意思。

- **refrigerate** *v.* 冷藏、保鮮
- **refrigerator** *n.* 冰箱（簡稱 fridge）
- **frigid** *adj.* 寒冷的；冷淡的

frigidity [ˋfrɪdʒɪdətɪ] *n.* 寒冷；冷淡

He could sense the frigidity in the environment on his first day of work.
他第一天來上班就感受到這環境中的冷淡氛圍。

135 gel
冷

源自拉丁文「冷凍」、「結霜」或「凝結」的意思。後衍生為動物膠的縮寫。

- **gelation** *n.* 凍結、凝膠化
- **gelid** *adj.* 極寒的、冰冷的
- **regelate** *v.* 重新凝結、重新結冰

gelatinous [dʒəˋlætənəs] *adj.* 動物膠的；膠狀的

She likes to eat gelatinous agar, known as kanten in Japan, made by her grandmother.
她喜歡外婆做的石花凍，也就是日本的寒天。

136 **ferv** 熱 源自拉丁文「煮沸」的意思，衍生為「燙的」、「熱的」或「熱心」的意思。	• **fervor** *n.* 熱誠、熱心 • **fervid** *adj.* 熱情的、熱心的；熾熱的 • **fervent** *adj.* 熱情的、熱烈的；強烈的

effervesce [ˌɛfəˈvɛs] *v.* 起泡、冒泡；興奮、歡騰

The effervescing mud pond in Yanchao, Kaohsiung is actually a ready-to-erupt mud volcano.

在高雄燕巢的冒泡泥池塘，其實是即將噴發的泥火山。

137 **levo** 左 源自拉丁文「左邊」或「向左」的意思，多用在學術名詞中。	• **levorotation** *n.* 左旋 • **levodopa** *n.* 左旋多巴

levorotary [ˌlivoˈrotətorɪ] *adj.* 左旋的、逆時針旋轉的

Due to the effect of Coriolis force, depressions like typhoons in North hemisphere are levorotary.

因為科氏力的影響，北半球的低氣壓如颱風都是左旋的。

138 **sinistr** 左 拉丁文「左手邊」的意思，在傳統中左邊有代表邪惡的意思。	• **sinistrorse** *adj.* 向左旋轉的、左捲的 • **sinistral** *adj.* 左邊的、左撇子的 • **sinister** *adj.* 不祥的、凶兆的；邪惡的

sinistrous [ˈsɪnɪstrəs] *adj.* 笨拙的；不吉利的

Then dean saw the sinistrous smile of that naughty child. Something bad was going to happen.

然後校長瞥見那頑皮小孩不吉利的笑容，有什麼壞事要發生了。

139 **dext(e)r** 右 拉丁文「右手邊」的意思，傳統中有「幸運」或「靈活」、「能幹」的涵義。	· **dexterity** *n.* 嫻熟、靈巧、敏捷 · **dextrad** *adv.* 向右（-ad-向） · **dextral** *adj.* 右邊的、右撇子的

dexter [ˋdɛkstɚ] *adj.* 右側的；幸運的

According to Fengshui, doors setting on dexter or sinister side of the facade can bring different luck for a company.

根據風水，門開在正面的右邊或左邊會為公司帶來不同的運氣。

140 **medi** 中 源自於拉丁文「中間」的意思，衍生為「不偏袒」或「不突出」的意思。	· **intermediate** *adj.* 中間的、居中的 · **mediate** *v.* 調停、調解、斡旋 · **medieval** *adj.* 中世紀的

mediocre [ˌmidɪˋokɚ] *adj.* 中等的、普通的、平庸的

His mediocre performance cannot help him gain the scholarship.

他平庸的表現無法讓他拿到獎學金。

141 **ext(e)r** 外 拉丁文「外部」、「外面」或「超越」的意思。	· **external** *adj.* 外面的、來自外部的 · **externals** *n.* 外表、外觀、外在 · **extrovert** *n.* 性格外向的人 *adj.* 外向的

exterior [ɪkˋstɪrɪɚ] *adj.* 外部的、外表的 *n.* 外部、外面

The exterior of the building is painted white and blue, making it look like the Greek style.

大樓的外部被漆成白藍相間，看起來很有希臘風。

258

142 dors
背，背後

源自於拉丁文「背部」或「背後」的意思。

- **dorsum** *n.* 器官背面
- **endorse** *v.* 背書、公開贊同、支持、廣告代言
- **endorsement** *n.* 支持、認可、代言

dorsal [`dɔrsəl] *adj.* （動物）背部的、背側的

Fishermen cut the dorsal fin of sharks and let them die in the ocean.
漁夫割去鯊魚的背鰭後任他們在海裡死去。

143 alt
高

源自拉丁文「高度」的意思，衍生為「高的」或「提高」的意思。

- **exaltation** *n.* 晉升、提拔；興高彩烈
- **exalt** *v.* 晉升、提拔；讚揚
- **altitude** *n.* 高度、海拔

altocumulus [ˌælto`kjumjʊləs] *n.* 高積雲

One Chinese proverb says that the appearance of fishscale like altocumulus is able to be used as weather forecast.
某一中國古諺說魚鱗般的高積雲能用來做天氣預報。

144 zoo
動物

源自希臘文「動物」的意思，也衍生為「生命」、「生命體」。

- **zoological** *adj.* 動物的、動物學的
- **zoologist** *n.* 動物學家
- **zoology** *n.* 動物學

zoogenic [ˌzoə`dʒɛnɪk] *adj.* 源自動物的、動物生成的

A vegan is a person who does not eat or use any zoogenic products.
一個全素主義者就是不吃也不用動物製品的人。

145 avi
鳥

源自拉丁文「鳥群」的意思，也含有「飛翔」之意。

- **aviculture** *n.* 鳥類飼養
- **aviary** *n.* 鳥舍、大鳥籠
- **avian** *adj.* 鳥類的、禽類的

aviation [evɪˋeʃən] *n.* 飛行；航空（學）

After the serious terrorist attack happened, the aviation security became stricter.
嚴重的恐怖攻擊事件發生後，飛航安全變得更加嚴謹了。

146 ornith
鳥

源自希臘文「鳥類」的意思。

- **ornithophobia** *n.* 鳥類恐懼症
- **ornithology** *n.* 鳥類學
- **ornithoid** *adj.* 鳥形狀的、結構似鳥的

ornithic [ɔrˋnɪθɪk] *adj.* 鳥類的

The team found a suspected ornithic fossil at the South East China.
這個小組在中國東南方發現疑似鳥類的化石。

147 pisc
魚

源自拉丁文，和「魚類」有關的。

- **piscine** *n.* （法）浴池 *adj.* 魚的
- **piscatorial** *adj.* 漁民的、漁業的、捕魚的
- **piscary** *n.* 捕魚權

piscivorous [pɪˋsɪvərəs] *adj.* 吃魚維生的

Kingfishers mostly live in tropical places and are piscivorous birds.
翠鳥大部分生長在熱帶地區，是吃魚維生的鳥類。

148 brut

獸

源自於拉丁文「野獸」，衍生為「愚笨」或「野蠻」的意思。

- **brutish** *adj.* 野蠻的
- **brutal** *adj.* 野蠻的、殘忍的；不顧他人感受的
- **brute** *n.* 殘忍的人、野獸

brutalize [`brutəlaɪz] *v.* 殘忍對待

The newly released prisoners revealed that they were brutalized in the prison.

新釋放的囚犯透露他們在監獄中被殘忍對待。

149 porc, pork

豬

源自於拉丁文「豬仔」的意思。

- **porky** *adj.* 肥胖的
- **porker** *n.* 食用豬；肥胖的人
- **porcine** *n.* 豬的、像豬的

porcupine [`pɔrkjʊpaɪn] *n.* 豪豬

Porcupines are rodents and are different from hedgehogs in size and order.

豪豬是囓齒科的動物，而且在體型科目上都和刺蝟不一樣。

150 cani

狗

源自於拉丁文「犬」、「狗類」的意思。

- **canine tooth** *n.* 犬齒
- **canine** *n.* 犬隻 *adj.* 犬的、狗的

canicular [kə`nɪkulər] *adj.* 天狼星的

Sirius, the so called Dog Star in ancient times, rises at dawn around midsummer, and these days are called canicular days when is usually pretty hot.

古代所謂的狗星—天狼星在仲夏左右從清晨時分開始東昇，而這幾日就被稱為是天狼星日，通常會是很熱的時候。

151 **vacc, bov, bu**

牛

vacc, bov源自於拉丁文關於乳牛、牛隻的意思，而bu則是源自於希臘文。

- **bugle** *n.* 號角、喇叭（古代號角由牛角製成）
- **bovine** *adj.* 牛屬的；遲鈍的、愚笨的
- **vaccine** *n.* 疫苗（早期疫苗使用牛痘的病毒來對抗天花）

bucolic [bju`kɑlɪk] *adj.* 鄉村的、田園的

The bucolic scene of farmers with cattle on the field can no longer be seen in Taiwanese countryside.

農夫和水牛一起在田地上的田園景象已不見於台灣的鄉村了。

152 **caval**

馬

拉丁文「馬匹」的意思，後來與「騎士」相關的意思連結。

- **cavalier** *n.* （古）騎士、護花使者 *adj.* 傲慢的、目空一切的；輕率的
- **cavalry** *n.* 騎兵部隊；裝甲部隊
- **cavalryman** *n.* 騎兵

cavalcade [ˌkævəl`ked] *n.* （遊行的）馬隊、車隊、騎兵隊

When a cavalcade passed through the avenue, little boys watched it with admiration.

當一隊遊行車隊經過大道時，小男孩都欽佩地看著。

153 **chival**

馬

源自於法文chevalier「騎馬的人」，衍生為騎士。

- **chivalrous** *adj.* 有騎士風度的、體貼有禮的
- **chivalrously** *adv.* 俠義地；如騎士一般地、彬彬有禮地
- **chivalry** *n.* 騎士制度；騎士精神、騎士風度

chivalric [ʃɪ`vælrɪk] *adj.* 騎士的

She loved to read chivalric romance in her childhood and wished to find a partner similar to the main male characters.

她小時候很喜歡看騎士小說，並希望能找到一個像小說中男主角的伴侶。

154 equi, eque
馬

源自於拉丁文「馬」的意思。

- **equestrian** *adj.* 騎馬的、馬術的 *n.* 馬術師、騎馬者
- **equine** *n.* 馬科動物 *adj.* 馬的、似馬的
- **equitation** *n.* 騎術、馬術

equerry [ɪˋkwɛrɪ] *n.* （古）馬官；英國皇室侍從

She heard many interesting stories from her grandfather, who was an equerry of the Royal family.
她從曾是皇家侍從的爺爺口中聽到許多有趣的故事。

155 ophi (o)
蛇

源自於希臘文「蛇類」或「像蛇的」意思。

- **ophidian** *n.* 蛇類 *adj.* 蛇的
- **ophiology** *n.* 蛇類學

ophiolatry [ˌɑfiˋɑlətrɪ] *n.* 蛇類崇拜

Paiwan tribe is known for its ophiolatry and the totem of hundred-pacer can be seen everywhere in the tribe.
排灣族以蛇類崇拜著名，百步蛇圖騰部落內到處可見。

156 botan
植物

從希臘文傳到拉丁文，原意為「藥草」、「草地」後衍生為「植物」之意。

- **botanist** *n.* 植物學家
- **botanical** *adj.* 植物（學）的
- **botany** *n.* 植物學

ethnobotany [ˌɛθnoˋbɑtənɪ] *n.* 民族植物學

The Native American scholar hopes to use his knowledge of ethnobotany to understand the wisdom of his ancestors.
這名美洲原住民學者希望利用他民族植物學的知識來了解祖先的智慧。

157 anth
花

源自於希臘文「花朵」、「開花」的意思。

- **anther** *n.* 花藥、花粉囊
- **anthesis]** *n.* 開花期
- **anthemion** *n.* 花狀平紋（金銀花花瓣或細長的葉子紋路）

amaranth [ˈæməˌrænθ] *n.* 傳説的不凋花；莧菜；紫紅色

Her bright amaranth dress catches the attention of everyone in the party.
她亮麗的紫紅色洋裝引起宴會中所有人的注目。

158 herb
草

拉丁文「綠色植物」或「草」的意思，後特別指「藥草」。

- **herbalism** *n.* 藥草學
- **herbage** *n.* 牧草、草本
- **herbal** *adj.* 藥草的，草本的

herbivorous [hɚˈbɪvərəs] *adj.* 草食的

Pandas are not herbivorous bears. They eat not only bamboo and grass but also insects.
熊貓不是草食性的熊，牠們除了吃竹子和草外，還會吃昆蟲。

159 dendr
樹

希臘文「樹木」或「似樹木形狀」的意思。

- **dendrite** *n.* （神經）樹突；樹枝狀結晶
- **dendritic** *adj.* 樹枝狀的
- **dendriform** *adj.* 樹狀的

dendrology [dɛnˈdrɑlədʒɪ] *n.* 樹木學

The old man living in the forest never studies dendrology but has wealthier knowledge than many experts.
住在森林中的老先生沒學過樹木學，但卻有比許多專家更豐富的相關知識。

160 radi (c)
根

源自於拉丁文「根部」的意思。

- **eradicate** *v.* 根除、滅絕、連根拔除
- **radicle** *n.* 胚根；根狀部
- **radish** *n.* 小蘿蔔、櫻桃蘿蔔

deracinate [dɪˋræsɪnet] *v.* 迫使離鄉背井、流離失所

Refugees are forced to deracinate and now face a difficult dilemma of where to go.

難民被迫流離失所，現在正面臨不知何去何從的困境。

161 foli
葉

源自於拉丁文中植物的「葉子」。

- **foliar** *adj.* 葉子的
- **foliate** *adj.* 葉狀的、葉飾的
- **foliage** *n.* 樹葉（總稱）

defoliate [diˋfolɪet] *v.* 除葉、使落葉

Before transplanting a tree, it needs to be defoliated so that it will not wither for lack of water.

移植一棵樹之前必須先將其除葉，才不會讓樹木在之後因水分不夠枯死。

162 fruct
果實

遠自於拉丁文「果實」，「可以享受的食物」的意思。

- **fructose** *n.* 果糖
- **fructiferous** *adj.* 結果實的
- **fructuous** *adj.* 多果實的、多產的

fructify [ˋfrʌktɪfaɪ] *v.* 使結果、使有成果

The teacher wishes to fructify her students not only with the marks but also with their creativity and critical thinking.

那名老師希望不只能培養學生成績的成果，還有在創意及批判性思考上亦有成果出來。

動植物與自然界—空間方位與程度
vent-under ▶ MP3 034

---

163 **vent**
風

拉丁文「空氣」或「風」的意思。

- **vent** n. 排氣口、通風口 v. 發洩（情緒）
- **ventilate** v. 使空氣流通；提出、說出
- **ventilator** n. 通風設備、人工呼吸器

---

ventiduct [`vɛntɪdʌkt] n. 通風管

The female staff could not believe she had to hide into the ventiduct to prevent dangers like in the movie.

女職員不敢相信她居然要像電影裡面一樣躲進通風管裡以避開危險。

---

164 **aqu**
水

源自拉丁文「水」或「含水溶液」的意思。

- **aquatic** adj. 水上的、水中的；水生的、水棲的
- **aquarium** n. 水族箱；水族館
- **aquaculture** n. 養殖漁業

---

aqueous [`ekwɪəs] adj. （含）水的、似水的

Whether an aqueous solution is conductive depends on the ions inside.

一個水溶液是否導電關鍵在於裡面的離子。

---

165 **ign**
火

源自於拉丁文「火」或「燃燒」的意思。

- **igneous** adj. 火成的；似火的
- **ignitable** adj. 可燃的、易起火的
- **ignite** v. 點燃、使燃燒、爆炸

---

ignescent [ɪg`nɛsənt] adj. 火爆的、敲擊而冒火的

On the first day of life to experience in an uninhabited island, he tried to search for ignescent stones before sunset.

在第一天體驗荒島求生時，他試圖在天黑之前尋找可生火的石頭。

166 **glaci**
冰

源自於拉丁文「冰」的意思。

- **glaciate** *v.* 被冰覆蓋、受冰川作用、被冰凍
- **glacial** *adj.* 冰河形成的；極冷的
- **glacier** *n.* 冰河

deglaciation [ˌdiglesɪˈeʃən] *n.* 冰消期、冰河消退

Due to the global warming, both the Arctic and Antarctica are suffering from deglaciation.
因全球暖化的關係，南北極正遭受到冰河消退的現象。

167 **mari**
海

源自於拉丁文「大海」、「海洋」的意思。

- **maritime** *adj.* 海事的；沿海的
- **marine** *adj.* 海洋的、海運的、航海的
- **marina** *n.* 小港口、娛樂用小船塢

submarine [ˈsʌbmərin] *n.* 潛水艇

Currently, only seven countries have the technology to develop nuclear submarines.
目前全球只有七個國家有發展核能潛水艇的技術。

168 **ante-, anti-, anci**
前

源自於拉丁文，有「之前」、「在...前面」的意思。

- **anticipate** *v.* 預期、期盼、預見（anti先前，cip擁有, -ate 動詞結尾）
- **antenna** *n.* 觸角、天線（複數：antennae）
- **ancient** *adj.* 古老的、古代的

anterior [ænˈtɪərɪə] *adj.* 前部的、向前的、先前的

According to scientists, the anterior part of the brain is mainly responsible for receiving information from other parts of the body.
根據科學家的解釋，腦部前端主要負責接收來自身體其他部位的各種訊息。

169 pre- 前 源自於拉丁文，在時間或空間上「之前」的意思。	· **prejudice** *n.* 偏見（judice-審理，先於審斷的意見即偏見） · **prehistoric** *adj.* 史前的 · **premature** *adj.* 過早的、不成熟的

preface [`prɛfəs] *n.* 前言、序幕

The author states in the preface that all the main characters in this historical fiction are real people.

作者在前言中說明，這本歷史小說中的主角都是真有其人。

170 pro- 前 源自古希臘文，也有「之前、從前」或「在…前面」的意思。	· **pronoun** *n.* 代名詞 · **propel** *v.* 推動、推進（pel-由拉丁文「驅使」演化而來） · **prospective** *adj.* 潛在的、預期的（spect-看）

proceed [prə`sid] *adj.* 繼續進行、接著做；前進

During the group climbing competition, no one can proceed alone and leave the wounded team member behind.

團體登山競賽中，沒有人能丟下自己受傷的隊友獨自前進。

171 fore- 前 源自於德語系字首，有「前面」或「預先」的意思。	· **forecourt** *n.* 前院；（網球場）前場 · **foregoing** *adj.* 上述的、前面提及的 · **foremost** *adv.* 領先的、最重要的、最佳的

forecast [`fɔrkæst] *v. n.* 預報、預測

One famous financial magazine released an economic forecast of Asian countries for the next half year.

某一著名財經雜誌發表了一則亞洲國家下半年的經濟預測。

172 post-

後

源自於拉丁文「之後」、「後面」或「晚」的意思。

- **postdoctoral** *adj.* 博士後的
- **postscript** *n.* 附筆、附言、補充説明（簡寫成 ps）
- **post-war** *adj.* （二次世界大戰）戰後的

---

posterior [paˋstɪərɪə] *adj.* 後部的、尾端的；稍晚的

Since the construction date is posterior to the announcement, the new policy can be applied to the building.

既然建造日期是在公布政策之後，那新政策可適用於這棟建築上。

---

173 retro-

後

源自於拉丁文「後面」、「背後」或「倒退」的意思。

- **retroflex** *adj.* 翻轉的；捲舌音的
- **retrogress** *v.* 倒退、衰退
- **retrospective** *adj.* 回顧的、追溯以往的

---

retroact [ˌrɛtroˋækt] *v.* 追溯既往

The policy does not retroact the case that happened before the announcement day.

這項政策不追溯公告日期以前的案件。

---

174 over

上

源自古德文「在...之上」、「超過」的意思。

- **oversee** *v.* 監督、監察
- **overturn** *v.* 打翻、弄倒、顛覆
- **overwhelming** *adj.* 難以抵擋的、大量的、巨大的

---

overlap [ovəˋlæp] *v.* 交疊、部分重疊、有共通處

We decided to revise our team project again because part of the topic overlaps with the other team.

我們決定要重新修改我們的小組報告，因為我們部分的主題和別組重複。

175 **super** 上 源自於拉丁文，的原形，也有「在…之上」、「超過」的意思。	• **superintendent** *n.* 主管、負責人 • **superiority** *n.* 優勢、優越性 • **superstition** *n.* 迷信

superficial [ˌsupɚˈfɪʃəl] *adj.* 膚淺的

Superficial knowledge about other cultures can easily cause misunderstandings.

對其他文化淺薄的認知容易導致誤會。

176 **sur-** 上 源自於拉丁文，和super同源，「在…之上、上面」的意思。	• **surname** *n.* 姓氏 *v.* 冠姓；給…起別名、稱號 • **surrender** *v.* 屈服、投降、放棄 • **surround** *v.* 包圍、圍繞（原拉丁文義為「淹沒」）

surmount [sɚˈmaʊnt] *v.* 在…頂端、聳立於…；解決、克服

Although he had seen pyramids dozens of times in photos, he was still in awe when facing the real ones surmounting among the desert.

雖然他在照片中看過好幾次金字塔，然而當他面對沙漠中矗立的真正金字塔時，仍感到敬畏。

177 **de-** 下 源自拉丁文「往下」、「遠離」的意思。	• **descent** *n.* 下沉、下降；墮落 • **deteriorate** *v.* 惡化、變壞 • **deviate** *v.* 脫離、違背（via-方向、道路）

degenerate [dɪˈdʒɛnərɪt] *v.* 衰退、品質下降 *adj.* 下降的、退化的

A gourmet found the quality and taste of the food of his favorite restaurant is degenerating.

一位美食家發現，他最喜愛的餐廳的食物品質和口味正在下降中。

178 infra-, infer-
下

源自於拉丁文「在...之下」、「下面」的意思。

- **infrasonic** *adj.* 低音頻的
- **infrastructure** *n.* 基礎建設
- **inferior** *adj.* 差的、低層級的

infracostal [ɪnfrə`kɑstəl] *adj.* 肋骨下方的

The article compares the difference of supercostal and infracostal approaches of the treatment of upper ureteral stones.

這篇文章比較從肋骨上方和下方治療上輸尿管結石的不同。

179 hypo-
下

源自於希臘文「底下」、「在...之下」的意思。

- **hypocrisy** *n.* 偽善、虛偽（源自希臘文「判斷之下」，衍生為「假裝」的意思）
- **hypothesis** *n.* 假說、假設（thesis-放置，原指「基礎」的意思）

hypocenter [`haɪposɛntɚ] *n.* 震源

Earthquakes with shallow hypocenters could cause serious damage.

淺源的地震有可能會造成嚴重損害。

180 under
下

源自於古德文「在...之下」的意思。

- **undergo** *v.* 經歷
- **undergraduate** *n.* 大學生（graduate-研究生）
- **underneath** *adv. prep.* 在…底下、下面

undermine [ʌndɚ`maɪn] *v.* 損害…基礎、削弱信心或權力

Constant raining undermined the bridge piers, and the bridge finally broke due to a lack of support.

連日降雨掏空橋墩，而橋樑終因失去支撐而斷裂。

空間方位與程度
sub-bene ▶ MP3 044

181 sub-

下

源自於拉丁文「在...之下」、「底下」的意思。

- **subtle** *adj.* 隱約的、微妙的、細微的、不易察覺的
- **subsequent** *adj.* 隨後的、接著的
- **subordinate** *adj.* 從屬的、次要的 *n.* 下屬 *v.* 使從屬於

subsidize [ˋsʌbsɪdaɪz] *v.* 給予津貼、資助

Some students planned a program of fundraising, wishing to subsidize children in remote villages for education.

一些學生擬定了一個募款計畫,希望能資助偏鄉小孩的教育。

182 intra-

內

源自於希臘文「內部」或「裡面」的意思。

- **intramural** *adj.* 內部的、學校內的
- **intranet** *n.* 內聯網、局域網
- **intrapersonal** *adj.* 內省的、自我意識的

intracellular [͵ɪntrəˋsɛljʊlə] *adj.* 細胞內部的

Most life operational reactions occur within intracellular organelles.

大部分生命的運作反應都發生在細胞內部的胞器。

183 endo-

內

源自於希臘文「內部」、「內層」等意思。

- **endocrine** *n.* 內分泌
- **endogenous** *adj.* 源自內部的、內生的

endocardial [͵ɛndoˋkɑrdɪəl] *adj.* 心臟內部的

The doctor suggest he install endocardial artificial vessel; otherwise, there is a very high rate for myocardial infarction.

醫生建議他安裝心臟內人工血管,否則會有很高的心肌梗塞發生率。

184 exo-
外

源自於希臘文「外部」、
「外側」的意思。

- **exodus** *n.* （大批人）離開、退出；出埃及記
- **exogamy** *n.* 異族通婚
- **exotic** *adj.* 異國的

exocarp [`ɛksokɑrp] *n.* 外果皮

Exocarps usually contain a rich nutritional value, and experts suggest we not peel fruits such as apples.

外果皮通常含有豐富的營養價值，專家也建議我們不要將水果如蘋果削皮。

185 extra-
外

源自於拉丁文「外面」、
「外在」等意思。

- **extraneous** *adj.* 外來的、無關的
- **extracurricular** *adj.* 課外的、業餘的
- **extravagant** *adj.* 奢侈的、浪費的、過度的

extractive [ɪk`stræktɪv] *adj.* 萃取的、提取的

Extractive technique has become a very important part within food industry.

萃取技術已成為食品產業中重要的一環。

186 inter
中間

源自於拉丁文「在…之
間」或「裡面」的意思。

- **interim** *n.* 過渡時期；暫時、中間時間 *adj.* 過渡的
- **interruption** *n.* 打斷、中止
- **intervene** *v.* 干涉、干預

interaction [ɪntəˈækʃən] *n.* 互動、交流、相互作用

From the way of their interaction, you can judge that they just met each other.

從他們互動模式來看，他們不過是剛認識而已。

187 meso

中間

源自於希臘文「中間」、「介於...之間」的意思。

- **Mesoamerica** *n.* 中美洲
- **mesolithic** *adj.* 中石器時期的
- **mesosphere** *n.* 中氣層

---

mesophyll [ˋmɛsofɪl] *n.* 葉肉（phyll-希臘文「葉子」的意思）

Mesophyll is a place for photosynthesis as well as a place for water storage.

葉肉是光合作用的場所，也是水分儲存的地方。

188 circum-

周圍

源自於拉丁文「圓內」的意思，衍生為「周圍、附近」之意。

- **circumference** *n.* 圓周、周長
- **circumfluent** *adj.* 環流的、週流的
- **circumscribe** *v.* 畫外接圓；限制、約束

---

circumambulate [ˌsəkəmˋæmbjʊlet] *v.* 繞行

During the ritual, believers circumambulated the fire in the center and heard the priest reciting.

儀式中，信眾們繞火而行，並聽著祭司念誦。

189 peri

周圍

源自於希臘文「附近」、「接近」的意思。

- **perigee** *n.* 近地點（gee-地球）
- **perihelion** *n.* 近日點（helion-拉丁文「太陽」的意思）
- **perilune** *n.* 近月點（luna-拉丁文「月亮」的意思）

---

periarterial [ˌpɛrɪɑrˋtɛrɪəl] *adj.* 動脈周邊的（artery-動脈）

Periarterial fat can easily accumulate, but difficult to remove.

動脈周邊的脂肪容易堆積但不易去除。

190 macro-
大

希臘文「巨大」、「放大」或「極長」的意思。

- **macrocosm** *n.* 宏觀世界、宇宙
- **macroeconomic** *adj.* 整體經濟學的
- **macroscopic** *adj.* 宏觀的、肉眼可見的

---

macrobiotic [ˌmækrobaɪˋɑtɪk] *adj.* 健康的（食物）（bio-生命，原指「長壽」的意思）

Macrobiotic diet is the key for health and longevity.
養生的飲食是健康和長壽的關鍵。

---

191 mega-
大

源自於希臘文「龐大」、「巨大」或「有力」的意思。

- **megahertz** *n.* 赫兆（簡稱MHz）
- **megalopolis** *n.* 大都市
- **megaphone** *n.* 擴音器、大聲公

---

megabyte [ˋmɛɡəbaɪt] *n.* 百萬位元組（簡稱MB）

Memory cards with few megabytes are already not enough in this digitalized world.
只有幾MB 的記憶卡在這個數位化的時代已經不敷使用了。

---

192 mini-
小

源自於拉丁文「小的」或「少量」的意思。

- **miniature** *adj.* 微小的、小型的 *n.* 微型畫
- **minimal** *adj.* 極小的、極少的
- **minimize** *v.* 降到最低、減到最少；輕描淡寫、淡化

---

minibus [ˋmɪnɪbʌs] *n.* 小巴士

Since the road lead to the village is narrow, there is only one minibus that carries villagers to the city at the foot of the mountain.
因為到村落的路窄，因此僅有一輛小巴士載村民來回山腳下的城市。

193 **micro-**

小

源自於希臘文「極小」、
「微小」的意思。

- **microbiology** *n.* 微生物學
- **microchip** *n.* 晶片、積體電路片
- **microphone** *n.* 麥克風

microbe [`maɪkrob] *n.* 微生物、細菌

Unlike microbes which can survive on their own, viruses are parasites that need hosts.

不像微生物能自己維生，病毒是寄生生物，需要宿主寄生。

194 **multi-**

多

源自於拉丁文「許多」的
意思。

- **multifarious** *adj.* 各式各樣的、多種類的
- **multinational** *adj.* 多國經營的、跨國的
- **multitude** *n.* 許多；大眾

multicultural [mʌltɪ`kʌltʃərəl] *adj.* 多元文化的

Taiwan is a multicultural society, but sadly sometimes we do not know how to react to its diversity.

台灣是個多元文化的社會，只可惜有時候我們不知道要如何面對其多元性。

195 **poly-**

多

源自於希臘文「多樣」、
「豐富」或「大量」的意
思。

- **polychromatic** *adj.* 多色彩的
- **polyester** *n.* 聚酯纖維
- **polygon** *n.* 多邊形

polyamory [ˌpɑlɪ`æmərɪ] *n.* 一夫多妻制

While some lambaste polyamory, others consider it an alternative lifestyle.

當有些人嚴厲撻伐一夫多妻制，有些人則認為那是另一種生活方式罷了。

196 olig-
少

源自於希臘文「少量」、「極少」的意思。

- **oligarchic** *adj.* 主張寡頭政治的
- **oligopsony** *n.* 商品採購壟斷
- **oligotrophy** *n.* 營養貧乏

oligarchy [ˈɔlɪgɑrkɪ] *n.* 寡頭團體、寡頭政治國家

Myanmar is transforming from an oligarchy to a democracy.

緬甸正從一個寡頭政治國家轉型成為一個民主國家。

197 under-
少

源自於古德文「偏少」、「不足」的意思。

- **underdeveloped** *adj.* 不發達的、低開發的
- **underage** *adj.* 未成年的、未達法定年齡的
- **underestimate** *v.* 低估、輕視

undercapitalized [ʌndəˈkæpɪtəlaɪzd] *adj.* 投資不足的

Cultural and sport business and activities are often undercapitalized because of their uncertain ROI.

由於投資報酬率不穩定，文化和運動事業與活動常常投資不足。

198 bene
好

源自於拉丁文「好的」、「善良的」。

- **beneficent** *adj.* 行善的、慈善的
- **beneficial** *adj.* 有益的、有利的
- **benevolent** *adj.* 仁慈的、有愛心的

benefactor [ˈbɛnɪfæktə] *n.* 贊助人、捐助者

The team of documentary received a sponsorship from an anonymous benefactor when they faced the shortage of funds.

當紀錄片劇組面臨資金短缺時，他們收到來自一位無名贊助者的資助。

199 eu-
好

源自於希臘文「好的」、「正常的」或「令人愉悅的」意思。

- **euphoric** *adj.* 狂喜的、亢奮的
- **eupeptic** *adj.* 有助消化的；愉快的
- **eulogy** *n.* 頌詞、頌文；悼詞

euphemism [ˈjufəmɪzəm] *n.* 委婉說法、婉辭（phem-說話）

This composition contains too much euphemism and does not express the thesis clearly. 這篇文章用了太多婉辭，沒有清楚表達主旨。

200 mal-
壞

拉丁文「壞的」、「糟的」或「邪惡的」、「錯誤的」意思。

- **maladroit** *adj.* 不靈活的、笨拙的
- **malady** *n.* 疾病；問題、弊病、沉痾
- **malefactor** *n.* 壞人、罪犯

maladjusted [ˌmæləˈdʒʌstɪd] *adj.* 適應不良的、不適應社會環境的

The tutor established a studio, especially for maladjusted children.
輔導老師成立一個工作坊幫助適應不良的兒童。

201 mis-
壞

源自於上古英文「壞的」、「錯誤的」意思。

- **mischievous** *adj.* 愛惡作劇的、搗蛋的；惡意的、有害的
- **misfortune** *n.* 不幸、厄運、災難
- **mistaken** *adj.* 錯誤的、弄錯的

misbehavior [mɪsbɪˈhevjɚ] *v.* 失禮、行為不當

The counselors believe that there are always reasons for teenagers' misbehavior and that what they need is love.
輔導員相信青少年行為不當背後總會有一個原因，而他們需要的是關愛。

202 **omni-** 全 源自於拉丁文「全部」、 「所有」的意思。	· **omnifarious** *adj.* 多方面的、五花八門的 · **omnipresent** *adj.* 無所不在的、遍及各地的 · **omniscient** *adj.* 全知的、無所不知的

omnibus [`ɑmnɪbəs] *n.* 選集；公車 *adj.* 綜合性的，多項的

The students were asked to read some omnibuses of proses and poems during the summer vacation.
學生們被要求暑假期間閱讀廣泛的散文與詩集。

203 **pan-** 全 源自於希臘文「所有」、 「完全」或「全部」的意 思。	· **pandemic** *adj.* 大規模流行的、廣泛擴及的 · **panorama** *n.* 全景；全貌、概要 · **pantheism** *n.* 泛神論

pandect [`pændɛkt] *n.* 法令全書

The law publishing company is very proud of their refined hardcover pandect series during the book fair.
在書展上，法律出版社為他們的精裝法令全書系列感到驕傲。

204 **demi-** 半 源自於拉丁文「一半」的 意思。	· **demilune** *n.* 半月形 · **demi-pension** *n.* 兩餐制旅館 · **demirelief** *n.* 半浮雕

demigod [`dɛmɪgɑd] *n.* 半人半神；被神化的名人

Some fans already view their idol as a demigod and cannot accept the news of his errors.
有些歌迷已將他們的偶像神化，無法接受他犯錯的消息。

205 **hemi-**
半

源自於希臘文「一半」的意思。

- **hemicycle** *n.* 半圓形
- **hemisphere** *n.* 半球
- **hemiplegia** *n.* 半身癱瘓

hemicrania [hɛmɪˋkrenɪə] *n.* 偏頭痛（crain-拉丁文「頭蓋骨」）

In the winter, she has to wear a bonnet in windy days; otherwise, she will suffer from the hemicrania for the whole night.

冬天時她必須在風大時戴頂毛帽，否則整晚她就會偏頭痛。

206 **semi-**
半

源自於拉丁文「一半」、「部分」的意思。

- **semicolon** *n.* 分號
- **semi-final** *n.* 準決賽
- **semirigid** *adj.* 半硬質的、半剛硬的

semiconductor [ˌsɛmɪkənˋdʌktɚ] *n.* 半導體

Taiwan is called a kingdom of semiconductors; however, we should think of our next step to move into innovation business.

台灣被稱為是半導體王國，不過我們應該想想下一步往創新產業的發展。

207 **neo-**
新

源自於希臘文，有「新穎的」、「新生的」或「年輕的」含意。

- **neoclassical** *adj.* 新古典主義的
- **neon** *n.* 氖氣；霓虹燈（源自希臘文「新東西」的意思）

neologism [nɪˋɑlədʒɪzəm] *n.* 新詞彙

To encourage handwriting and admiration of the beauty of Chinese characters, a cultural foundation holds a neologism creating competition with a high premium.

為了鼓勵手寫體和欣賞漢字的美麗，一個文化基金會舉辦了一個高額獎金的新詞彙創作比賽。

208 paleo- 舊 源自於希臘文，有「原本的」、「古老的」等意思。	· **paleocene** *n.* 古新世（紀） · **paleoclimate** *n.* 古氣候學 · **paleoanthropology** *n.* 古人類學

Paleolithic [ˌpælɪo`lɪθɪk] *adj.* 舊石器時代的

In the Paleolithic period, human beings began to know how to use stone as tools or weapons.
在舊石器時代，人類開始知道如何使用石頭當作器具或武器。

209 sur- 超 源自於拉丁文，和super同源，「在...之上」、「超過」的意思。	· **surreal** *adj.* 超現實的、離奇的 · **surplus** *n.* 剩餘、多餘 *adj.* 多餘的、過多的 · **surpass** *v.* 勝過、優於、超過

surveillance [sə`veləns] *n.* 監視、盯哨（veill-拉丁文，看）

The rock music festival is included in the surveillance of the police due to the past history of violence and drug deals.
搖滾音樂節因為之前暴力和毒品買賣的紀錄，被警方列入監視名單中。

210 ultra- 超 源自於拉丁文「超越」、「另一側」或「極致」的意思。	· **ultra vires** *adj. adv.* 超越權限的（地） · **ultra-high frequency** *n.* 超高頻 · **ultraist** *n.* 極端主義者

ultraviolet [ˌʌltrə`vaɪəlɪt] *n. adj.* 紫外線（的）

In a modern building where large pieces of glass window are preferred, a layer of anti-ultraviolet film is needed.
現代建築偏好使用大片玻璃窗，因此需要一層抗紫外線貼膜。

211 meta-
超

源自於希臘文「之後」、「超越」或是「改變」的意思。

- **metaphor** *n.* 暗喻、隱喻（希臘文「轉換」的意思）
- **metafiction** *n.* 後設小説
- **metagalaxy** *n.* 總星系

metabolic [mɛtə`balɪk] *adj.* 新陳代謝的（原指「改變」的意思）

Progeria is a genetic disease which causes a metabolic disorder of the cells.
早老症是一項基因疾病，會造成細胞不正常代謝。

212 hyper-
超

源自於希臘文「超越」、「在...之上」、「異於一般」的意思。

- **hyperbaric** *adj.* 高壓的
- **hyperlink** *n.* 超連結
- **hyperopia** *n.* 遠視

hyperacidity [ˌhaɪpə·ə`sɪdətɪ] *n.* 胃酸過多

The reasons of hyperacidity vary from person to person, but regular and proper meals can usually prevent its occurrence.
胃酸過多的原因因人而異，但規律和正常的飲食可避免這樣的情形發生。

213 ac-
加強

拉丁字首　的變形，有「向...」、「靠近」或「面對」等加強的意思。

- **accumulate** *v.* 累積、逐漸增加
- **accede** *v.* 同意、允許；登基；就任
- **acquire** *v.* 學習；獲得、購得

accelerate [ək`sɛləret] *v.* 加速、加快、促進

The drunken driver was afraid of sobriety test, so when he saw the police car, he simply accelerated his car and ran away.
酒醉的駕駛害怕被酒測，因此當他看到警車時他便加速逃逸。

214 ad-
加強

源自於拉丁文「向...」、「靠近」或「面對」等加強的意思。

- **adhere** *v.* 依附、附著;堅持、擁護
- **adjacent** *adj.* 鄰近的、比鄰的
- **advent** *n.* 來臨、到來

---

addicted [əˋdɪktɪd] *adj.* 成癮的、沉溺的、入迷的

After an accident caused his to lose the job, he did not know how to seek help and was addicted to alcohol.
遭遇一場意外並失掉工作以後,他不知道要如何尋求幫助,且開始酗酒。

215 af-
加強

拉丁字首 的變形,有「向...」、「靠近」或「面對」等加強的意思。

- **affiliate** *v.* 使併入、隸屬 *n.* 隸屬機構
- **affirm** *v.* 證實、確認;聲明
- **afflict** *v.* 折磨、使痛苦

---

affectionate [əˋfɛkʃənət] *adj.* 表示愛的、充滿感情的

The boy left home for his dream, and he always remembered the affectionate kiss from his mother when he faced difficulties.
男孩為夢想離家,每當面對困難時,總會想起母親充滿關愛的吻。

216 ag-
加強

拉丁字首 的變形,有「向...」、「靠近」或「面對」等加強的意思。

- **aggradation** *n.* 沉積
- **aggrandize** *v.* 強化、增加;誇大、吹捧
- **aggrieved** *adj.* 憤憤不平的、受到委屈的

---

agglutinate [əˋglutɪnet] *v.* 黏著、凝集、接合

My grandpa asked me to find adhesive to agglutinate his dentures.
我爺爺要我去為他找可以黏合假牙的黏著劑。

217 ap-
加強

拉丁字首 的變形，有「向...」、「靠近」或「面對」等加強的意思。

- **apparatus** *n.* （全套）設備、儀器；組織、機構
- **applicable** *adj.* 適用的、生效的
- **apprehension** *n.* 憂慮、擔心、忐忑

appall [ə`pɔl] *v.* 使震驚、驚駭

When she first stepped into this African school, she was appalled by the sadness in children's eyes.

當她第一次踏進非洲小學時，她對小孩眼中的憂傷感到震驚。

218 as-
加強

拉丁字首ad的變形，有「向...」、「靠近」或「面對」等加強的意思。

- **assert** *v.* 堅持、表現堅定；肯定地說；主張
- **assignment** *n.* 任務；功課
- **assumption** *n.* 假定、假設

ascertain [ˌæsɚ`ten] *v.* 弄清楚、查明、確定

Some life questions, such as "what is the meaning of life?" need not to ascertain in a short period but a lifetime to answer. 有些人生的問題如「人生的意義是什麼？」不需要短時間內去弄清楚，這種問題是要用一生來慢慢回答的。

219 com-
加強

源自於拉丁文「一起」、「增強」等加強的意思。

- **communal** *adj.* 共有的、公共的、集體的
- **communicative** *adj.* 健談的；表達的、溝通的
- **competence** *n.* 能力、才幹

commodity [kə`mɑdətɪ] *n.* 商品、貨物（modity-原「測量」之義，與com 合起來為「獲益」的意思）

Rare earth elements are commodities that are more valuable than most people regard.
稀土金屬是比一般人認為還要更有價值的商品。

220 **con-** 加強	· **congregate** v. 聚集、集合
	· **contractor** n. 承辦者、承包商
拉丁字首com的變形，有「一起」、「增強」等加強的意思。	· **constellation** n. 星座

conceal [kən`sil] v. 隱藏、隱匿

She could not conceal her surprise when the seemingly young guy revealed his age.　那位看起來年輕的男子透露他的年紀時，她無法隱藏她的驚訝。

221 **en-** 加強	· **energize** v. 始有活力、激勵
	· **enthusiasm** n. 熱忱、熱情；熱衷的事物或活動
源自於希臘文「靠近」、「啟蒙」或「造成」等加強的意思。	· **enzyme** n. 酶

enact [ɪ`nækt] v. 實行；制定

The student association pressured the university to enact the new student benefit policy.　學生會向學校施壓，希望促成新學生利益規定實行。

222 **col-** 共同	· **collected** adj. 收集成冊的；鎮定的、泰然自若的
	· **collective** adj. 集體的、共同的
源自於拉丁文，有「一起」、「共同」的意思。	· **collector** n. 收藏家；剪票員、收款者

collaboration [kəlæbə`reʃn] n. 合作

The local government holds a great cultural festival in collaboration with several foundations.　當地政府與幾個基金會合作舉辦了一場盛大的文化節。

223 sym-
共同

源自於希臘文「一起」、
「融合」或「相似」的意
思。

- **symbolic** *adj.* 象徵（性）的
- **symmetry** *n.* 對稱
- **sympathy** *n.* 同理心、理解；支持（性）

symmetrical [sɪ`mɛtrɪkəl] *adj.* 對稱的

According to the nature rule, nothing is the same, so there is no perfect symmetrical face.
根據大自然的法則，沒有東西是完全一樣的，因此也沒有完全對稱的臉。

224 syn-
共同

與sym同源，希臘文「一
起」、「融合」或「相
似」的意思。

- **synchronous** *adj.* 同時發生的、同時存在的
- **syndicate** *n.* 聯合組織 *v.* 組成聯合組織
- **syndrome** *n.* 併發症、綜合症、症候群

synchronize [`sɪŋkrənaɪz] *v.* 使同步、使同時發生

The first lesson of dancing a two-person dance is to synchronize with your partner.
跳雙人舞的第一課就是和你的舞伴同步。

225 iso-
相等

源自於希臘字首「同
等」、「相同」的意思。

- **isochromatic** *adj.* 同色的、等色的
- **isosceles** *adj.* 等腰的
- **isotope** *n.* 同位素

isobar [`aɪsobɑr] *n.* 等壓線

The weather forecast predicts that tomorrow will be a very windy day since isobars on the weather chart are very close to each other.
天氣預報預估明天風會很大，因為天氣圖上的等壓線十分密集。

226 **para-** 旁邊 源自於希臘文「一旁」、「旁邊」或「超越」。	• **paradigm** *n.* 範例、典範 • **parallel** *adj.* 平行的；類似的 *adv.* 平行地 *n.* 平行線

paralyze [ˋpærəlaɪz] *v.* 癱瘓、使喪失活動能力（原指半邊行動不便的意思）

Fear can paralyze a person's mobility, so the training of a quick reaction is essential for outdoor survival.

恐懼會癱瘓人的行動能力，因此野外求生時快速反應訓練是必要的。

227 **quasi-** 次要 源自於拉丁文「相似」、「彷彿」的意思，通常翻譯為「準...」。	• **quasi-contract** *n.* 準契約 • **quasi-science** *n.* 準科學 • **quasi-stellar** *adj.* 類星體的

quasicrystal [ˋkwezaɪkrɪstəl] *adj.* 準晶體

The structure of quasicrystal was first known by mathematicians and then was first discovered by a physician in 2011.

準晶體的結構先被數學家了解，然後到2011年才由一名物理學家發現。

228 **vice-** 次要的 源自於拉丁文「次要」的意思，通常用在指稱職位「副...」上。	• **vice-chancellor** *n.* 大學副校長 • **vice-president** *n.* 副總統、副總裁、副董事 • **vicegerent** *adj.* 代理的 *n.* 代理人

vice-admiral [ˌvaɪsˋædmərəl] *n.* 海軍中將

The retired vice-admiral liked to talk about his life and journey in the U.S Navy to his grandchildren.

退休的海軍中將喜歡跟他的孫子講他在美國海軍的生活和旅程。

| **229** **dia-**
 穿越

 源自於希臘文「穿越」、「分離」或「跨越」的意思。 | · **diagnose** *v.* 診斷（dia-分開，gnosis-知道、指認）
 · **diagonal** *adj.* 斜線的、對角線的 *n.* 對角線
 · **diameter** *n.* 直徑 |

diabetes [daɪə`bitiz] *n.* 糖尿病（diabetes mellitus的簡稱，希臘／拉丁文中diabetes- 穿越，mellitus- 甜味）

There are two types of diabetes: while most people suffer from this illness in older ages, some have innate malfunction of their cells.

糖尿病有兩種型態：大部分的人在老年時才會因此病所苦，然有些人則是因先天細胞功能不全。

| **230** **a-**
 否定

 源自於希臘文「沒有」、「缺乏」等否定的意思。 | · **amoral** *adj.* 無道德觀的
 · **amorphous** *adj.* 無固定形狀的；無清楚架構的
 · **apathetic** *adj.* 不關心的、沒興趣的、無動於衷的 |

abyss [ə`bɪs] *n.* 深淵；絕境（byss-底部）

Humans built artificial abysses because of the mining industry.

人們因礦業發展建造了人工的深淵。

| **231** **an-**
 否定

 與a-同源，希臘文「沒有」、「缺乏」等否定的意思。 | · **analgesic** *n.* 止痛劑 *adj.* 止痛的
 · **anarchic** *adj.* 不守秩序的；無政府狀態的
 · **anemia** *n.* 貧血 |

anasthesia [ˌænɪs`θizɪə] *n.* 麻醉狀態（asthesia-感覺）

The dentist assured the patient that it would be partly anasthesia during the tooth extraction, so she would not feel any pain.

牙醫師向病人保證拔牙時會局部麻醉，所以她不會感到任何疼痛。

de-
否定

源自於拉丁文「去除」、「反轉」等否定的意思。

- **deficient** *adj.* 缺乏的、不足的
- **deprive** *v.* 剝奪、搶走
- **detach** *v.* 分離的、獨立的

defect [`difɛkt] *n.* 缺陷、缺點

The software company abandoned the old version of antivirus software due to its countless defects.

軟體公司放棄舊版的防毒軟體,因為它有太多缺點了。

dis-
否定

拉丁文「否定」或「負面」意思的字首。

- **disagreement** *n.* 意見不合、紛歧
- **disbelief** *n.* 不相信、懷疑
- **disgrace** *n.* 不光彩的行為、恥辱 *v.* 使…蒙羞

disability [dɪsə`bɪlətɪ] *n.* 殘疾、缺陷

Although she suffered from a learning disability, she still finished master's degrees.

雖然她有學習障礙,但她仍完成了碩士學位。

in-
否定

源自於拉丁文,有「不是」、「非」等否定的意思。

- **inactive** *adj.* 不活動的、不活躍的
- **indisposed** *adj.* 不舒服的;不願意的
- **inexpensive** *adj.* 不貴的、便宜的

inaccurate [ɪn`ækjʊrət] *adj.* 不精確的

The estimated data was wildly inaccurate when the result came out.

預估的資料在結果出來後發現非常的不精確。

14 否定—反對

il-un ▶ MP3 047

235 il-

否定

與in-同源，有「不是」、「非」等否定的意思，置於l開頭的單字前。

- **illegitimate** *adj.* 非法的；私生的
- **illiterate** *adj.* 不識字的；所知甚少的、外行的
- **illogical** *adj.* 不合邏輯的

illegible [ɪˋlɛdʒɪbəl] *adj.* 不可讀的、難辨認的

The letter has been thrown into a washing machine, and the words on it became very illegible.

這封信被丟入洗衣機裡，而上面的字跡變得難以辨認。

236 im-

否定

與in-同源，有「不是」、「非」等否定的意思，置於b, m開頭的單字前。

- **immature** *adj.* 不成熟的、沒經驗的、未發育的
- **immovable** *adj.* 不可移動的、堅定不移的
- **immune** *adj.* 免疫的；不受影響的；豁免的、免除的

imbalanced [ɪmˋbælənst] *adj.* 不均衡的、失調的

The negotiation between the two countries did not go very well due to their imbalanced power.

因為兩國之間不對等的權力，他們之間的談判不是很順利。

237 ir-

否定

與in-同源，有「不是」、「非」等否定的意思，置於r開頭的單字前。

- **irrelevant** *adj.* 不相關的
- **irresistible** *adj.* 無法抗拒的、不可抵擋的
- **irrespective** *adj.* 不考慮、不論

irregular [ɪˋrɛgjʊlə] *adj.* 不規則的、不合常規的、不正常的

They challenged to put a hundred irregular pieces of porcelain together on the wall and made a picture out of them.

他們挑戰將一百片不規則的磁磚拼起來並做成一幅畫。

---

238 non-
否定

源自於拉丁文「沒有」、「不是」的否定意思。

- **noncommittal** *adj.* 不表態的、含糊其辭的
- **non-flammable** *adj.* 不易燃的
- **non-violent** *adj.* 非暴力的

---

non-alcoholic [nɑnælkə`hɔlɪk] *adj.* 不含酒精的

Pregnant women should drink non-alcoholic and non-caffeine beverages.

懷孕婦女應飲用不含酒精、不含咖啡因的飲料。

---

239 neg-
否定

源自於拉丁文「不是」、「否定」等意思。

- **negative** *adj.* 否定的、拒絕的
- **neglect** *v.* 疏忽、忽略、忽視
- **negligent** *adj.* 疏忽的、失職的

---

negation [nɪ`geʃən] *n.* 否定

We need a result before the end of this week, no matter if it is confirmation or negation.

我們這週結束前需要一個答案，無論是肯定還是否定。

---

240 anti-
反對

源自於希臘文「反對」、「相反」等對立的意思。

- **antibody** *n.* 抗體
- **anticlimax** *n.* 反高潮、掃興的結尾
- **antidote** *n.* 解毒劑；緩解方法、對抗手段

---

antibiotic [ˌæntɪbaɪ`ɑtɪk] *n.* 抗生素

If you are taking a course of antibiotics, you should comply with the doctor's prescription and do not stop during the course.

若你正在接受抗生素療程，你應遵守醫生的指示且不得於療程中中斷。

241 contra-

相反

拉丁文「相反」、「相對」或「衝突」的意思。

- **contradictory** *adj.* 對立的、相互矛盾的
- **contrary** *adj.* 相反的、對立的 *n.* 相反、對立面
- **contrast** *adj.* 差異、對比、對照

contradict [kɑntrəˋdɪkt] *v.* 反駁、否定；與...矛盾、牴觸

In the actress' short statement, she contradicted herself four times.
在女演員簡短的聲明中，她自我矛盾了四次。

242 counter-

反對

和contra-同源，有「相反」、「反對」或「對抗」的意思。

- **counterbalance** *v. n.* （使）平衡、彌補
- **counterclockwise** *adj. adv.* 逆時鐘方向的（地）
- **counterpart** *n.* 相對應者

counteract [kaʊntəˋækt] *v.* 抵銷、減少、對抗

Airbags and seat belts are proved able to counteract the striking force from the accident.

243 re-

往回

源自於拉丁文「向後」、「往回」或「重複」的意思。

- **reclaim** *v.* 取回、拿回、收回
- **refund** *v.* 退款、退還
- **rejection** *n.* 拒絕

reciprocal [rɪˋsɪprəkəl] *adj.* 回報的；互補的；倒數的

She believes that doing real charity means not expecting any reciprocal benefits.
她相信做真正的慈善就是不求任何回報。

244 **em-**
使成為

源自於希臘文，使名詞變
成動作的字首。

- **embed** *v.* 鑲嵌、嵌入
- **embrace** *v.* 擁抱；欣然接受、採納；包括
- **emphasis** *n.* 強調、重視

embark [ɪm`bɑrk] *v.* 登船

After the end of World War II, my grandmother's fiancé embarked for Japan and then lost contact afterwards.
二戰之後我奶奶的未婚夫登船回到日本，之後就失去聯繫了。

245 **en-**
使成為

與em-同源，使名詞變成
動作的字首，有「提供」
的意涵。

- **enlighten** *v.* 啟發、啟蒙、開導
- **enrich** *v.* 使豐富、充實；使…富有
- **ensue** *v.* 接著發生

enlarge [ɪn`lɑrdʒ] *v.* 放大

My father showed me an ordinary photo, but when he enlarged it, I saw an amazing hidden surprise!
我父親給我看一張平凡的照片，但當他將照片放大後我看到了驚人的隱

246 **in-**
使成為

源自於拉丁文，原指「向
內的」，後衍生為「促
使」、「成為」等意思。

- **inaugurate** *v.* 正式就職；啟用；開創、開始
- **induce** *v.* 誘使、勸說；導致
- **inflict** *v.* 使遭受、承受

incentive [ɪn`sɛntɪv] *n.* 激勵、鼓勵

According to a survey, convenience and inexpensive prices are the main incentives for taking public transportation.
根據一則調查，便利性和便宜的價格是搭乘大眾交通工具的主要激勵原因。

247 **im-**

使成為

與 in- 同源，原指「向內的」，後衍生為「促使」、「成為」等意思。

- **impart** *v.* 傳授、告知；賦予
- **imperative** *adj.* 緊急迫切的、十分重要的
- **impulse** *n.* 強烈慾望、心血來潮、一時興起

imminent [ˋɪmɪnənt] *adj.* 即將來臨的

An imminent political storm is at the corner, but some just cannot see the omen.

一場政治風暴即將來臨，但就是有些人無法看見預兆。

248 **ex-**

使成為

源自於希臘文「外面的」，後衍生為「完成」、「完全」等意思。

- **excerpt** *v. n.* 摘錄、節錄
- **execute** *v.* 履行、實行、執行
- **expedition** *n.* 遠征、探險、考察

extort [ɪkˋstɔrt] *v.* 勒索、敲詐

An anonymous person attempted to extort money from the agency of the actor, seemingly wishing to damage his reputation.

一位匿名人士試圖向演員的經紀公司勒索，似乎想要毀壞他的名聲。

249 **de-**

去除

源自於拉丁文「遠離」，在此衍生為「去除」、「消失」的意思。

- **deter** *v.* 嚇阻、威懾；使不敢、使斷念
- **devalue** *v.* 貶值；輕視、貶低
- **devastating** *adj.* 毀滅性的；驚人的、令人震撼的

default [dɪˋfɔlt] *n.* 預設值、既定結果；違約、拖欠 *v.* 默認、預設為…；違約

The repairer explained that his phone which got a virus is repairable, but it will be reverted to default settings.

修理師告訴他中毒的手機修得好，但會被還原到預設狀態。

250 **dis-**
去除

源自於拉丁文,「分開」、「去除」等意思。

- **dissipate** *v.* 逐漸消失、逐漸浪費
- **distil** *v.* 蒸餾;濃縮
- **distract** *v.* 使分心

discomfort [dɪsˋkʌmfɚt] *n.* 不適、不安

A study implies that violent pictures in movies may cause discomfort to young children.
一項研究暗示電影中暴力的畫面可能會造成幼兒感到不安。

251 **out-**
去除

源自於古英文,原有「外面」的意思,亦衍生為「消除」、「去除」之意。

- **outage** *n.* 停電期間
- **outgas** *v.* 除氣、釋出氣體
- **outlaw** *n.* 不法之徒 *v.* 使成為非法、禁止

outwash [ˋaʊtwɑʃ] *n.* 冰川沖刷、外洗平原

Our tour guide brought us to a hill and showed us the outwash and moraine left by the glacier in the last century.
我們導遊帶我們到一座山丘上,看上世紀冰川留下來的外洗平原和冰磧石。

252 **un-**
消除

源自希臘文anti-,有「移除」、「消除」或「開放」等意思。

- **uncover** *v.* 揭露、揭開、發掘
- **undo** *v.* 解開、大開;消除、抵銷
- **unload** *v.* 去除、卸下、取出

unpack [ʌnˋpæk] *v.* 打開(行李);解釋、說明

They were so tired because of today's travel that they did not want to unpack their luggage after they laid down on the bed.
他們因今日的行程感到十分的疲憊,因此當他們當躺到床上後就不想打開行李。

15 名詞字尾
ain-logist ▶ MP3 048

---

253 -ain
人

源自於拉丁文，代表「與...相關的人」。

· **captain** *n.* 機長、船長、隊長；上校、上尉
· **swain** *n.* （文學中）年輕的戀人或追求者
· **villain** *n.* 反派

---

chaplain [ˋtʃæplɪn] *n.* 特遣牧師，於非宗教場所服務的牧師

After finishing his study of theology in the university, he is considering becoming a prison chaplain in the future.
自大學神學系畢業後，他考慮在未來當監獄牧師。

---

254 -aire
人

源自於拉丁文，指有某中特質的人，通常加在來自法文的單字字尾。

· **commissionaire** *n.* 看門員、門口警衛
· **legionnaire** *n.* 軍團
· **millionaire** *n.* 百萬富翁

---

concessionaire [kənˌsɛʃəˋnɛr] *n.* 特許經銷商

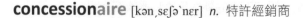

The watchdog group emphasizes that BOT should not allow certain concessionaires to gain illegal profits.
監督團體強調政府民間合作案不應允許讓特許經銷商獲得不法利益。

---

255 -ian
人

演化自拉丁文字尾-an，指專家或特殊的人物。

· **comedian** *n.* 喜劇演員
· **lesbian** *n.* 女同性戀者
· **statistician** *n.* 統計學家、統計員

---

barbarian [barˋbɛrɪən] *n.* 野蠻人；無教化的人

You cannot call them barbarians merely because they have a different culture from you.　你不能因為他們的文化和你的不同就叫他們野蠻人。

256 **-ant, -ent**	· **defendant** *n.* 被告人
人	· **correspondent** *n.* 通訊記者、通信人
源自於拉丁文，意思為「...的人」。	· **tyrant** *n.* 暴君、專橫的人

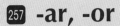

attendant [ə`tɛndənt] *n.* 服務員、侍者

With his fluent English and charming smile, he successfully became a flight attendant.

憑著他流利的英文和迷人的笑容，他成功地成為一名空服員。

257 **-ar, -or**	· **bachelor** *n.* 單身漢；學士
人	· **counselor** *n.* 顧問、律師；輔導員
源自於拉丁文「與...相關的人」的字尾。	· **vicar** *n.* 教區（堂）牧師

administrator [əd`mɪnɪstretə] *n.* 行政人員

The conductor was annoyed that she needed approval of the administrator every time she chose performing pieces.

指揮很不高興每次她選擇的表演曲目都要經過行政人員同意。

258 **-er**	· **shareholder** *n.* 股票持有人、股東
人	· **toddler** *n.* 初學走路的幼兒
源自於古英文的字尾，廣泛用於職業人員或其他帶有特別特質的人。	· **taxpayer** *n.* 納稅人

retailer [`ritelə] *n.* 零售商

As the biggest book retailer in the country, the company provides multiple services to include more customers.

身為全國最大的零售商，該公司提供多元服務以吸引更多客戶。

259 **-ard**	• **drunkard** *n.* 酗酒者、酒鬼
人	• **steward** *n.* 服務員；負責人、管家
源自於古法文，代表有某種習慣或特性的人。	• **wizard** *n.* 巫師

coward [`kaʊəd] *n.* 膽小鬼、懦夫

She was deemed as coward in schooldays due to her cautiousness and prudence.

她的小心謹慎使她在學生時期被視為一個膽小鬼。

260 **-arian**	• **librarian** *n.* 圖書館員
人	• **vegetarian** *n.* 素食者
源自於拉丁文，出現於-ary結尾變成的名詞中。	• **veterinarian** [ˌvɛtərɪˈnɛrɪən] *n.* 獸醫

humanitarian [hjʊˌmænɪˈtɛrɪən] *n.* 人道主義者

She does not consider herself a humanitarian because she thinks that everyone has the right and power to be involved.

她不認為她自己是一名人道主義者，因為她認為每個人都有權、有力量能參與這件事。

261 **-ary**	• **judiciary** *n.* 法官（總稱）、審判官
人	• **luminary** *n.* 專家、著名學者
源自於拉丁文，意指「...樣的人」。	• **missionary** *n.* 傳教士

adversary [`ædvəsɛrɪ] *n.* 對手、敵手

Jim cannot believe that his friend from school's archery club is his adversary in this contest.

吉姆不敢相信他之前學校箭術社的朋友是當天比賽的對手。

262 **-ast** 人 源自於希臘文的字尾，通常改變自-ize動詞，「...的人」。	· **encomiast** *n.* 阿諛者、讚美者 · **enthusiast** *n.* 熱衷於⋯者、愛好者 · **gymnast** *n.* 體操運動員

iconoclast [aɪˋkɑnəklæst] *n.* 反對偶像崇拜者、批評某價值者

Many priceless ancient books and buildings were destroyed by iconoclasts during the Cultural Revolution.

在文化大革命中有許多無價的古老典籍和建築被反舊習者破壞。

263 **-ate** 人 源自拉丁文，有「做...事的人」或是和官方有關者。	· **advocate** *n.* 支持者、擁護者 · **consulate** *n.* 領事館、領事 · **delegate** *n.* 代表

inmate [ˋɪnmet] *n.* 囚犯；病人

The prison makes money by letting inmates involve in the handicraft production.

這間監獄讓囚犯參與手工藝製作而賺錢。

264 **-ator** 者 拉丁字尾，將-ate動詞改變成名詞的結尾。	· **creator** *n.* 創造者、創作者 · **dictator** *n.* 獨裁者、獨斷專行者 · **legislator** *n.* 立法者

negotiator [nɪˋgoʃieta˞] *n.* 談判者、談判專家

The police found the negotiator to convince the kidnapper to release the hostages.

警方找到談判專家說服綁匪釋放人質。

265 **-ee**
者

拉丁字尾，代表接受某種
動作的人。

- **nominee** *n.* 被提名者
- **referee** *n.* 裁判；仲裁者；推薦者
- **trainee** *n.* 受訓者、實習生

examinee [ɪgzæmɪˋni] *n.* 受試者、考生

Do not worry. The university has already prepared an alternative plan for examinees who are intervened by severe weather.
別擔心，大學已經為被惡劣天氣阻撓的考生準備好備案了。

266 **-eer**
人

源自於拉丁文，代表
「做...的人」。

- **profiteer** *n.* 奸商、投機商
- **overseer** *n.* 工頭、監工
- **volunteer** *n.* 志願者、志工

pioneer [paɪəˋnɪɚ] *n.* 先鋒、創始人、開拓者

Apple computers were the pioneer of the personal computer.
蘋果電腦是個人電腦的先鋒。

267 **-el**
人

代表「...人」的意思，由
南歐語系如法、義大利文
演變而來的詞語。

- **infidel** *n.* 異教徒
- **minstrel** *n.* （中世紀的）吟遊歌手
- **personnel** *n.* 人事、員工

colonel [ˋkɝnəl] *n.* （陸、空軍）上校

The army held a grand and solemn funeral for the colonel who died in the line of duty.
軍方為殉職的上校舉辦一場隆重且莊嚴的喪禮。

268 **-eur** 人 源自於法文，由特定動詞轉化為名詞，「...人」的意思。	· **entrepreneur** *n.* 企業家、創業家 · **flaneur** *n.* 漫遊者 · **masseur** *n.* 按摩師

voyeur [vwɑˋjɚ] *n.* 偷窺者

The voyeur of the female public toilet was caught on the spot by two tourists.
女用公共廁所的偷窺者被兩名旅客當場逮到。

269 **-ist** 人 源自於希臘文，指「從事或參與...的人」。	· **activist** *n.* 積極分子、行動分子 · **columnist** *n.* 專欄作家 · **environmentalist** *n.* 環境保護主義者

pharmacist [ˋfɑrməsɪst] *n.* 藥劑師

It is better to ask pharmacists' suggestion even if you are purchasing non-prescription medicine.
即使你是買非處方用藥，仍最好詢問藥劑師的意見。

270 **-logist** 學者 源自於希臘文，指某特別領域的學者。	· **ecologist** *n.* 生態學家 · **meteorologist** *n.* 氣象學家 · **psychologist** *n.* 心理學家

sociologist [sosiˋɑlədʒɪst] *n.* 社會學家

Sociologists study the problem that most people ignore and lead the public to think of a better solution.
社會學家研究大部分人不關心的問題，並引領大眾思考更好的解決方法。

PART 2 16 名詞字尾
nik-faction ▶ MP3 049

---

271 -nik
者

源自斯拉夫語系，指特定政治、文化等狀態或信仰相關的支持者或響應者。

- **computernik** n. 電腦迷
- **peacenik** n. 反戰分子
- **refusenik** n. 被拒移民者

---

beatnik [`bitnɪk] n. （五、六〇年代）「垮掉的一代」成員

He was a beatnik who wore loose clothes and had long hair to express his dissatisfaction to mainstream values.

他過去曾是垮掉一代的成員，他們穿寬鬆的衣物並留著長髮，以示他們對主流價值的不滿。

---

272 -ster
人

源自於古英文，指有特殊職業或習慣的人。

- **gangster** n. 歹徒；犯罪集團成員
- **trickster** n. 騙子、狡猾的人
- **youngster** n. 少年

---

gamester [`gemstɚ] n. 賭徒

Someone ironically commented that businessmen are legal gamesters who either earn a fortune or lose everything.

有人諷刺地批評說，商人就是合法的職業賭徒，要不賺大筆、要不失去所有。

---

273 -enne
女...

源自於法文中的陰性名詞，代表「女性的...」，在英文中已越來越少見。

- **comedienne** n. 女喜劇演員
- **doyenne** n. 女前輩、女老專家
- **equestrienne** n. 女騎手表演者
- **tragedienne** n. 女悲劇演員

---

comedienne [kəˌmidɪˋɛn] n. 女喜劇演員

Comediennes are still not very common nowadays because girls are still expected to act like a lady.

274 **-ess** 女⋯ 從希臘文演變而來的陰性字尾，代表特定女性身分。	· **goddess** *n.* 女神 · **governess** *n.* 家庭女教師 · **hostess** *n.* 女主人

duchess [ˋdʌtʃəs] *n.* 公爵夫人、女公爵

Kate Middleton married Prince William in 2011 and became Duchess of Cambridge. 凱特‧密道頓於2011年嫁給威廉王子而成為劍橋公爵夫人。

275 **-ress** 女⋯ 與-ess同源，從希臘文演變而來的陰性字尾，代表特定女性身分。	· **laundress** *n.* 洗衣婦 · **mistress** *n.* 女主人；情婦

actress [ˋæktrəs] *n.* 女演員

The girl wanted to be an actress with intelligence, not merely a beautiful face.
女孩想成為一個有智慧的女演員，而不只是個漂亮的花瓶。

276 **-trix** 女性的 源自於拉丁文，代表「女性的」、「陰性的」等意思。	· **dominatrix** *n.* 母夜叉 · **executrix** *n.* 女遺囑執行人 · **testatrix** *n.* 女遺囑人

aviatrix [ˌɛvɪˋetrɪks] *n.* （舊）女飛行員

Amelia Earhart was one of the best pilots in the twentieth century and was the first aviatrix who crossed the Atlantic Ocean alone.
愛蜜莉‧艾爾哈特是二十世紀最優秀的飛行員之一，也是第一位獨自橫跨大西洋的女飛行員。

277 **-ade**	• **brigade** *n.* 軍旅;隊、幫、派
做...事的過程	• **crusade** *n.* 十字軍;(為理想而奮鬥的)運動
源自於拉丁文,指完成的動作、特定材料做成的物品或做某事的過程。	• **parade** *n.* 遊行;一系列事務、一隊人

arcade [ɑr`ked] *n.* 拱廊;拱廊商店街

Ten years after graduation, the artist found what she reminisced about is the arcade circulating the garden in the department building.

畢業十年後,藝術家發現她最懷念的是環繞系館花園的拱廊。

278 **-ant**	• **covenant** *n.* 契約、協定、承諾
帶有...特質	• **remnant** *n.* 殘餘、剩餘部分;零頭、零料
源自於拉丁文,將動詞轉為形容詞或名詞,指帶有...特質的事物。	• **toxicant** *n.* 有毒物質

contaminant [kən`tæmɪnənt] *n.* 汙染物

The islanders firmly expressed their dissatisfaction of living near nuclear contaminants.

島嶼居民嚴正表達他們住在核電汙染物附近的不滿。

279 **-ar**	• **cellar** *n.* 地下室、地窖
和...有關、有...天性	• **seminar** *n.* 研討會、專題討論會
源自於拉丁文,指和...有關或有...天性的事物。	• **pillar** *n.* 柱子

altar [`ɔltɚ] *n.* 聖壇、祭壇

The pyramids belonging to the Maya civilization are believed to be ancient altars of rituals.

馬雅文明中的金字塔據信是祭典儀式的祭壇。

280 -ary
與...有關、帶有...特色

拉丁字尾，與...有關或帶有...特色的事物或地點。

- **documentary** *n.* 紀錄片
- **obituary** *n.* 訃聞
- **sanctuary** *n.* 保護、庇護所、避難所；保護區

boundary [ˋbaʊndərɪ] *n.* 分界線、邊界、界限

As an island country, there are no country boundary problems but issues of territorial waters.
一個海島型國家沒有國土邊界問題，但有海域的議題。

281 -ator
動詞轉做名詞字尾

源自於拉丁文，將動詞轉換成名詞的字尾。

- **indicator** *n.* 指標
- **motivator** *n.* 動力、激發因素
- **radiator** *n.* 散熱器、冷卻器

equator [ɪˋkwetə] *n.* 赤道

The weather around the equator is steadier than many parts of the earth.
赤道附近的天氣比地球上很多地方來得穩定。

282 -cle
某一動作結果、某種方法

源自於古法文，代表某一動作的結果或某種方法。

- **obstacle** *n.* 阻礙
- **oracle** *n.* 神諭；神使、聖人
- **spectacle** *n.* 奇觀、（壯麗的）景象、場面

miracle [ˋmɪrəkəl] *n.* 奇蹟

Her total recovery from breast cancer without medical treatment was regarded as a miracle.
她不靠醫療而完全從乳癌康復被視為一個奇蹟。

283 **-ette** 小 源自於法文，表示「小的…」。	• **cigarette** *n.* 香菸（cigar-雪茄） • **kitchenette** *n.* 小廚房 • **palette** *n.* 調色板

barrette [bæ`rɛt] *n.* 小髮夾

The little girl was very excited and happy to receive her first barrette as her birthday gift.
小女孩很高興且興奮收到她第一個小髮夾作為生日禮物。

284 **-arium** 某特定場所 源自於希臘文，依據前面字根的意思代表某特定場所。	• **planetarium** *n.* 天文館 • **sanitarium** *n.* 療養院 • **solarium** *n.* 日光浴室

aquarium [ə`kwɛrɪəm] *n.* 水族箱；水族館

The little boy's wonder of the ocean started from the day when his parents brought him to visit an aquarium on his ninth birthday.
小男孩對海洋的好奇始於他父母在他九歲生日當天，帶他去參觀水族館的那日起。

285 **-orium** …的地方 源自於拉丁文，指「…的地方」。	• **crematorium** *n.* 火葬場 • **emporium** *n.* 商場；大百貨商店

auditorium [ɔdɪ`tɔrɪəm] *n.* 聽眾席、觀眾席；（美）音樂廳、禮堂

Smoking and eating are forbidden in the auditorium of this theater.
在這家劇院的觀眾席禁止抽菸和吃東西。

286 -age
某種狀態、功能；
動作的結果

拉丁文字尾，表示某種狀態、功能或是動作的結果。

- **coverage** *n.* 涵蓋、涉及；新聞報導；保險
- **dosage** *n.* 劑量
- **footage** *n.* 片段、一段影片；鏡頭

beverage [`bɛvərɪdʒ] *n.* 飲料（bever = 拉丁文 bibere-喝）

The cross-country trains provide various hot and cold beverages but do not include alcoholic ones.
跨縣市的長途火車提供各種冷熱飲，但不包含酒精飲料。

287 -cy
一種狀態、情況

源自拉丁文，代表一種狀態、情況或是行為結果。

- **conspiracy** *n.* 密謀、陰謀
- **discrepancy** *n.* 不一致、出入、差異
- **intimacy** *n.* 親密、密切關係

bureaucracy [ˌbjʊˈrɑkrəsɪ] *n.* 官僚體制、官僚作風

The artist was very disappointed by the inefficiency of bureaucracy and withdrew from the public art project.
那位藝術家對官僚體制的低效率感到不滿，而退出公共藝術計畫。

288 -faction
使...成為

源自於拉丁文，有「使...成為」、「致使」、「形成」等意思。

- **benefaction** *n.* 捐助、恩惠、施捨
- **faction** *n.* 派別、小集團
- **liquefaction** *n.* 液化（作用）

olfaction [ɑlˈfækʃən] *n.* 嗅覺

The article published by a neurobiologist points out the difficulty of olfaction study.
由一位神經生物學家發表的文章點出嗅覺研究的困難。

17 名詞字尾─形容詞字尾
ment-ful ▶ MP3 050

289 -ment
某動作、方法或結果

源自於拉丁文，表示某動作、方法或結果。

- **engagement** *n.* 訂婚；約定、安排；參與
- **harassment** *n.* 騷擾行為
- **testament** *n.* 證明；遺囑

contentment [kən`tɛntmənt] *n.* 滿足、滿意

He found the contentment of a simple life in the countryside with a person understanding him is very precious.
他發現和一個懂他的人在鄉間簡單生活所帶來的滿足是非常珍貴的。

290 -ness
名詞字尾，
代表狀態、品質

將形容詞轉名詞的字尾表一種狀態或品質。

- **illness** *n.* 疾病、生病
- **thickness** *n.* 厚度；厚、粗；一層…
- **weakness** *n.* 軟弱；缺點、弱點

consciousness [`kɑnʃəsnɪs] *n.* 意識、感覺、知覺、神智（清醒）

After the car accident, he lost consciousness for three days.
車禍之後，他失去意識三天。

291 -tion
名詞字尾，某狀態或動作

將動詞轉為名詞的拉丁詞尾，代表某狀態或動作。

- **conservation** *n.* 保育；保護、節約
- **intonation** *n.* 聲調、語調；音準
- **meditation** *n.* 沉思、冥想、深思

adaptation [ædəp`teʃən] *n.* 適應；改編

The chief editor announced the next project is a series of adaptations of classic adult fictions for children. 主編宣布下一個計劃是一系列為兒童改編經典的成人小說。

292 -sion

名詞字尾，
表示狀況與行動

將動詞轉為名詞的拉丁詞
尾，也是表示狀況與行
動。

- **confession** *n.* 坦白、承認、招認；（宗教）懺悔
- **illusion** *n.* 幻想、幻覺；錯覺、假象
- **provision** *n.* 供給、提供、準備；糧食、物資

collision [kə`lɪʒən] *n.* 碰撞、相撞；牴觸、衝突

He did not expect that there would be collisions of opinions on marketing between his company and the co-operator.

他沒料到他公司和合作者之間在行銷方面會有意見衝突。

293 -ure

動作、結果或狀態

源自於拉丁文，代表動
作、結果或狀態的詞尾。

- **fixture** *n.* 固定裝置、設備；固定成員
- **posture** *n.* 姿勢、儀態；立場、態度
- **torture** *n.* 折磨、煎熬；虐待、拷打

expenditure [ɪk`spɛndɪtʃə] *n.* 全部支出、花費、耗費

The old artist was happy to know that the government's annual expenditure on art education and subsidy increased gradually.

老藝術家很高興得知政府在藝術教育和補助上的支出逐漸增加。

294 -dom

表示身分或狀態

抽象和集合名詞字尾，表
示身分或狀態。

- **chiefdom** *n.* 領導、首領地位
- **freedom** *n.* 自由
- **wisdom** *n.* 智慧

boredom [`bɔrdəm] *n.* 無聊、乏味

The teenagers told the police that they joined brawls simply out of boredom.

青少年告訴警察他們參與鬥毆僅出於無聊。

295 **-hood** 身分同質性 源自於古英文的字尾，表示一群人的身分同質性。	· **brotherhood** *n.* 兄弟情誼；同手足的友誼；同道會 · **childhood** *n.* 童年、孩童時代 · **motherhood** *n.* 母親身分

adulthood [ˈædʌlthʊd] *n.* 成年（身分）

She felt that her adulthood began the first time she left home at 20 for a new life.

她二十歲第一次離家過生活時，覺得自己正式開始了她的成年時期。

296 **-able** 可以...的 拉丁字尾，表示「可以...的」或是「能夠...的」的意思。	· **notable** *adj.* 顯著的、值得注意的 · **liable** *adj.* 承擔（法律）責任的；非常可能會發生的 · **vulnerable** *adj.* 易受傷害的、脆弱的、易受攻擊的

amiable [ˈemɪəbəl] *adj.* 和藹可親的、友好的（ami-朋友）

She enjoys the amiable atmosphere in her working environment where colleagues help each other.

她很享受工作環境中友好的氣氛，同事們互相幫助。

297 **-ible** 可以...的 與-able同源，表示「可以...的」或是「能夠的」的意思。	· **eligible** *adj.* 有…資格的、具備條件的 · **negligible** *adj.* 微不足道的、可忽略的 · **plausible** *adj.* 看似可行的、貌似有理的

accessible [əkˈsɛsəbəl] *adj.* 可接近的、能進入的、易使用的

According to a designer's observation, many buildings in Taiwan still do not have an accessible entrance for the disabled.

根據一位設計師的觀察，臺灣許多建築仍沒有給身障者的易使用入口。

298 -aceous

和...有關

拉丁字尾，指「和...有關」、「有...特性或天性」的意思。

- **crustaceous** *adj.* 外殼的；甲殼類的
- **curvaceous** *adj.* 身材曲線優美的
- **herbaceous** *adj.* 草本的

carbon**aceous** [ˌkɑrbəˋneʃəs] *adj.* 含炭的、炭質的

The carbonaceous rock formation was found but the exploitation kept delayed due to environmental issues.
已發現含炭的岩層，但因環境問題遲遲沒有開採。

299 -esque

有...特性的

來自法文的詞尾，將名詞轉為形容詞，表示「有...特性的」、「像...的」等意思。

- **gigantesque** *adj.* 像巨人的、龐大的
- **Romanesque** *adj.* 羅馬式的
- **statuesque** *adj.* 像雕像的；高挑優雅的

grot**esque** [groˋtɛsk] *adj.* 怪異的、荒誕的、奇形怪狀的

During a masquerade, people wore grotesque masks walking around and some children were scared.
化裝舞會中，人們戴著奇怪的面具，而有些小孩因此被嚇到了。

300 -form

有...形狀的

源自於拉丁文，表示「有...形狀的」之意。

- **cordiform** *adj.* 心型的
- **cruciform** *adj.* 十字形的
- **fungiform** *adj.* 蕈狀的

aliform [ˋelɪfɔrm] *adj.* 翼狀的

They put an aliform decoration on the Christmas tree as a new modelling this year.
他們在聖誕樹上放上一個翼狀的裝飾品，做為今年的造型。

301 **-ine**

與...相似

源自於希臘文，表示「與...相似」、「像...的」或「有...特質」的意思。

- **divine** *adj.* 神的、如神一般的
- **feline** *adj.* 貓科的
- **pristine** *adj.* 嶄新的、狀態良好的；原始的、純樸的

crystalline [ˋkrɪstəlaɪn] *adj.* 水晶般晶瑩剔透的

He likes the crystalline laugh of his girlfriend and likes to make her laugh.
他喜歡他女友水晶般的笑聲，也喜歡逗她笑。

302 **-ish**

像是...

古英文字尾，指「像是...、接近...」或「有...傾向」之意。

- **reddish** *adj.* 略帶紅色的、淡紅色的
- **snobbish** *adj.* 勢利的、愛虛榮的
- **stylish** *adj.* 時髦的、精緻優雅的

lavish [ˋlævɪʃ] *adj.* 奢華的；慷慨大方的

She was impressed by the lavish party with gorgeous food, but she still felt the emptiness in this event.
她對這場有美味食物的奢華派對印象深刻，但她仍感覺得到其中的空虛。

303 **-like**

像...一樣

源自於古英文，表示「像...一樣」的意思。

- **dreamlike** *adj.* 夢幻的、如夢般的
- **ladylike** *adj.* 淑女般的、端莊的
- **lifelike** *adj.* 逼真的、栩栩如生的

childlike [ˋtʃaɪldlaɪk] *adj.* 孩子般的、純真無邪的

His childlike quality does not disappear even though he has already passed his 40th birthday.
即使他已年過四十，仍保有那股孩子般的特質。

304 **-ular**
像...的

拉丁字尾，有「像...的」
之意，多用在形狀。

- **circular** *adj.* 圓形的、環形的
- **rectangular** *adj.* 矩形的、長方形的
- **tubular** *adj.* 管狀的

glob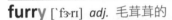**ular** [ˋglɑbjʊlɚ] *adj.* 球狀的

Near a big window hangs a globular campanula she bought from her last trip.

大窗戶旁掛著一個她上次旅行買回來的球形風鈴。

305 **-y**
有...特質的

源自於希臘文，代表
「有...特質的」之意。

- **gloomy** *adj.* 黑暗的；沮喪的、憂愁的
- **rocky** *adj.* 多岩石的；崎嶇的
- **sandy** *adj.* 含沙的

furry [ˋfɝɪ] *adj.* 毛茸茸的

The little girl has no resistance to any furry cute animal or toys.

小女孩對毛茸茸可愛的小動物或玩具完全沒有抵抗力。

306 **-ful**
充滿...

源自於古英文，代表「充
滿...」的意思。

- **fearful** *adj.* 害怕的、擔心恐懼的
- **fruitful** *adj.* 結許多果實的；很有成果的
- **playful** *adj.* 有趣的、玩樂心態的、逗著玩的

disgraceful [dɪsˋgresfʊl] *adj.* 不光彩的、可恥的

Some old doctors still think that it is disgraceful if their grandchildren do not become a doctor as well.

有些老醫生還是認為他的孫子們不當醫生是很不光彩的。

18 形容詞字尾

ous-stic ▶ MP3 051

---

307 -ous

充滿...特質的

拉丁字尾，表示「充滿...特質的」之意。

- **fabulous** *adj.* 極好的、絕佳的；虛構的
- **glamorous** *adj.* 迷人的、有魅力的、令人嚮往的
- **notorious** *adj.* 惡名昭彰的

---

ambiguous [æm`bɪgjʊəs] *adj.* 含糊不清的、模稜兩可的

She is tired of his ambiguous reasons he gave for his travelling all the time.
她已經受不了他每次出去旅行總是給她含糊不清的原因。

---

308 -olent, -ulent

充滿...、非常...

源自於拉丁文，表示「充滿...」或「非常...」的意思。

- **insolent** *adj.* 傲慢無禮的
- **opulent** *adj.* 奢侈的、豪華的
- **turbulent** *adj.* 動盪的、混亂的；湍急的、洶湧的

---

feculent [`fɛkjʊlənt] *adj.* 骯髒的、不潔淨的

My brother walked the dog after a heavy rain, so its feculent feet made a mess in the entrance of the apartment.
我弟弟在一場大雨後去遛狗，所以小狗髒髒的腳在公寓門前弄得一團亂。

---

309 -acious

有...傾向

源自於拉丁文，代表「有...傾向」、「和...有關」的意思。

- **capacious** *adj.* 內部空間大的
- **gracious** *adj.* 親切的、有禮貌的、和藹的
- **spacious** *adj.* 寬敞的、大空間的

---

audacious [ɔ`deʃəs] *adj.* 大膽的；魯莽的、放肆的

The newly elected major's audacious policies raised many discussions.
新出任市長大膽的政策引起大眾議論紛紛。

310 -aneous
帶有...性質

拉丁複合式字尾，有「帶有...性質」的意思。

- **instantaneous** *adj.* 立即的、瞬間的
- **simultaneous** *adj.* 同時的
- **spontaneous** *adj.* 自發的

---

miscellaneous [ˌmɪsəˈlenɪəs] *adj.* 各式各樣的、混雜的

The prince's party was full of miscellaneous people from all around the world.
王子的派對裏頭有來自世界各地各種各樣的賓客。

---

311 -ar
和...有關

源自於拉丁文，表示「和...有關」、「有...特性的」。

- **muscular** *adj.* 肌肉的；肌肉發達的、強壯的
- **polar** *adj.* 兩極的
- **spectacular** *adj.* 壯觀的、驚人的；巨大的

---

linear [ˈlɪnɪə] *adj.* 直的、線性的

Not many dances have only linear movements, so a dancer has to be cautious of the direction of each movement.
很少有舞蹈只有直線前進的舞步，因此一名舞者要隨時注意每一步的方向。

---

312 -ate
擁有...特性

拉丁文字尾，代表「擁有...特性」的意思。

- **fortunate** *adj.* 幸運的
- **literate** *adj.* 識字的；通曉…的
- **ultimate** *adj.* 最終的、最基礎的、最佳的

---

intricate [ˈɪntrɪkət] *adj.* 錯綜複雜的、難以理解的

My local friend led me to explore the intricate lanes of the old town in their capital.
我當地的朋友帶我去探索他們首都舊城裡錯綜複雜的巷弄。

313 **-ary** 和...有關 拉丁字尾，表示「和...有關」、「有...特性」的意思。	• **customary** *adj.* 慣常的；傳統習俗的 • **disciplinary** *adj.* 有紀律的 • **unnecessary** *adj.* 不需要的、多餘的

arbitrary [`ɑrbətrərɪ] *adj.* 任意的、隨機的、隨心所欲的；武斷的

The choice of representative of each class is arbitrary, so every pupil has to prepare for the possible speech.

每個班級代表是隨機選取的，因此每個學童都要準備可能要上台演講。

314 **-ent** 和...動作有關 拉丁形容詞字尾，表示「和...動作有關」的意思。	• **coherent** *adj.* 前後一致的、連貫的 • **insentient** *adj.* 無情的、無知覺的 • **reminiscent** *adj.* 使人想起...的；使回憶起的

abhorrent [əb`hɔrənt] *adj.* 令人厭惡的、可惡的

After coming back from studying aboard, he found the abhorrent racism was so common in his native country.

一趟留學之旅回來後，他發現令他深惡痛絕的種族主義竟在他的家鄉如此常見。

315 **-eous** 有...性質 源自於拉丁文，表示「有...性質」的意思。	• **gorgeous** *adj.* 極其動人的、令人愉悅的 • **homogeneous** *adj.* 同質的、類似的、同類的 • **outrageous** *adj.* 駭人的、令人震驚的、無法接受的

erroneous [ɪ`ronɪəs] *adj.* 錯誤的、不正確的

Insufficient information may lead to an erroneous assumption.

不足的資訊會導致錯誤的設想。

316 -ial

和...有關

拉丁字尾，代表「和...有關」、「有...特性」、「與...類似」的意思。

- **crucial** *adj.* 關鍵的、決定性的
- **martial** *adj.* 戰爭的、武打的
- **trivial** *adj.* 瑣碎的、微不足到的；容易解決的

---

colloquial [kə`lokwɪəl] *adj.* 口語的、非正式的

Living with local people can learn some colloquial phrases and words.
和當地人一起住會學到很多口語上的字詞。

---

317 -ic

與...相關的

古希臘字尾，表示「與...相關的」、「有...類似特質的」。

- **allergic** *adj.* 過敏（性）的；對...極反感的
- **Arctic** *adj.* 北極的
- **ceramic** *adj.* 瓷的

---

ecstatic [ɪk`stætɪk] *adj.* 狂喜的、欣喜若狂的

Ecstatic fans waited patiently in the airport, hoping to welcome their athletic hero.
欣喜若狂的粉絲們在機場耐心守候，希望能迎接他們的運動英雄。

---

318 -ical

與...有關

源自於拉丁文，將名詞轉為形容的字尾，表示「與...有關」、「有...特性」或「由...組成的」。

- **skeptical** *adj.* 持懷疑態度的
- **theoretical** *adj.* 理論上的
- **vertical** *adj.* 垂直的、豎立的

---

periodical [pɪrɪ`ɑdɪkəl] *adj.* 定期的、間歇的、時而發生的

There will be periodical review of each staff's working performance in one year. 每年中都會有定期對員工工作表現的審查。

319 **-ior**
與...有關

拉丁字尾，表示「與...有關」的意思。

- **interior** *adj.* 內部的
- **prior** *adj.* 事先的、在…之前的
- **superior** *adj.* 優越的、好於平均的

ulterior [ʌl`tɪrɪɚ] *adj.* 不可告人的

His weird question must have an ulterior motive behind it.
他奇怪的問題背後一定有不可告人的動機。

320 **-ive**
有...特性

源自於拉丁文，表示「有...特性」或「有...傾向」的意思。

- **distinctive** *adj.* 與眾不同的、獨特的
- **massive** *adj.* 巨大的、大量的
- **subjective** *adj.* 主觀的

comprehensive [kɑmprɪ`hɛnsɪv] *adj.* 全面的、綜合的

The cram school promises to offer a comprehensive course package for students.
補習班答應會提供一個綜合的學習課程給學生。

321 **-ory**
和...有關

拉丁字尾，表示「和...有關」、「與...相似」的意思。

- **compulsory** *adj.* 必須的、強制的
- **contradictory]** *adj.* 對立的、相互矛盾的
- **obligatory** *adj.* 有義務的、強制性的

statutory [`stætʃʊtərɪ] *adj.* 法定的

Farmers wish that there will be statutory control prices for seasonal fruits; otherwise, they sometimes cannot earn much from what they grow.
農民希望當季水果有法定規定價格，否則有時他們根本賺不了錢。

322 **-proof**

防...的

源自於古英文，表示「不受...的」、「防...的」之意。

· **childproof** *adj.* 防兒童使用的

· **fireproof** *adj.* 防火的

· **waterproof** *adj.* 防水的

---

burglarproof [`bɝglɚˌpruf] *adj.* 防小偷的

Modern houses and offices are often equipped with burglarproof devices at the entrance.

現代住家或公司大都於入口有防小偷裝置。

---

323 **-some**

有...特色的

古英文字尾，表示「有...特色的」、「有...傾向的」。

· **awesome** *adj.* 令人驚嘆的、令人敬畏的

· **lonesome** *adj.* 孤獨的、寂寞的

· **quarrelsome** *adj.* 愛爭吵的

---

wholesome [`holsəm] *adj.* 有益的

With much more correct ideas, people now take in wholesome food more often.

現在人們有更多正確的觀念，所以更常攝取有益的健康食品。

---

324 **-stic**

和...有關

古希臘字尾，表示「和...有關」的意思。

· **drastic** *adj.* 嚴厲的、猛烈的

· **optimistic** *adj.* 樂觀的

· **realistic** *adj.* 現實的、實事求是的

---

majestic [mə`dʒɛstɪk] *adj.* 雄偉的、壯麗的

They could not believe that there are such majestic mountains and rivers in this small place.

他們無法相信這麼小的地方有如此雄偉的山川。

國家圖書館出版品預行編目(CIP)資料

魔鬼特訓：新托福單字120 / Amanda Chou
著-- 初版. -- 新北市：倍斯特出版事業有限
公司, 2021.10 面；公分. --（考用英語系列
；33）ISBN 978-986-06095-5-4
1.托福考試　2.詞彙

805.1894　　　　　　　　　110014801

考用英語系列　033

魔鬼特訓－新托福單字120（附QR Code音檔）

初　　版　　2021年10月
定　　價　　新台幣499元

作　　者　　Amanda Chou
出　　版　　倍斯特出版事業有限公司
發 行 人　　周瑞德
電　　話　　886-2-8245-6905
傳　　真　　886-2-2245-6398
地　　址　　23558 新北市中和區立業路83巷7號4樓
E - m a i l　　best.books.service@gmail.com
官　　網　　www.bestbookstw.com
總 編 輯　　齊心瑀
特約編輯　　陳韋佑
封面構成　　高鍾琪
內頁構成　　菩薩蠻數位文化有限公司
印　　製　　大亞彩色印刷製版股份有限公司

港澳地區總經銷　　泛華發行代理有限公司
地　　址　　香港新界將軍澳工業邨駿昌街7號2樓
電　　話　　852-2798-2323
傳　　真　　852-3181-3973